DIE EROBERUNG DES SCHOTTEN

IM BANN DES HIGHLANDERS
BUCH IX

MARIAH STONE

Übersetzt von
LENA BLOS

Stone Publishing

FSC
www.fsc.org
MIX
Papier aus verantwortungsvollen Quellen
Paper from responsible sources
FSC® C105338

Die Originalausgabe erschien im Jahr 2021 unter dem Titel "Highlander's Claim".

Für die deutschsprachige Ausgabe: Übersetzt von Lena Blos

Covergestaltung: Qamber Designs and Media. Alle Rechte vorbehalten.

Stone Publishing - TSH Collab Rotterdam - Willem Ruyslaan 225

3063 ER Rotterdam - Netherlands

Herstellung und Druck über tolino media GmbH & Co. KG, München.
Printed in Germany

„Zweifle daran, dass die Sterne Feuer sind; Zweifle daran, dass sich die Sonne bewegt; Zweifle an der Wahrheit, ein Lügner zu sein; Aber zweifle nie daran, dass ich liebe."

—W. Shakespeare

PROLOG

ISLAY, Schottland, Oktober 1306

„Aulay, *dinna fash*. So Gott will, wird sie es überstehen", erklang die Stimme seines Bruders Èoin, und Aulay MacDonald sah von seinem Kelch voll *Uisge* auf.

Èoin saß an der langen Tafel an seiner Seite. Die Flammen in den Feuerstellen beleuchteten seine tiefen Falten, während sich seine traurigen Augen in den Schatten verbargen. Um den Tisch herum saßen Aulays sechs treueste Krieger, von denen alle einen Kelch mit *Uisge* in den Händen hielten.

Auch Beathan, einer seiner engsten Freunde, war unter ihnen. Hinter seinem kurzen, dunklen Bart verzog sich sein Mund zu einem Lächeln. Er legte unterstützend die Hand auf Aulays Schulter und drückte sie. „Gott hat stets einen Plan."

Der große Saal der Burg Dunyvaig mit seinen hohen kathedralenartigen Decken lag still und dunkel da. Das flackernde Kaminfeuer warf wilde Schatten auf die Wandteppiche mit dem MacDonald-Wappen. Diese hingen an zwei langen Wänden, sechs auf jeder Seite. Ein Dutzend roter Fäuste, die ein weiteres Dutzend Kreuze hielten, erfüllten Aulays Brust nicht mit Stolz, wie es sonst der Fall war.

Sie schienen ihn zu verurteilen. Er sollte nicht hier sein, sagten sie. Er sollte oben im nächsten Stockwerk sein, in seinem Schlafgemach, wo seine Frau in den Wehen und möglicherweise im Sterben lag.

Doch es gab nichts, was er dagegen ausrichten konnte.

Das brennende Holz knisterte. Das Flüstern der Wellen kam durch die schlitzförmigen Fenster und brachte den salzigen Geruch des Meeres und der Algen mit sich. Durch diese Stille hindurch drangen die Geräusche des Geschehens über ihm an seine Ohren: das Schlurfen von Füßen, das gequälte Stöhnen seiner Frau und die besorgten Stimmen der Hebammen.

Aulay tat sein Bestes, um sie auszublenden. Er konnte Leitis nicht helfen, so sehr er es auch wünschte.

Trotzdem musste er etwas Nützliches tun. Er war ein Mann der Tat, der Herr über seinen Clan, und einfach nur dazusitzen und auf Leitis' Geburt zu warten, war eine Tortur. Es war ihr siebtes Kind. Sie hatte sechs Totgeburten und Fehlgeburten überlebt.

Aber Bhatair, der Arzt des Clans, und die Hebammen waren noch nie so besorgt gewesen wie jetzt.

Also musste er sich nützlich machen. Er musste etwas tun, das Hoffnung weckte. Er musste gemeinsam mit seinen Clanmitgliedern Colums Rettung planen.

Der Platz zu seiner Rechten war leer. Er gehörte Colum, Èoins ältestem Sohn und dem nächsten Erben, den Aulay besaß.

Aulay führte den Becher an seinen Mund und spülte den *Uisge* die Kehle hinunter. Der Alkohol hinterließ ein feuriges Brennen.

„Wir müssen Colum finden", sagte er mit heiserer Stimme und begegnete Èoins düsterem Blick. „Ihn zu verlieren, kommt dem Verlust meines eigenen Sohnes gleich ..." Er unterdrückte das ungute Gefühl einer drohenden Katastrophe in seinem Inneren. „Ich kann noch nicht sagen, wie, aber wir werden es schaffen. Wir entsenden die Spione. Wir fragen heimlich das gemeine Volk. Wir lügen und zahlen mit Gold und tun alles, was in unserer Macht steht."

Èoin nickte. „Ich danke dir, Bruder."

Aulay starrte in die Feuerstelle. „Was wissen wir?", fragte er, um sich abzulenken.

„Wir wissen, dass der Earl of Pembroke ihn verschleppt hat", antwortete Seoras, Colums jüngerer Bruder. „Er hat alle überlebenden Verwundeten zusammengetrieben."

„Aye." Èoin sah seinen jüngeren Sohn mit einer Art Ehrfurcht an. „Wir haben Glück, dass er nicht wie so viele andere gefallen ist. Und ich bin so froh, dass du noch lebst."

„Das sind wir alle", sagte Aulay.

Das lange, laute Stöhnen seiner Frau im oberen Stockwerk ließ ihn erschaudern. Die Männer blickten ihn besorgt an. Seine Hand ballte sich um den Kelch, und er drückte fest zu, um sich selbst davon abzuhalten, aufzuspringen und die Treppe zu ihr hinaufzueilen.

Er sollte nicht eifersüchtig auf seinen Bruder sein, der zwei Söhne und eine Tochter hatte. Aulay hatte sechs kleine Gräber für seine sechs toten Kinder ausgehoben, aber Èoin hatte das nie tun müssen.

In seinen vierundvierzig Lebensjahren hatte sich Aulay nichts sehnlicher gewünscht als eine Familie. Er hatte hart gearbeitet, um einen starken Clan aufzubauen und ihn zusammenzuhalten. Er war kein junger Mann mehr. Er wollte ein Erbe hinterlassen. Vielleicht würde heute endlich sein Erbe geboren werden.

Oder er würde das Kind und die Liebe seines Lebens für immer verlieren.

„Onkel!", rief seine zwölfjährige Nichte Anna. Sie hatte sich in den zwei Monden seit dem ersten Treffen mit ihrem Vater, Robert the Bruce, vollkommen verändert. Das Mädchen, das mit den Dorfkindern und Hirten um die Wette gerannt war, war verschwunden. Jetzt sah sie aus wie Laoghaire, die Tochter von Èoin. Sie war auf dem besten Weg, eine kleine, noble Lady zu werden. Ihr Haar war zu zwei hübschen Haarknoten frisiert, einer zu jeder Seite ihres Gesichts. Das Kleid, das sie trug, war sauber und neu. Ihr Gesicht und die Hände wiesen keine Spuren von Schmutz oder Staub auf.

Er sprang auf.

„Kommt!“, drängte Anna. „Es ist gleich so weit.“

In der Halle wurde es völlig still. Alle Anwesenden hatten gemeinsam mit Aulay die sechs verheerenden Schwangerschaften durchlebt. Die sechs kleinen Beerdigungen, die darauf gefolgt waren.

Könnte dies das einzige Mal sein, dass Aulay sein Kind weinen hörte, dass er spürte, wie eine kleine Faust seinen Finger drückte?

Sein Bruder erhob sich. „Geh, Aulay.“ Er drückte seine Schulter. „Es wird sich alles zum Besten wenden.“

„Gott segne dich, Onkel“, sagte Seoras und klopfte ihm auf die Schulter.

Beathan und die anderen murmelten unterstützende Worte. Sie ermutigten ihn. Als Aulay mit langen Schritten aus der Halle marschierte, wusste er, dass alle wünschten, dass sie ein gesundes Baby bekämen.

Er sauste die Treppe hinauf wie der Wind. Als er die Tür zu ihrem Schlafgemach öffnete, kribbelte es in seinem Bauch vor lauter Erwartung und Vorahnung.

Sein Herz wurde schwer. Leitis hockte, nur mit ihrer Untertunika bekleidet, über ihrem Bett, gestützt von einer Hebamme zu jeder Seite, während Bhatair auf ihren runden Bauch presste. Leitis schrie vor Schmerzen. Das dunkle Haar verschleierte ihr Gesicht wie nasses Seegras. Sie war blass, so blass. Blut klebte an ihrem Unterkleid unterhalb ihres großen Bauches.

Aulay blieb wie angewurzelt stehen. Der Raum stank nach Eisen ... das war das ganze Blut. Er erinnerte sich an den Tag, als sie sich vor dem Priester vor der Kirche anlässlich ihrer Hochzeit zusammengefunden hatten. Er war ein junger Mann von vierundzwanzig Jahren gewesen und hatte darauf gehofft, dass sein Vater eine gute Partie arrangiert hatte. Ihre Schönheit und der unbeugsame Stolz in ihren Augen hatten ihn wie ein Blitz getroffen.

Schon nach wenigen Tagen der Ehe hatte er gewusst, dass diese Frau dazu bestimmt gewesen war, seine Ehefrau zu sein ... so wie er dazu geschaffen worden war, ihr Ehemann und Beschützer zu sein.

Doch in den folgenden Jahren war jedes Mal, wenn er ein kleines Kreuz auf das kleine Grab eines seiner Kinder gelegt hatte, ein Teil seiner Seele mit ihnen begraben worden. Und jetzt, zwanzig Jahre später, lag die Liebe seines Lebens vielleicht im Sterben. Zwanzig gemeinsame Weihnachtsfeste. Zwanzig Sommer. Unzählige Morgen, an denen er mit ihr erwacht war. Die Frau, von der er angenommen hatte, dass er mit ihr seine Kinder großziehen würde. Die Frau, von der er angenommen hatte, dass er an ihrer Seite sterben würde.

Nur, dass er das nicht tun würde.

Denn sie könnte schon heute Nacht nicht mehr bei ihm sein.

Leitis schrie schmerzerfüllt und es zerriss ihm sein Herz.

„Nicht so schnell, Mädchen!“, rief Bhatair. „Nicht pressen!“

„Ich kann nicht aufhören ...“ Ihr Schrei war so unbändig, wie der eines wilden Luchses, der die Kontrolle verloren hatte. Erneut schrie sie voller Pein auf. „... mein Körper will pressen.“

„Versuch, den Drang zu unterdrücken, Mädchen“, sagte die Hebamme zu ihrer Rechten. „Atme durch.“

Leitis sah Aulay in die Augen. Er glaubte, dass sich das wilde Tier in ihr durch die Schmerzen und Qualen der Geburt zurückgezogen hatte, und für ein paar Augenblicke war seine Frau zurückgekehrt. Seine Leitis, die lachen konnte, wie keine andere. Seine Leitis, die im Clan ein Waisenhaus eingerichtet hatte. Seine Leitis, die mit ihm in Einklang lebte.

„Du wirst es schaffen, Mädchen“, sagte er, ging auf sie zu und nahm ihre Hand in seine. „Du schaffst es. Atme.“

Sie nickte und holte gemeinsam mit ihm tief Luft. Er atmete noch einmal mit ihr durch.

„Gut, Leitis“, sagte Bhatair. „Dreh dich um. Ich werde versuchen, das Kind wieder zu drehen. Du bist geöffnet. Sein Gesäß befindet sich an deiner Öffnung. Kannst du noch ein bisschen durchhalten und nicht pressen?“

Sie wandte ihren Blick nicht von Aulay ab. Hoffnung keimte in seiner Brust auf. Er wusste, dass sie auch in ihr aufblühte. „Ja", sagte sie. „Das kann ich."

Aulay half ihr, auf das Bett zu steigen, und sie lehnte sich gegen die Kissen. Sie atmeten gemeinsam, während Bhatair auf ihren runden Bauch presste und ihn drehte. Er sah, wie es geschah, den Moment, in dem sie zusammenbrach. Der Moment, in dem das Atmen nicht mehr ausreichte und der Schmerz die Oberhand gewann. Die ruhige Luftblase um sie herum platzte. Ihr Gesicht verzog sich zu einer schmerzverzerrten Grimasse, sie öffnete den Mund und schrie.

Aulays Knochen schienen bei diesem Geräusch zu schmerzen. Ihr Mund öffnete sich weit, schwarz und rund. Dann zog sich ihr Schrei in die Länge, als ob sie sich noch einmal anspannen würde. Plötzlich floss Blut an ihren Schenkeln hinunter, verteilte sich auf den Laken des Bettes und durchtränkte ihr weißes Unterhemd wie ein Feuer, das Holz verzehrte.

„Nicht pressen! Du sollst nicht pressen!"

Der Rest war nur noch verschwommen. Aulay wünschte sich, er würde sich an die letzten Minuten des Lebens seiner Frau erinnern. An die letzten Minuten, in denen sie noch atmete, in denen ihre Augen ihn noch sehen konnten. In denen sich ihre Haut warm anfühlte und sich ihr Mund bewegte. Zu wissen, dass sie noch hier war, bei ihm.

Aber das alles versank in einem Dunst, einem Nebel.

Als er wieder denken konnte, fiel das kalte Morgenlicht durch die geschlitzten Fenster des Schlafzimmers auf ihren gräulichen, regungslosen Körper in seinen Armen.

Das Erste, was ihm auffiel, war die Stille. Ihr Schrei, der in seinen Ohren so weh getan und seine Seele zerrissen hatte, war nicht mehr zu hören.

Er wünschte sich, dass der Schrei wiederkehren würde. Er würde alles tun, um einen einzigen Laut von ihr zu hören.

Denn der Körper in seinen Armen war kalt. Schwer. Stumm.

Als die Schreie der Möwen und das Flüstern des Meeres durch die Fenster wieder seine Ohren erreichten, fühlte er sich wie betäubt. Er fragte sich, warum er keinen Schmerz verspürte.

Irgendwann in diesen Momenten, an die er sich nicht erinnern konnte, in dem Augenblick, als die Seele seiner Frau ihren Körper verlassen hatte, musste auch seine Seele gegangen sein.

Obwohl er aufrecht saß, sie hielt und sich lebendig fühlte, war er es vielleicht nicht.

Vielleicht war er gemeinsam mit Leitis und seinem siebten Kind gestorben.

Nur wusste er es noch nicht.

Eines wusste er jedoch: Er würde nie wieder lieben.

KAPITEL 1

IRISCHE SEE, Isle von Achleith, Schottland, Juli 2022

Dr. Jennifer Foster hielt ihren rechten Arm über den Rand des Charterbootes ausgestreckt. Als das Meerwasser ihr Gesicht und das mit lila Blumen verzierte salatgrüne und zitronengelbe Kleid bespritzte, quietschte sie vergnügt.

Ihre Freundinnen, die am Ende des Bootes neben ihr saßen, kreischten mit ihr. Sie alle hielten Plastiksektgläser in den Händen.

„Pst", sagte Natalie betrunken. „Dein Sekt schaut raus."

Natalie versuchte, den dunkelgrünen Flaschenhals zurück in Amandas Handtasche zu schieben, aber ihre Hand rutschte ab, und sie kicherte. Kyla, Amanda und Jenny taten es ihr gleich.

„Ich glaube nicht, dass der MacGriesgram da drüben es MacBoss erzählen wird", sagte Amanda, trank den Rest ihres Champagners in einem Zug aus und holte die Flasche wieder aus ihrer Handtasche. „Nicht für das Trinkgeld, das wir ihm geben werden."

Während Amanda noch mehr Sekt in ihr Glas schüttete, machte das Boot einen Satz auf den Wellen, und sie schüttete die Hälfte davon auf das Deck. Jenny hob ihr Glas.

„Auf uns", sagte Jenny und stieß an. „Vier starke, unabhängige

Frauen in ihren besten Jahren! Wir haben Erfolg, wir haben Geld, und wir können es auch noch genießen!“

„Ja!“, erwiderten ihre Freundinnen, und sie stießen an.

Amanda fügte über den Rand ihres Glases hinzu: „Und auf die sexy, schottischen Jungs, die ich seit einer Woche flachlege ... im Gegensatz zu Jenny!“

Jenny warf ihrer besten Freundin einen Blick zu, sagte aber nichts. Sie stürzte das Glas hinunter, und die Bläschen kitzelten ihre Kehle. „Ich habe mich auch nicht erst vor Kurzem scheiden lassen.“

„Nicht vor Kurzem“, sagte Kyla, während sie ihr glänzendes, dunkles Haar hinter das Ohr strich. „Du hast dich vor drei Jahren scheiden lassen und hast immer noch nicht mit jemandem geschlafen.“

Jenny spottete. „Pfff. Als ob das etwas Schlechtes wäre.“

„Entschuldigung!“, rief Amanda, während sie sich bemühte, ihre blonden Haare aus den Augen zu streichen. „Süße, ich liebe dich, aber du klingst ein bisschen voreingenommen.“

Natalie schaute zwischen ihnen hin und her. Sie trug eine wunderschöne Designer-Sonnenbrille und ein knallrotes Sommerkleid, das sich auffällig von ihrer dunklen Haut abhob. Nach einer Woche ohne ihre beiden Kinder, mit mehr Stunden zum Schlafen und Zeit zum Atmen, sah sie frisch und voll Energie aus. „Mädchen, streitet euch nicht. Ich weiß, was helfen wird.“ Sie nahm Amanda die Sektflasche aus der Hand. „Das hier!“

Sie schenkte noch mehr Sekt ein und leerte die Flasche. Jenny sah Natalie und Kyla an. „Ich wollte immer, was Kyla und Natalie haben. Kinder. Eine Familie. Und jetzt bin ich neununddreißig und ...“

Sie verstummte, da sie die Worte nicht aussprechen konnte. Der strahlend blaue Himmel – so selten für Schottland – und das saphirblaue Meerwasser taten ihren Augen weh. Der Kloß in ihrer Kehle erlaubte es ihr nicht, es auszusprechen.

Dass sie neununddreißig war und ihr die Zeit davonlief. In den vergangenen zwei Jahren hatte sie drei erfolglose künstliche

Befruchtungen mit einem Samenspender durchgeführt. Der Grund für die fehlgeschlagene Befruchtung war zweifellos ihre Endometriose, eine unglaublich schmerzhafte Erkrankung, mit der sie ihr ganzes Leben lang gelebt hatte. Ihre Periode war eine einzige Qual. Sie hatte gelernt, damit umzugehen und damit zu leben, aber das Schlimmste war, dass ihre Chance, schwanger zu werden und ihr eigenes Kind auf natürlichem Weg auszutragen, sehr gering war.

Die letzte Chance auf ein eigenes Kind bot sich ihr in vierzehn Tagen. Die Fruchtbarkeitsklinik war für ein Jahr im Voraus ausgebucht, und das war das einzige Zeitfenster, in dem sie mit der Hormonbehandlung beginnen konnten, um ihre letzten lebensfähigen Eizellen zu entnehmen und einzufrieren.

Sie konnte nicht einmal daran denken, mit jemandem zu schlafen.

„Und ...“, fuhr Amanda nach einer langen Pause für sie fort. „... du bist eine der gefragtesten, privaten Kinderärztinnen in New York City, genau wie ich, deine Partnerin. Wir beide haben eine erfolgreiche Praxis, helfen vielen Kindern, gesund zu werden, und ... entschuldige, wenn ich prahle, aber wir sind nicht gerade knapp bei Kasse.“

„Amanda!“, sagte Natalie.

„Ach, komm schon“, entgegnete Kyla. „Es ist ja nicht so, dass sie die Kinder ausnutzen. Sie haben ihren Erfolg verdient. Wir beide sind es, die zu Hause festsitzen, Rotznasen putzen und Vorschulkindern hinterherjagen.“

Jenny lächelte. „Ich würde auch gerne Vorschulkindern hinterherjagen“, sagte sie zu Natalie und Kyla.

Ihr Leben fühlte sich ohne ein eigenes Kind unvollständig an. Es fehlte etwas Wichtiges und Liebenswertes. Diese Leere war wie ein riesiges Loch in ihrer Seele, das sie aussaugte und schmerzte.

„Aber du willst deine Klinik nicht aufgeben, oder?“, fragte Natalie. „Amanda und du habt sie zehn Jahre lang aufgebaut.“

Jenny gab ein unbehagliches Lachen von sich. Plötzlich wurde ihr das alles zu ernst und zu konkret. Trotz des dröhnenden Bootsmotors und der Wellen, die gegen die Bordwände schlugen, versuchte die Stimme ihres Ex-Mannes in ihrem Kopf durchzudringen. *Im tiefsten Inneren wollen Männer sich um Frauen kümmern und Frauen wollen, dass man sich um sie kümmert. Wenn du nur weniger arbeiten und mehr Zeit mit mir verbringen würdest ... wenn wir nur früher eine Familie gegründet hätten ...*

Er hatte eine eigene Familie gegründet, nur ohne Jenny. Er hatte jetzt eine zweijährige Tochter, und seine neue Frau war Hausfrau und Mutter. Genauso hatte er sich seine Beziehung gewünscht.

Und Jenny ... Jenny hatte keine kleinen Mädchen, nur noch eine Handvoll Eier, eine leere Wohnung und das beängstigende Gefühl in ihrem Inneren, dass sie zu spät dran war. Dass sie nie ein eigenes Baby haben würde, das sie in den Arm nehmen und anhimmeln könnte, nie diesen süßen Babygeruch einatmen würde.

Dass Tom recht gehabt hatte. Dass alles ihre Schuld war. Einfach alles. Hätte sie nachgegeben, ihm die Verantwortung übergeben und ihren Anteil an der Klinik an Amanda verkauft, hätte sie mehr Zeit mit ihm verbringen können. Er hätte sie nicht betrogen. Sie wären noch zusammen. Hätte sie mit zweiunddreißig versucht, schwanger zu werden, wie er es vorgeschlagen hatte, hätte sie ihr eigenes, kleines Mädchen oder ihren eigenen, kleinen Jungen zum Liebhaben und Verwöhnen gehabt. Ein kleines Mädchen oder einen kleinen Jungen mit Jennys von Natur aus blassrotem Haar und Toms grünen Augen.

„Und ich bewundere dich so sehr“, sagte Kyla. „Du und Amanda habt erreicht, wovon ich geträumt habe, es aber nicht gewagt habe. Und das, obwohl wir vier auf dieselbe medizinische Fakultät gegangen sind.“

Jenny seufzte. „Ich bin diejenige, die neidisch auf das ist, was ihr habt“, sagte sie. „Ihr habt alle Kinder. Auch wenn deine Ehe nicht funktioniert hat, Amanda, hast du immer noch einen Sohn. Und du, Natalie und Kyla, ihr habt glückliche Familien. Für mich ist es höchstwahrscheinlich zu spät.“

„Sag das nicht“, sagte Kyla. „Frauen werden immer wieder mit

Ende dreißig und Anfang vierzig schwanger. Cameron Diaz hat mit siebenundvierzig ein Kind bekommen. Naomi Campbell hat mit fünfzig entbunden."

Das Boot hüpfte über eine Welle, und Jennys Zähne schlugen aufeinander. „Ja, aber ..."

Amanda legte den Arm um Jenny. „Wir werden Folgendes tun." Sie zeigte auf das Meer. „Sobald wir die irische Küste betreten, gehen wir in einen Pub. Und dieses Mal wirst du mitkommen."

„Ich war schon in den Pubs in Schottland."

„Ja, genau. Ich meine, dieses Mal wirst du mit heißen, irischen Männern flirten und jede Menge Sex mit ihnen haben – ja, sogar mit mehreren –, und wenn du schwanger wirst ... nun ja ... ups."

Die Frauen kicherten. „Amanda, sei nicht dumm", sagte Natalie. „Sie will sich nicht von einem Iren schwängern lassen."

„Weil sie von einem dieser Highlander in Schottland schwanger werden sollte", sagte Kyla über das Champagnerglas hinweg.

Sie lachten alle. Jenny schien die Einzige zu sein, die den Witz nicht verstanden hatte.

„O ja", sagte Amanda. „Als jemand, der die einheimische Küche schon mehrmals gekostet hat ... und mehrere Gerichte probiert hat, wenn ihr versteht, was ich meine ... kann ich sie sehr empfehlen."

„Wir können unseren Urlaub sogar verlängern", rief Natalie und hob ihr Glas. „Ja, wir haben noch eine Woche, aber wir können auch einfach für ein paar Tage nach Schottland zurückkehren ..."

„Tatsächlich können wir das nicht", sagte Jenny. „Ich habe in zwei Wochen einen Termin, um mit der Hormonbehandlung für die Eizellentnahme zu beginnen."

Das Lächeln auf den Gesichtern der Mädchen verblasste. „Wirklich? Ist es schon so weit?", fragte Kyla.

„Ja. Ich habe nur noch zehn Eizellen, und das ist meine letzte Chance, ein eigenes Baby zu bekommen. Außerdem bräuchte ich noch eine Leihmutter."

Sie schwiegen alle und sahen sie mitleidig an.

„Kommt schon." Jenny zwang sich zu einem Lächeln. „Kopf

hoch. Genug von mir. Wir feiern Amandas Scheidung. Auch wenn es nicht im warmen und sonnigen Hawaii ist."

„Das ist die richtige Einstellung!", jubelte Natalie.

Amanda verdrehte die Augen. „Ich habe mir Schottland und Irland ausgesucht, weil ich echte Männer wollte, die die Zügel in die Hand nehmen, mich *Mädchen* nennen und mich alles andere vergessen lassen. Und ich kann euch sagen, dass die Highlander genau das tun."

Jenny lachte. „Ach ja? Ich bleibe lieber auf Hawaii, wo die Männer sanfter sind und sich um einen kümmern."

„Oh, glaub mir, schottische Männer können sich sehr gut um dich kümmern." Amanda zwinkerte.

Der Bootsmotor heulte auf und prustete. Ruckartig kam das Boot zum Stehen, ehe es wieder anfuhr. Dann wurde das Dröhnen zu einem schwachen Brummen, und das Boot hielt. Während sie sanft auf den Wellen schaukelten und die Vibrationen des Motors, die sie in der vergangenen Stunde gespürt hatte, nachließen, hatte Jenny das verwirrende Gefühl, dass sich der Boden unter ihren Füßen bewegte.

Um sie herum war nichts als offenes Meer, bis auf eine kleine Insel mit einem Leuchtturm, der etwa fünfhundert Meter entfernt aus dem Wasser ragte. Die Insel war steinig und hatte eine ovale Spitze, die wie ein riesiger Kopf aus dem Meer ragte. Sie musste etwa dreihundert Meter hoch und fünfhundert Meter lang sein. Wie für schottische Landschaften typisch, bedeckte grünes und gelbes Moos die steilen Hänge.

„Was ist hier los?", murmelte Amanda.

Der Motor sprang an, und das Boot bewegte sich ein kleines Stück, bevor er wieder erstarb. Dies wiederholte sich weitere sechs oder sieben Mal, bevor sich die Tür des Kapitäns öffnete, und der Bootsmann auf das Deck trat. Der Mann war um die sechzig, hatte kahle, graue Haare und einen kurzen grauen Bart im mürrischen, faltigen Gesicht.

„Pech gehabt, Mädels", brummte er. „Der Kapitän sagt, der

Motor könnte kaputt sein. Wir werden in Achleith anlegen und auf ein Rettungsboot der Küstenwache von Islay warten müssen. Ich bezweifle, dass ihr es heute noch nach Irland schafft. Während der Kapitän wartet, bringe ich euch nach Achleith, damit ihr nicht im Suff über Bord fallt. Dort gibt es eine uralte Ruine mit einem interessanten Felsen, von dem die Leute auf Islay glauben, dass er die Heimat der Feen ist."

„Klingt gut", sagte Jenny und schaute ihre Freundinnen an. „Hört sich das für euch unterhaltsam an?"

„Klar." Natalie streckte ihre Arme aus. „Ich bin für jedes Abenteuer zu haben, bevor ich wieder in meine schöne, langweilige Realität zurückkehren muss."

„Wenn wir nach Islay zurückkehren ...", sagte Amanda. „... muss Jenny Sex mit ein paar Highlandern haben."

Jenny lachte leise und schüttelte den Kopf.

Der Bootsmann ging zurück in die Kapitänskajüte. Mit einem weiteren Surren und einem leisen Brummen, mit dem der Motor abgestellt wurde, steuerte er das Boot auf die Insel zu.

Aus der Nähe bemerkte Jenny, dass es dort nicht einmal Bäume oder Büsche gab. Nur grünes Moos, Klippen und den Leuchtturm. Der Bootsmann half ihnen in das Beiboot und ruderte sie zum kiesigen Strand.

Als sie auf festem Boden standen, bereute Jenny, dass sie Flip-Flops und das dünne, luftige Satinkleid mit den Mustern aus hellen frühlingsgrünen Blättern und – als Hommage an Schottland – violetten Blumen gewählt hatte. Selbst im Juli war der Wind kühl und ließ ihren Rock flattern, sodass ihre kurzen Beine eine Gänsehaut bekamen. Sie konnte jeden Kieselstein und jeden Felsen durch die Sohlen ihrer Flip-Flops spüren. Zu viert machten sie Selfies, während das Boot einige Dutzend Meter entfernt ankerte und die Insel wie ein riesiger Korken über ihnen thronte. Jenny hatte ihre Handtasche mit dem Handy auf dem Boot vergessen und fühlte sich ohne sie seltsam hilflos.

„Tja ..." Amanda holte eine weitere Flasche Champagner aus

ihrer schier unerschöpflichen Designertasche. „Die Stimmung ist ziemlich am Boden. Das ist doch ein Abenteuer, Mädels! Kommt schon, lasst uns weiterfeiern."

Jenny jubelte, und trotz der seltsamen Blicke ihrer Freundinnen fielen sie mit ein. Amanda ließ den Korken knallen und goss den Champagner in vier Plastikgläser.

„Auf's feiern!", rief Jenny, als sie ihre Gläser hoch in die Luft hielten und tranken.

Lachend machten sie sich auf den Weg den steilen Hang hinauf. Die verdammten Flip-Flops waren glitschig, und ihre Füße drohten hinauszurutschen.

Die Spitze der Insel war rund und mit Moos und Gras bewachsen. Der alte Leuchtturm stand an der Nordseite. Seine weiße Farbe war abgeblättert, und zwischen den braunen Ziegeln verliefen Risse. Dem zerbrochenen Glas der Laternenscheiben nach zu urteilen, war er wahrscheinlich nicht einmal funktionstüchtig.

Es war alles so atemberaubend schön. Das Fleckchen Land, auf dem sie stand, war winzig im Vergleich zum weiten Himmel und dem endlosen Meer. Ihre besten Freunde waren direkt an ihrer Seite.

„Ich bin so dankbar für euch, Mädels", sagte sie. „Und ich bin so froh, dass wir dieses Abenteuer gemeinsam erleben."

In ihrem Kopf drehte sich alles, und Jenny legte die Arme um Amandas und Natalies Hüften. Amanda legte ihren Arm um Kylas Schultern, und so standen einfach nur da. Sie atmeten durch und schauten auf das Meer. Möwen kreischten und zogen über ihren Köpfen ihre Kreise.

„Auf viele weitere Abenteuer!" Natalie hob ihr Glas.

„Hört! Hört!", riefen die anderen.

„Selbst wenn niemand kommt und wir hier sterben!", verkündete Amanda. „Wir würden zusammen sterben."

Sie lachten.

„Seht mal, da ist der Feenfelsen, von dem der Griesgram gesprochen hat", sagte Jenny und schaute in Richtung des Leuchtturms.

Als sie sich dem Felsen zuwandten, wehte ihnen ein starker Wind ins Gesicht und brachte den Duft von Meer, Gras und Lavendel mit sich. Seltsam. Sie hatte auf der Insel keinen Lavendel gesehen.

Es handelte sich um einen großen, flachen Steinblock, der in den Boden eingelassen war. Um ihn herum konnte Jenny andere Steine sehen, die aus der Erde ragten, wahrscheinlich die Überreste eines alten Turms. Der Stein selbst wies Einkerbungen auf, von denen Jenny annahm, dass sie einen Fluss oder etwas anderes darstellen könnten ... Es war schwer, sich zu konzentrieren. Was sie am interessantesten fand, war der Handabdruck.

„Oh, seht mal!“, sagte Jenny. „Jemand gibt uns durch den Felsen hindurch ein High Five!“

Sie lachten. Jenny trat näher an den Felsen heran und sank auf die Knie. Amanda folgte ihr und gab der Hand ein High Five. Natalie kicherte und tat dasselbe.

„Ich habe fast gespürt, dass mir jemand ein High Five gibt“, sagte sie. „Danke, Mann.“

„Oder Frau.“ Kyla gab der Hand ebenfalls ein High Five.

„Oh, lasst uns zur anderen Seite der Insel gehen“, sagte Amanda. „Vielleicht gibt es dort noch mehr Gliedmaßen aus Stein, die wir abklatschen können.“

Die Mädchen gingen weiter, aber Jenny wollte dem Stein immer noch selbst ein High Five geben. Als sie ihre Hand darauflegte, begannen die Einkerbungen zu leuchten, und sie hielt inne.

„Cool ...“, murmelte sie und kniff die Augen zusammen, um besser sehen zu können. „Was ist da los?“ Sie schaute über die Schulter. „Hey, Mädels! Kommt zurück! Bin ich betrunken, oder leuchtet der Stein?“

„Das bist du, Schatz!“, rief Amanda, ohne sich umzudrehen. „Du strahlst. Weil du so schön bist.“

Jenny schüttelte lächelnd den Kopf. Der Duft von Lavendel und Gras wurde stärker. Sie schaute sich um. Eine Möwe saß drei Meter von ihr entfernt und betrachtete ihr Sektglas mit grimmiger Neugierde.

„Hallo, kleiner Mann. Siehst du das auch leuchten?", fragte sie. „Vielleicht solltest du den Rest meines Sekts trinken. Ich hatte eindeutig viel zu viel."

Ein Schatten fiel auf Jenny. „Ah, endlich, Mädels, seht mal ..." Sie hob den Kopf.

Eine Rothaarige in einem grünen Kapuzenmantel stand über ihr. Sie roch stark nach Lavendel und Gras. Woher war diese Frau auf diese einsame Insel gekommen? Hm ... seltsam.

„Du riechst gut", sagte Jenny. „Natürlich. Ich mag das."

Die Frau strahlte. „Oh, danke. Das hat noch nie jemand zu mir gesagt. Wie nett von dir."

„Siehst du das Leuchten, oder bin das nur ich?", fragte Jenny und deutete auf den Felsen.

Die Frau lachte leise. „Oh, ich sehe es, Mädchen. Ich bin es, der ihn leuchten lässt."

Jenny schwankte. „Wirklich? Und wie?"

„Mein Name ist Sìneag. Ich helfe den Menschen, durch den Strom der Zeit zu reisen und den Menschen zu finden, für den sie bestimmt sind."

Jenny blinzelte. „Wirklich? Und wie?"

„Das Wie spielt keine Rolle. Was zählt, ist das Warum. Hinter diesem Stein wartet ein Mann auf dich."

Jenny schüttelte den Kopf. Sie war so betrunken. Langsam stellte sie ihr Glas auf dem Rasen ab, es fiel um und verschüttete seinen Inhalt. „Ähm ... entschuldige, wenn ich mich schon wieder wiederhole ... wirklich? Und wie?"

Sìneag biss sich auf die Lippe, um ein Lächeln zu unterdrücken, und sank neben Jenny auf die Knie. Sie war so hübsch. Sie hatte ein zartes, erdbeerförmiges Gesicht, grüne Augen mit langen Wimpern und weiße, porzellanfarbene Haut. Dazu diese süßen Sommersprossen auf ihrer Nase und den Wangen. „Du bist wunderschön", sagte Jenny. „Irgendetwas an dir ist so ... anders.

Kommst du aus einer anderen Zeit? Vielleicht bist du eine Prinzessin?"

Sìneag schmunzelte. „Ich bin keine Prinzessin. Ich bin eine Fee. Und der Mann, für den du bestimmt bist, ist das Oberhaupt des Clans MacDonald of Islay, Aulay. Ein waschechter, schottischer Lord mit einem großen Herzen."

„Und einem großen Kilt ..." Jenny kicherte. „Sorry. Schlechter Scherz. Er würde mich also lieben, sagst du? Aber mein Mann hat gesagt, kein Mann wird mich lieben, wenn ich nicht aufhöre, so egoistisch zu sein. Und wenn er egoistisch sagte, meinte er eigentlich unabhängig. Du sagst also, Aulay würde mich auch dann lieben, wenn ich viel arbeiten und ihm keine Kinder schenken würde?"

Sìneag lächelte, aber ihr Blick wirkte traurig. „Er würde dich auch lieben, wenn du alt und faltig wärst und kein einziges Haar mehr auf dem Kopf hättest, Jenny. Die Liebe eines Highlanders währt ewig. Alles, was du tun musst, ist, deine Hand auf den Handabdruck zu legen."

Jenny zog die Augenbrauen hoch und betrachtete den Handabdruck. Wie betrunken war sie eigentlich, dass sie sich das alles einreden ließ? „Du meinst also, wenn ich dieser mittelalterlichen Hand ein High Five gebe, reise ich durch die Zeit?"

Sìneag nickte. „Aye."

„Was ist mit meinen Freundinnen? Wartet auf sie auch ein heißer Highlander? Nun ... zwei von ihnen sind schon vergeben, aber Amanda ..."

Sìneag zuckte mit den Schultern und sagte nichts. Jenny schaute zurück über ihre Schulter. Die drei Freundinnen standen am anderen Ende der Insel, etwa hundert Meter entfernt.

„Lasst uns eine Zeitreise machen, Mädels!", rief Jenny.

Als keine von ihnen reagierte, drehte sie sich wieder zu Sìneag um.

Dort war niemand.

Die Möwe war immer noch da und warf ihr einen bösen Blick zu. Der Wind zerzauste sanft ihr Gefieder.

„Hast du gesehen, wo sie hin ist?“, fragte Jenny.

Als die Möwe nicht antwortete, zuckte sie mit den Schultern, schaute auf den glühenden Felsen und drückte den Handabdruck erneut.

Doch statt des festen, kalten Felsens traf ihre Handfläche auf leere Luft, und sie fiel nach vorn in die Dunkelheit. Sie schrie und schlug mit Armen und Beinen um sich, um sich an etwas festzuhalten, aber da war nichts außer nasse, kalte, feuchte Luft. Und dann verlor sie das Bewusstsein.

KAPITEL 2

ISLE VON ACHLEITH, Juli 1313

Jenny wachte ruckartig auf. Ihr war kalt, und ihr Kopf schmerzte. Der trockene, klebrige Geschmack in ihrem Mund verriet ihr, dass sie dehydriert war. Ihr Kopf drehte sich wie die Rotorblätter eines Hubschraubers. Sie stemmte sich vom Gras hoch, und der Wind wehte ihr das Haar ins Gesicht. Sie versuchte, die langen Strähnen aus ihren Wimpern zu lösen.

„O Gott ...", murmelte sie, hielt sich den pochenden Kopf und sah sich um. „Wo zum Teufel bin ich?"

Neben ihrer Hand, die im Gras lag, befand sich eine Münze, die mit Schmutz bedeckt war. Sie war dick und der Rand uneben, nicht so wie der perfekte Kreis moderner Münzen. Geistesabwesend hob Jenny sie auf und betrachtete sie. Sie versuchte, sich zu erinnern, warum sie hier war und was diese Münze damit zu tun hatte. Sie drehte sie in ihrer Hand und dachte nach ...

Dann fiel es ihr ein. Amanda und die Mädchen ... Champagner ... O lieber Gott, so viel Champagner ... Das Boot hatte eine Panne gehabt ...

Dann hatte eine Frau, deren Namen sie vergessen hatte, etwas darüber gesagt, dass ihre wahre Liebe ein Highlander sei, der in der

Vergangenheit lebe, und Jenny hatte den Stein berührt und Witze darüber gemacht, dass sie in der Zeit reisen werde, um ihren Seelenverwandten zu treffen. Da war er plötzlich, der Stein, nur einen Meter von ihr entfernt.

Jenny steckte die Münze in die Tasche ihres Kleides und vergaß sie augenblicklich. Sie musste ihre Freunde finden. Und das Boot. Jenny stöhnte auf, als sie sich auf ihre schwachen Beine kämpfte. Um sie herum gab es nichts als moosiges, grasbewachsenes und felsiges Land, das etwa drei Meter breit war, und das Meer – soweit sie sehen konnte.

Wo war das Boot? Und die Mädchen? „Amanda!“, rief sie. „Natalie! Kyla!“

Niemand antwortete. Sie mussten bereits auf dem Boot sein. Warum hatten sie Jenny nicht mitgenommen, vor allem, wenn sie sahen, dass sie ohnmächtig geworden war? Möwen kreischten über ihrem Kopf, und sie erinnerte sich an eine Möwe, die sie beobachtet hatte. Als sie zum Rand der Klippe ging, um nachzusehen, wo das Boot war, bemerkte sie, dass etwas anderes völlig fehlte.

Die Oberfläche der Insel war völlig leer. Ein kalter Schweißtropfen lief ihr den Rücken hinunter.

„Wo zum Teufel ist der Leuchtturm?“, rief sie und schaute sich um.

Aber sie war nicht völlig allein. In einiger Entfernung entdeckte sie ein Schiff. Jenny kniff die Augen zusammen, um sicherzugehen, dass das, was sie sah, auch tatsächlich da war. Es hatte ein Segel. Ein einziges, quadratisches Segel. War es ein Segelboot? Nein, es sah aus wie ein Wikingerschiff, nicht, dass sie viel über Geschichte wüsste ... Das Segel sah gelblich aus und hatte eine Art rotes Symbol darauf.

„Was zum Teufel?“, sagte sie zu sich selbst.

Ihr Kopf pochte. Vielleicht war sie immer noch betrunken, obwohl das, was sie fühlte, eher ein Kater war. Sie schaute die Klippe hinunter. Der Kiesstrand lag am Fuße des Abhangs.

Und da war kein Boot. Kein Beiboot.

Und keine einzige Person in Sicht.

Die Panik lähmte sie.

Abgesehen von den Möwen, die sich an ihrem toten Körper laben würden, gab es nur ein einziges Lebewesen in dieser Weite des Meeres und einem winzigen Stück kargen Landes.

Wer auch immer auf diesem verdammten Wikingerschiff war.

Jenny schrie laut um Hilfe.

~

AULAY STEMMTE SICH GEGEN DIE ERSCHÜTTERUNGEN, WÄHREND das Schiff auf den Wellen schwankte. Das Meer um sie herum war graublau, mit weißen Wellenkämmen, die hier und da auftauchten wie Schafe auf einem Feld. Die Brise wehte ihm ins Gesicht, kitzelte seinen Bart und brachte den Geruch des Meeres in seine Nasenlöcher. Über ihren Köpfen flatterte das Segel seines Schiffes, *Tagradh*, was „Eroberung" bedeutete. Die Augen der Männer suchten ständig das Meer ab.

Nach tagelanger Suche machte er sich langsam Sorgen, dass sie das englische Schiffswrack mit dem Königsschatz aus Gold, Rüstungen und Waffen nicht finden würden. Aber die Insel Achleith hatte schon so manches Schiff an ihren felsigen Ufern abgefangen. Vielleicht würde sich sein Glück nun endlich wenden.

Er richtete seinen Blick auf Achleith und sah eine einzelne Gestalt, die in die Luft sprang und mit den Händen winkte.

„Siehst du das?", fragte Aulay Colum. „Ist das etwa ein Mensch?"

Die Quellen von Robert the Bruce hatten berichtet, dass England das Schiff mit dem Schatz nach Irland entsandt hatte, um eine Invasion der westlichen Highlands einzuleiten. Aber es war in einen Sturm geraten, der vor mehr als einer Nacht über das Meer gewütet hatte. Bruce hatte Aulay und seine Männer gebeten, das Schiff ausfindig zu machen und seine Ladung an sich zu nehmen, bevor die Engländer es zurückerobern konnten.

Eine Invasion von Irland aus könnte bedeuten, dass die Engländer bei Islay anfangen würden.

Und das durfte er nicht riskieren.

„Aye, ich sehe es", antwortete Colum. „Ist das eine Frau?"

Aulay kniff die Augen zusammen. Etwas Knallgrünes flatterte um die Gestalt herum. „Ja, sie scheint ein Kleid zu tragen. Sie könnte in Not sein, denn sie wedelt mit den Armen und springt auf und ab."

„Onkel, wir müssen ihr zu Hilfe kommen."

„Wir wissen nicht, ob sie allein ist. Oder ob sie in Gefahr ist."

„Wir werden vorsichtig sein."

Aulay knirschte mit den Zähnen. „Ja, du hast recht." Er wandte sich an seine Männer und rief: „Zur Insel!"

Er kniff die Augen erneut zusammen. „Ich sehe dort einen Strand", sagte er zu Colum. „Wir werden dort hinsteuern. Das Wasser ist flach genug, sodass wir in der Nähe ankern können."

Während das Boot auf die Insel zusteuerte, ruhte sein Blick auf der Gestalt. Er konnte inzwischen erkennen, dass sie langes rotes Haar und ein grünes Kleid trug, das so grell war, dass es zu strahlen schien. Wenn sie Aufmerksamkeit wollte, dann war sie mit dieser Farbe sehr erfolgreich.

Das Boot näherte sich der Insel, und seine Gedanken wanderten zurück in die Vergangenheit. Sieben Jahre waren vergangen, seit Leitis gestorben war. Seit jener Nacht, die seine Seele tief verwundet und sein Herz zerrissen hatte. Er hatte nicht wieder geheiratet und keine Kinder bekommen. Erben zu haben, war sein größter Wunsch gewesen. Jemand, der die Reichtümer, die Schlösser, die Schiffe und die Geheimnisse eines florierenden Handelsimperiums erben würde.

Sein nächster Erbe war Colum.

„Das Schiff könnte irgendwo in der Nähe dieser Insel sein", sagte Colum und streckte den Arm in Richtung der Frau aus. Sie waren jetzt so nah, dass die Fremde sie sehen würde. „Vielleicht ist die Frau die einzige Überlebende."

„Aye." Aulay beobachtete, wie sie den Arm hob und dann den steilen Pfad zum Strand hinuntereilte. Ihr Kleid reichte nur bis zur

Mitte ihrer Waden, und die Beine waren so weiß, dass sie beim Laufen wie in einem Spiegel von der Sonne reflektiert wurden.

Das Schiffsunglück war von Aulays Verbündeten in Irland bestätigt worden, die behaupteten, ein Teil des Schiffes sei auf einer der Inseln angeschwemmt worden, aber mehr sei nicht gefunden worden. Offiziell war Irland mit England verbündet, aber Aulay hatte irische Freunde, die trotz des englischen Embargos mit den MacDonalds Handel trieben.

Sie wussten also, dass das Schiff irgendwo zerschellt war. Sie mussten es nur finden.

Wenn die Engländer es zuerst entdeckten, könnten sie alle bisherigen Fortschritte von Bruce zunichtemachen.

Aulay beobachtete den Meeresgrund, um sicherzugehen, dass sie tief genug waren, um wegzukommen, aber auch flach genug, um vom Schiff zu springen und ans Land zu gelangen.

Langschiffe waren Bestandteil des Wikingererbes seines Clans. Birlinns waren ihnen nachempfunden und konnten in flachem Wasser verankert und bei Bedarf sogar ohne Steg be- und entladen werden.

„Anker!", rief er, als sie die richtige Tiefe erreichten.

Der Anker – eine Holzkonstruktion mit einem schweren Stein in der Mitte – wurde fallen gelassen, und das Boot kam zum Stehen.

Aulay brüllte die Namen der Männer, die er mit sich nehmen wollte. Diese sprangen ins Wasser, das ihnen bis zur Brust reichte, und näherten sich mit gezückten Waffen der Frau, die an den Strand gekommen war. Sie erstarrte und wich einen Schritt zurück. Aulays Bauchgefühl veranlasste ihn, auf sie zuzueilen. Das Plätschern des Wassers, als die Männer durch die Brandung stürmten, war ohrenbetäubend. Zehn Schritte von ihr entfernt, erkannte Aulay, wie sich ihre hübschen, großen Augen in dem blassen Gesicht weiteten. Sie machte drei weitere Schritte zurück und die Hand schnellte zu ihrer Brust.

Da wusste Aulay, dass etwas nicht stimmte.

Sie war gekleidet wie ... wie ... wie niemand, denn er hatte noch nie so etwas gesehen. Das Kleid war zu kurz, sie trug keine Untertunika, und ihr Haar war nicht mit einem Schleier bedeckt. Der Stoff war so dünn, dass er wie ein Spinnennetz in der Luft schwebte. Und die Farbe – jetzt, wo er ganz nah bei ihr war, sah es so aus, als wären echte Blätter, Zweige und Blumen direkt auf den Stoff ihres Kleides gesteckt worden. Es war ein Meisterwerk, wie er es noch nie in seinem Leben gesehen hatte. Dabei hatte er jahrzehntelang mit Italienern und Franzosen gehandelt. Und ihre Schuhe ... Bei Gottes Füßen, diese Schuhe bestanden aus drei Lederriemen, die an den Sohlen befestigt waren und ihre Zehen schamlos zur Schau stellten.

Sie lief rückwärts den schmalen Pfad zum Hügel hinauf.

„Meine Lady, sagte Aulay und ging schnell auf sie zu.

Sie war zur Flucht bereit. Er sah die Panik in ihren Augen.

„Habt Ihr um Hilfe gerufen?“, fragte er. „Ist sonst noch jemand hier?“

Als seine Männer hinter ihm den Strand betraten, fiel ihr Blick auf die Schwerter, Äxte und Schilde, die vom Wasser und im fahlen Licht des Tages glänzten.

Sie schrie auf, drehte sich um und rannte den Hügel hinauf. Aber sie schaffte nicht einmal drei Schritte. Ihr Fuß rutschte aus einem ihrer Schuhe, und sie fiel auf den Bauch.

„Sie muss verrückt sein“, sagte Colum, runzelte die Stirn und musterte die Frau. „Aber wo zum Teufel kommt sie denn her?“

Als sie sich aufrappelte, seufzte Aulay. „Irgendetwas an ihr ist seltsam. Und wenn sie seltsam ist, dann ist sie keine von uns. Und wenn sie keine von uns ist, könnte sie der Feind sein. Vielleicht ist sie auch auf der Suche nach dem Schatz.“ Er beobachtete, wie ihr runder Hintern in der Luft wackelte, als sie versuchte, diese seltsamen Schuhe wieder anzuziehen und fortzulaufen. Aber sie verlor immer wieder das Gleichgewicht, und ihr Schuh wollte nicht zurück auf ihren Fuß rutschen. „Vielleicht ist sie eine Spionin. Wir müssen sie mit nach Islay nehmen und es herausfinden.“

Während sie über sie diskutierten, war sie nicht weit gekommen. Sie rannte weiter, rutschte aber erneut in ihren albernen Schuhen aus.

Er machte zehn lange Schritte auf sie zu. Seine nassen Kleider klebten am Körper und tropften. Aulay zog sein Schwert aus der Scheide, bückte sich, hob sie hoch und schleuderte sie über seine Schulter. Sie war klein, hatte aber schöne Kurven. Als er mit ihr über der Schulter voranschritt, drehten sich seine Männer um und machten sich auf den Weg zum Schiff.

Ihr Gewicht fühlte sich angenehm und sanft an. Aber sie strampelte und schrie unter seinem Arm. „Lass mich los! Lass mich los!"

Er musste sie beruhigen, also legte er seine Hand auf ihren runden Hintern, während er durch das Wasser ging und über die Wellen sprang, die an den Strand krachten.

Irgendetwas in ihm verkrampfte sich bei dem Gedanken, dass sie zwar keine Feindin war, er aber trotzdem neugierig auf sie war und ihm die Vorstellung gefiel, dass sie in seinem Schloss auf Islay zu Gast sein würde.

KAPITEL 3

JENNY SCHRIE DURCH DEN KNEBEL, obwohl sie nur zu gut wusste, dass das nichts bringen würde. Sie saß mit auf dem Rücken an den Mast des verdammten Wikingerschiffs gefesselten Händen an Deck, während die Männer um sie herum das Schiff steuerten und über sie sprachen.

Ohne einen Gedanken daran zu verschwenden, dass Jenny sie hören könnte ... und ihr gefiel nicht, was sie hörte.

Der Knebel schmeckte nach Dreck und Salz. Sie hoffte, dass es Meersalz war und nicht der salzige Körperschweiß eines alten Mannes. Ihr Magen drehte sich jedes Mal um, wenn das Schiff auf den Wellen schwankte und sich hob. Das Seil, mit dem ihre Handgelenke gefesselt waren, stach, als wäre es aus Brennnesseln gemacht.

Aber nichts davon war vergleichbar mit dem Entsetzen und dem schieren animalischen Drang, von diesem Schiff zu springen, selbst wenn es sie in die Tiefen der Hölle führen würde. Sie hatte ihren Augen nicht getraut, als das Wikingerschiff geankert hatte und zehn bärtige Kerle mit Muskelbergen, die Schwerter und Äxte in der Hand hielten, von Bord ins Meer gesprungen waren und durch die Brandung auf sie zugelaufen kamen, als würden sie durch Gras und

Gestrüpp spazieren.

Dann war einer von ihnen – der Größte – auf sie zugegangen, als wollte er sie mit seinem Schwert töten, hatte sie hochgehoben, über seine Schulter geworfen und weggetragen, als wäre sie ein Sack Kartoffeln.

Und nun sahen die Männer sie an, als wäre sie ein sonderbares Wesen aus dem Zoo.

„Die Kleidung der Frau ist seltsam“, sagte einer. „So kurz und so ... hell. Wie kann ein Stoff heller sein als echte Pflanzen? Habt Ihr jemals so etwas gesehen, Seoras?“

Sie rutschte auf ihrem Hintern hin und her. Sie wollte sich bedecken und war froh, dass sie wenigstens ihre grüne Strickjacke anhatte. Sie überdachte ihre Kleiderwahl jetzt noch einmal. Es war sexuell gesehen sehr bescheiden, aber ja, auch recht bunt und hell. Aber es passte zu dem Thema der Feier, das Amanda gewollt hatte. Ihre Flip-Flops waren dagegen sicherlich die falsche Wahl.

„Sie muss Irin sein“, sagte der Mann namens Seoras und rieb sich sein bärtiges Kinn. Er sah ein bisschen aus wie der Riese, der sie entführt hatte, nur viel jünger. Dieselbe stolze Haltung. Der gleiche, muskulöse Körper unter dem langen, stark geflickten, mittelalterlichen Mantel. Sein dunkler Bart war kurz, und sein Gesicht war mit Schmutzflecken übersät. „Das rote Haar.“

„Das ist das Werk eines großartigen Friseurs in New York, du Trottel!“, schrie sie durch ihren Knebel.

Ihr von Natur aus rotes Haar bekam langsam ein paar graue Stellen, und sie war der Meinung gewesen, ein hellerer Farbton wäre doch ganz nett.

Sie runzelten verwirrt die Stirn. Sie konnten nichts verstanden haben, wenn sie nicht wussten, was „Mha mwha mahwa mahwa, mahrar!“ bedeutete.

Da wurde ihr klar, dass sie kein Englisch sprachen ...

Aber das tat sie auch nicht – sie schrie sie auf Gälisch an. Wie war es möglich, dass sie es verstand und sprach? Schon in Schottland hatte sie gehört, wie der Kapitän und der Bootsmann miteinander

Gälisch gesprochen hatten, und sie hatte nichts verstanden. Wie war es möglich, dass sie jetzt wusste, was diese Männer sagten?

„Sie könnte Engländerin sein“, sagte der dritte, jüngere Mann. „Vielleicht ist sie auch auf der Suche nach einem Schatz.“

Die Männer schwiegen, starrten Jenny an und musterten sie von oben bis unten. Ihr Kleid bedeckte ihre Beine bis zur Mitte der Waden, und sie wurde sich ihrer nackten Haut so bewusst wie nie zuvor.

„Hört auf zu glotzen, ihr Idioten!“, schrie sie, woraufhin die Männer sie wieder stirnrunzelnd ansahen.

„Ist sie eine Hure, was meint ihr?“, fragte der erste Mann.

„Das könnte sein“, sagte Seoras.

„Ich bin keine“, stöhnte sie. „Und ich werde euch umbringen, sobald euer Esel von einem Lord mich losgebunden hat!“

„Aber warum sollte der Herr eine Hure mit nach Islay nehmen?“

„Vielleicht ist er endlich bereit, sich von Tante Leitis zu trennen.“

Im Gegensatz zu so ziemlich jedem anderen Mann auf diesem Schiff schwieg der besagte Esel von einem Lord. Nachdem er die Befehle erteilt hatte, das Schiff vom Ufer wegzubringen, und sie sich nun auf offener See befanden, beobachtete er sie. Im Gegensatz zu seiner Mannschaft war sein gut aussehendes Gesicht völlig ausdruckslos.

Jennys Wangen wurden heiß, als sie sich daran erinnerte, wie er sie hochgehoben hatte, als würde sie nichts wiegen. Wie sich seine harten Muskeln an ihren Schenkeln angefühlt hatten, als er sie festgehalten hatte. Wie ihr seine Handfläche auf ihrem Hintern so heiß, schwer und gewaltig vorgekommen war. Und obwohl er unglaublich unhöflich war ... taute ein Teil von ihr auf und entflammte.

Er sah nicht nur gut aus, er war umwerfend – so wie es Zeus, der König der Götter des Olymps, wohl auch sein musste. So wie Sean Connery oder George Clooney noch besser, sexyer und umwerfender aussahen, je älter sie wurden. Der große, muskulöse Körper mit den breiten Schultern und den schmalen Hüften und die schiere, unbändige Kraft, die er ausstrahlte, hatten nichts Altersschwaches an sich. Er musste in den späten Vierzigern sein. Vielleicht auch Anfang fünfzig. Er hatte langes silbriges Haar, das oberhalb der Ohren zurückgebunden war. Sein schwarz-weißer Bart war kurz und gepflegt. Er hatte hohe Wangenknochen und eine gerade Nase mit einem kleinen Höcker über dem Nasenrücken. Die Augenbrauen waren dunkel und dick und verliefen in einer strengen, geraden Linie. Und diese Augen ... Sie war plötzlich neugierig, welche Farbe sie hatten.

Sie starrten Jenny an. Abschätzend. Herausfordernd.

Nun, sie konnte sich nicht rühren. Sie konnte nicht sprechen, also starrte sie zurück. Sie wollte ihm zeigen, dass sie nicht irgendein Sack Kartoffeln war, den man einfach anfassen, fesseln und verschleppen konnte.

Sie starrten sich verbissen an, bis sie eine große Fläche Land erreichten. Als sie sich dem Ufer näherten, wandte er sich von ihr ab und brüllte erneut Befehle, um das Schiff zu navigieren. Das musste Islay sein. Die Landschaft war immer noch rau und felsig. Sie war mit grünem und gelbem Moos bewachsen, vereinzelt gab es Bäume und Gestrüpp. Sie fuhren in einen Hafen, in dem noch mehr Schiffe wie dieses vor Anker lagen, deren Segel eingeholt waren. Der Hafen war auf zwei Seiten von Felsen umgeben. Auf der rechten Seite erhoben sie sich zu einer riesigen Klippe, auf der eine Burg stand. Die massiven Steinmauern umgaben einen großen, hohen Turm.

Alle Menschen auf den hölzernen Stegen hatten Schwerter, Spieße und Äxte. Alle trugen Kettenhemden und irgendeine Art von Rüstung – entweder aus Leder oder aus stark geflicktem Stoff. Ein Schauer überkam sie. Sie war noch nie auf Islay gewesen, da sie das Boot in Glasgow gemietet hatten, aber sie war sich ziemlich sicher, dass es in der modernen Welt keine Dörfer wie dieses gab.

Das Dorf an der Küste war mittelalterlich. Im ganzen Ort verstreut standen kleine Häuser aus grobem Stein, Lehm und Holz mit Strohdächern. Ein einzelner Kirchturm war das höchste Gebäude des Dorfes. Von jedem Dach stieg Holzrauch auf. Von irgendwoher hörte man das Bellen eines Hundes. Ein paar Highland-Rinder mit ihren breiten Hörnern und dem roten Fell grasten friedlich in den Rinderställen neben einigen Häusern. Zwischen den Häusern standen dreieckige, tipiähnliche Unterstände, in denen große Tonkrüge, Töpfe und Holzkisten sowie Trockengestelle mit Fisch und Tierhäuten standen. Unter den Vordächern lagen Holzstapel. Pferde zogen Holzkarren mit Heu, Brennholz und Steinen. Die Luft stank nach Tierdünger, Holzrauch und Fisch.

Wo waren die asphaltierten Straßen? Wo waren die Strommasten? Als die Männer das Schiff anlegten und auf den Steg hinabstiegen, kam der Esel von einem Lord zu ihr, band sie vom Mast los und löste ihren Knebel.

„Willkommen auf Islay, Mädchen", sagte er.

Seine Stimme war sanft, und an den Stellen, an denen er sie berührte, spürte sie sanfte Freudenströme auf der Haut.

Sie waren dunkelgrau, seine Augen. Wie der Himmel vor einem Sturm.

„Ich habe dich losgebunden." Seine Augen betrachteten ihr Gesicht, ihren Hals, den bescheidenen Ausschnitt ihres Kleides im Brustbereich. Dort, wo er hinschaute, schmolz ihre Haut, und sie spürte, wie sie von der Hitze verbrannt wurde. Verdammt, sie errötete. „Ich werde dich auf mein Schloss bringen, und du wirst mir alles darüber erzählen, wer du bist."

„Ich bin niemand ...", sagte sie. „Nur ..."

Aber bevor sie etwas sagen konnte, rief jemand nach ihm, und er packte sie am Ellbogen und führte sie vom Boot und auf den Steg. Sie versuchte, den Ellbogen zu befreien, aber es war, als würde sie versuchen, sich aus einem eisernen Schraubstock zu ziehen. Als sie den Steg hinunterging, waren alle Augen auf sie gerichtet. Männer in langen Tuniken, die ihnen teilweise bis zu den Knöcheln reichten. Frauen in langen Tuniken und Kleidern, die Schleier über ihren Köpfen trugen. Die meisten von ihnen trugen Umhänge. Die Kleidung war einfach, meist in schmutzigen Blau-, Rot- und Ockertönen gehalten. Alle Schuhe liefen nach vorn spitz zu.

Die meisten Dorfbewohner hielten mit ihrer Arbeit inne – wie etwa dem Be- und Entladen der Schiffe, dem Transportieren von Säcken und Holzstapeln, dem Hacken und Säubern von Fisch –, um sie zu beobachten. Das Gefühl, ein Tier im Zoo zu sein, verstärkte sich, und sie knöpfte sich mit der freien Hand die Strickjacke über der Brust zu.

Als sie festen Boden unter den Füßen hatte, sanken ihre Flip-Flops in den kalten, nassen Schlamm ein, der mit Steinen, Kieseln und ... sie hoffte, nicht mit Tierkot vermischt war. Sie schrie auf, aber der Wikingerkönig – das hier war Islay, also war er ein schottischer Lord – beachtete sie nicht und zerrte sie durch den Schlamm, als wäre sie eine widerspenstige Kuh.

Etwas Scharfes bohrte sich in ihren Zeh. Sie stöhnte auf und zog den Arm zurück, den er gehalten hatte.

Mit Mühe schaffte sie es, ihn zum Stehen zu bringen, und als er sich zu ihr umdrehte und eine Augenbraue hochzog, richtete sie ihre Schultern auf. „Darf ich jetzt reden?", fragte sie.

Plötzlich bemerkte sie, dass noch mehr Leute ihre Arbeit unterbrochen hatten, um zu gaffen oder sich um sie herum zu versammeln. Sie fröstelte und nicht nur wegen der Kälte, die ihr aus dem Schlamm in die Füße kroch.

Der riesige Schotte verschränkte seine muskulösen Arme vor der Brust. Ihr Herz setzte einen Schlag aus, obwohl sie fest entschlossen war, sein gutes Aussehen zu ignorieren.

„Ob du sprechen darfst?", wiederholte er. „Ja, wenn du dich bereit erklärst, ruhig zu bleiben und nicht zu schreien."

Sie tippte mit dem Zeigefinger auf ihre Unterlippe. „Hm ... lass mich einen Moment darüber nachdenken. Ein Haufen mittelalterlicher Typen mit Schwertern knebelten mich und fesselten mich, als wäre ich ein Gegenstand, und bringt mich dann an einen Ort, an dem die Leute anscheinend auf Pferden reiten, keinen Strom haben und mich ansehen, als wollten sie mich auf dem Scheiterhaufen verbrennen ... Oh ... und ... übrigens, es scheint, als würde ich eine Sprache sprechen, die ich nie gelernt habe ... Sieht es so aus, als wäre ich bereit zu reden? Weißt du, was ich dazu zu sagen habe?“ Sie atmete tief ein und schrie ihm mit all ihrer Angst und Wut ins Gesicht. „Lass mich gehen oder ich rufe die Bullen!“

Sein Gesicht verzog sich. Seine Augen wurden finster, als ob sich ein echter Sturm hinter ihnen zusammenbraute. Seine Kiefermuskeln arbeiteten unter seinem Bart.

Keine gute Idee, Jenny. Das war keine so gute Idee.

„Verrückte“, murmelte er, als er sich zu ihr beugte, sie hochhob und über seine Schulter warf.

„Lass mich los!“, schrie sie, als der Schlamm und seine Füße vor ihren Augen auftauchten. Sie schlug gegen seinen Rücken und strampelte mit den Beinen in der Luft, um sich zu befreien. „Lass los, du Barbar!“

„Mach so weiter, Mädchen, und du wirst vielleicht auf dem Scheiterhaufen landen.“

Er trug sie durch das Dorf und dann den felsigen Hügel hinauf. Einige Minuten später, als sie ihre gesamte Energie darauf verschwendet hatte, sich gegen ihn zu wehren, setzte er sie wieder auf dem Boden vor einem Tor ab. Sie mussten an einer Mauer der Burg sein, die sie vom Schiff aus gesehen hatte. Der verdammte Riese war nicht einmal ins Schwitzen gekommen, als er sie den Hügel hinaufgetragen hatte; er starrte sie nur mit seinen dunklen, düsteren Augen an.

„Du kannst selbst zum Schloss gehen“, sagte er und zeigte ihr den Weg durch das riesige Tor.

Sie schaute hindurch und entdeckte noch mehr strohgedeckte Gebäude und den großen Turm, den sie ebenfalls vom Schiff aus gesehen hatte. Die beiden Wachen, die am Tor standen, beobachteten sie stirnrunzelnd.

Sie überlegte, ob sie den Hügel wieder hinunterlaufen sollte, doch dann betrachtete sie ihre Füße. Sie waren mit Schlamm bedeckt und rutschten auf den Gummisohlen ihrer Flip-Flops aus. Sie waren völlig unpassend für dieses Vorhaben. Im Inneren des Burghofs konnte sie Männer mit Schwertern und Speeren, Stein-

und Holzhäuser mit Strohdächern sowie Pferde, Hühner und Gänse sehen. Ihr Kleid fühlte sich dünn und kalt an.

Etwas zerrte von hinten an ihrem Kleid, und als sie sich umdrehte, sah sie eine Ziege, die am Stoff kaute.

„Verdammt!“, schrie sie, als sie ihren Rock wegzog. „Nie wieder Blattmuster.“

Ihre Schuhe waren zerstört, die Handtasche lag auf dem Boot ... wo auch immer Amanda und ihre anderen Freunde waren. Der Esel von einem Lord schob sie sanft vorwärts, und sie ging, wobei ihre Füße ausrutschten, und ihre Knöchel schmerzten, als sie versuchte, das Gleichgewicht zu halten.

Als sie die Tore passierten, wurde ihr Kidnapper von einer bildhübschen, jungen Frau begrüßt. Sie trug ein langes, wunderschönes mittelalterliches Kleid mit einem mit Gold- und Silberfäden bestickten Gürtel um ihre schlanke Taille.

„Onkel Aulay, wer ist das?“

Aulay ... Bei diesem Namen klingelte es bei ihr. Wo hatte sie ihn schon einmal gehört?

„Mach dir keine Sorgen, Laoghaire.“

„Wieso sollte ich mir Sorgen machen, wenn unser Oberhaupt ganz ungeniert eine Hure nach Dunyvaig bringt? Was soll aus dem Namen MacDonald werden?“

Aulay MacDonald ...

Durch ihren immer noch trüben Verstand hindurch erinnerte sie sich. Die Frau in dem grünen Kleid. Sie hatte Jenny erzählt, dass sie in der Vergangenheit einen Seelenverwandten habe ... Aulay MacDonald, der sie auch dann noch lieben werde, wenn sie faltig und alt war und ... irgendwas.

In der Zeit zurück reisen?

Jenny war kalt. So kalt, als wäre sie zu Trockeneis geworden. Ihre Füße schmerzten, ihr Kopf schmerzte und ihre Hände zitterten.

„Du bist Aulay MacDonald?“, fragte sie.

Er sah sie mit zusammengekniffenen Augen an. „Das bin ich.“

„Onkel, wer ist sie?“, beharrte Laoghaire.

„Wir haben sie auf Achleith aufgelesen“, sagte ein jüngerer Krieger, der hübsch und dunkelhaarig war. Sie erinnerte sich, dass ihn jemand mit Colum angesprochen hatte.

„Achleith?“, fragte Laoghaire.

„Dort, wo der Stein ist, den die Feen besuchen“, sagte ein anderer Mann, der an Laoghaires Seite stehen blieb.

„Vielleicht wurde sie ausgeraubt“, sagte eine ältere Frau mit einem freundlichen Gesicht, die ihre Wäsche stehen gelassen hatte, um sie zu betrachten. „Welche Person mit einem Fünkchen Verstand würde sich mit solchen Klamotten auf der Straße blicken lassen?“

Laoghaire musterte Jenny angewidert von oben bis unten. „Ja, ihre Beine so entblößt ... schamlos.“

Aulay packte Jenny am Ellbogen und drängte sie sanft, weiterzugehen. „Das geht euch nichts an, liebe Leute. Lasst sie in Ruhe.“

„Vielleicht ist sie kein Mensch!“, hörte Jenny jemanden hinter ihrem Rücken rufen.

„Oder vielleicht ist sie eine Hexe“, schlug ein Mann vor, und als Jenny über ihre Schulter blickte, sah sie, dass es einer von Aulays Kriegern vom Schiff war.

Als sie zu Aulay aufsah, um ihm zu sagen, dass sie ein Mensch und keine Engländerin und keine Hexe oder Hure war, war eine dunkle, gedankenschwere Gefahr in seinen Augen zu sehen.

Sie mochte diesen Blick kein bisschen.

„Ihr müsst sie einsperren, Herr!“, rief Laoghaire. „Sie ist gefährlich!“

„Aye, sperrt sie ein!“, hallte eine Männerstimme wider.

Daraufhin riefen alle ihnen her, dass sie als Gefangene eingesperrt werden müsse.

Aulays Hand schloss sich fester um ihren Ellbogen.

KAPITEL 4

AULAY SAß in seinem großen Stuhl in der Halle von Schloss Dunyvaig und betrachtete die interessanteste Frau, die ihm je in seinem Leben begegnet war. Die Frau in dem hellgrünen Kleid saß an einem der langen Tische, die die riesige Halle säumten, und starrte auf das Stück gekochten Lachs in ihrer Schüssel, als wüsste sie nicht, was sie damit anfangen sollte. Er rieb sich nachdenklich das Kinn und beobachtete, wie die Flammen in den Feuerstellen ihr rotes Haar zum Leuchten brachten.

Sie war eine kleine Füchsin, nicht wahr?

Die Krieger tranken, unterhielten sich und ruhten sich von der Reise aus. Colum saß wie immer allein. Seoras war bei seiner hochschwangeren Frau, Mhairi. Laoghaire saß mit aufrechtem Rücken neben ihr und trank Wein, dabei warf sie der rothaarigen Füchsin seltsame Blicke zu.

Zwischen den aufgestickten MacDonald-Wappen hingen Schilde mit den MacDonald-Farben in ordentlichen Reihen. Die Schilde waren rund und trugen in der Mitte ein einzelnes, quadratisches Segel – wieder einmal das Erbe der Wikinger, das seine nordischen Vorfahren hinterlassen hatten.

In der großen Halle herrschte leises Gemurmel, die Krieger unterhielten sich miteinander und lachten, während sie aßen.

Aulay fiel auf, wie alle die fremde Frau ansahen. Auf ihr nacktes Fleisch, das der ganzen Welt offenbart wurde. Auf ihr langes, helles und glänzendes Haar, das sich deutlich von dem unnatürlichen Grün ihres Kleides abhob. Na ja, so unnatürlich war es nicht, dachte er. Es entsprach der Farbe der ersten, noch jungen Blätter des Frühlings. Wenn sie aus ihren engen Knospen schlüpften und es kaum erwarten konnten, die Sonne auf ihrer zarten Oberfläche zu spüren.

Aulay ging es auch oft so. Seine Seele war fest zusammengerollt, tief in der Kälte verborgen und wartete.

Er atmete tief durch. Er mochte den Geruch, der stets in seiner Halle zu herrschen schien: Holzrauch von den Feuerstellen, Stein und Leder. Außerdem befanden sich hier kostbare Stickereien, die er vor einem Dutzend Jahren in einem Kloster in Südfrankreich erworben hatte, wohin er persönlich gereist war, um zu handeln. Sie zeigten eine große Burg, größer als Stirling, Bauern, die unter den massiven Mauern die Felder bearbeiteten, und einer feinen Dame, die von einem Ritter umworben wurde. Diese Stickerei war sein Geschenk an Leitis gewesen, das Symbol seiner Liebe, mit der er um seine Frau geworben hatte. Obwohl ihre Ehe arrangiert worden war, hatte er sie monatelang nicht angerührt – nicht, bevor er ihr Herz gewonnen und sie sich ihm freiwillig hingegeben hatte.

Sie war die große Liebe seines Lebens gewesen. Die Frau, für die er gern sein Leben gegeben hätte.

Seit Leitis hatte er keine andere Frau mehr angesehen.

Bis auf diese hier.

Dabei kannte er weder ihren Namen noch wusste er, woher sie kam.

Sie nahm das Tranchiermesser in die Hand und schob den Lachs an der Schneide entlang, dann beugte sie sich hinunter und beschnupperte ihn. In der Tat eine kleine Füchsin. Aulay unterdrückte ein Lächeln.

Sie war ausgesprochen hübsch, mit ihrer kleinen, aufrechten

Statur und den Kurven, die sich unter dem dünnen, seidigen Kleid abzeichneten. Welche Farbe hatten ihre Augen?

Als hätte sie seine Gedanken gelesen, blickte sie zu ihm auf. Von hier aus konnte er die Farbe ihrer Augen nicht sehen, obwohl sie ihn geradewegs anschaute.

Zu seiner eigenen Überraschung stand er auf und ging die Stufen des Podestes hinunter. Er ging auf sie zu; den ganzen Weg über war ihr Blick wie ein regelrechter Schauer von Nägeln auf ihn niedergegangen.

Als er einen Schritt von ihr entfernt stand, bemerkte er, dass ihre Augen braun und warm waren, fast gelb wie die Farbe von Spätsommerhonig. Wie wäre es, wenn sie ihn nicht mit spitzen Dolchen beschossen, sondern schmolzen und ihn liebevoll anblickten? Während er um sie herumging, sehnte er sich danach, sie erneut zu berühren. Er griff nach dem wallenden Stück Stoff direkt unter ihrem Schlüsselbein. Es fühlte sich wegen ihres Körpers warm an und lag wie reine Seide in der Luft. Es war so weich und leicht, dass er dachte, es könnte aus den Flügeln einer Fee gemacht sein.

„Warum bist du so gekleidet, Mädchen?“, fragte er.

„Fahr zur Hölle“, antwortete sie. „Ist dir klar, wie unverschämt du klingst? Warum sollte ich nicht so gekleidet sein?“

Er lachte und ließ den Stoff los. Sie roch nach etwas Köstlichem und Fremdem. Nach Blumen und Frische. Wie Äpfel. Und nach Zitronen, der Frucht, die er einst im Königreich Galizien gekostet hatte.

„Zum einen ...“, sagte er. „... dachte die Ziege, dein Kleid sei ihre Mahlzeit.“

Sie verdrehte die Augen. „Blöde Ziege.“

„Kein Stoff, den ich kenne, ist so weich, so leicht und so farbenfroh, dass meine Augen wehtun.“

„Ach ja? Nun, deine Klamotten verleiten mich dazu, sie auszuziehen und ...“

Ihr ganzes Gesicht erstrahlte in der Farbe der Flammen. Er blieb vor ihr stehen und konnte sich ein amüsiertes Grinsen nicht verkneifen. „Und was?"

„Und sie zu verbrennen."

Er neigte den Kopf und schaute auf ihre Füße. „Ich habe noch nie so lächerliche Schuhe gesehen. Drei Riemen und ein Plateau. Deine Zehen und Füße sind mit Schlamm und Mist bedeckt."

Sie schluckte und sah ebenfalls auf ihre Füße. „Da kann man nicht widersprechen. Ich bedaure, diese Schuhe angezogen zu haben, mehr als du dir vorstellen kannst."

Er verengte die Augen, als er ihr Haar ansah. Es hatte zwei Farben. Eine davon war dieses leuchtende und satte Fuchsrot. Die andere, nur ein schmaler Strich am Ansatz, war ein blasseres Honigrot mit ein paar silbrigen Linien. Wie bekam man nur so eine leuchtende Farbe hin? Er wusste, dass manche Frauen ihr Haar in der Sonne oder mit einer Mischung aus Holzasche und Essig bleichten. Blondinen waren der Inbegriff von Schönheit und Perfektion. Aber er hatte noch nie gehört, dass jemand versuchte, rote Haare zu haben.

Sie trug ein zartes Armband am Handgelenk, eine bemerkenswerte Handwerksarbeit aus verflochtenen Blättern. Außerdem trug sie einen dünnen Ring an ihrem rechten Zeigefinger.

Er stellte sich neben sie und verschränkte die Arme vor der Brust. Sie war klein, als sie so vor ihm saß. Er stellte sich vor, wie sie vor ihm kniete und sein hartes Glied mit der Hand umschloss. Bei Gott, er hatte seit sieben Jahren keinen lustvollen Gedanken mehr an eine Frau gehabt.

„Lass uns mit deinem Namen anfangen", sagte er. „Wie nennt man dich?"

„Richtig. Jetzt fragst du nach meinem Namen. Nachdem du mich über das Meer geschleift hast."

„Aye. Jetzt frage ich. Wie lautet dein Name?"

Zuerst antwortete sie nicht, und er dachte, dass sie es gar nicht tun würde. Dann seufzte sie, legte das Schneidemesser auf den Tisch und sagte: „Dr. Jennifer Foster."

Jennifer ... Ein schöner Name, den er noch nie in seinem Leben gehört hatte. Er erinnerte ihn an den Namen Guinevere, die legendäre Frau von König Artus. Vielleicht sprach man ihn in England so aus ... Aber etwas anderes überraschte ihn noch mehr an ihrer Antwort.

Er runzelte die Stirn. „Doktor? Was soll das heißen?"

„Du weißt nicht, was ‚Doktor' bedeutet?" Sie zog die Augenbrauen hoch. „Wirklich?"

„Wirklich."

„Klar. Und ich dachte, ich wäre diejenige, die lügt."

Sie machte sich über ihn lustig. Er mochte es, mit einer Frau zu scherzen, die ihre eigene Meinung hatte, aber er begann, die Geduld zu verlieren.

Er schaute sich um. Die Krieger warfen ihnen neugierige Blicke zu. Das Gemurmel in der großen Halle wurde leiser. Laoghaire starrte sie mit deutlichem Misstrauen an. Diese Frau brachte eine Menge Unruhe in den Clan. Er musste vorsichtig sein.

„Du hast zwei Möglichkeiten, Mädchen", sagte er. „Die erste: Du beantwortest meine Fragen wahrheitsgemäß. Ich werde es merken, wenn du mich anlügst. Dann darfst du mit mir essen. Die zweite Möglichkeit ist, dass du weiter schreist, lügst und Unsinn redest. In diesem Fall kommst du in den Kerker, und ich sperre dich ein. Hast du das verstanden?"

Oh, sie warf ihm einen hasserfüllten Blick zu. Der braune Honig wurde fast schwarz. Sie nickte langsam.

„Also, wer bist du, Jennifer Foster, und was hast du auf Achleith gemacht?"

„Ich habe mich verirrt."

„Du hast dich verlaufen. Wie kann man sich auf einer Insel verirren, auf der keine andere Menschenseele zu sehen ist?"

Sie schaute auf ihre Füße und rang die Hände. Er konnte sehen, dass sie sorgfältig überlegte, was sie sagen sollte.

„Es ist kompliziert."

„Woher kommst du? Du sprichst zwar gut Gälisch, aber ich kann deinen Akzent nicht zuordnen."

„New York."

Er beugte sich vor und versuchte, ihr in die Augen zu sehen. „York? Du gibst also zu, dass du Engländerin bist."

Sie runzelte die Stirn und schüttelte den Kopf. „Ich bin Amerikanerin, keine Engländerin."

Sie redete noch mehr Unsinn. „Was ist eine Amerikanerin?"

„Das ist eine gute Frage! Ich habe sie mir mein ganzes Leben lang gestellt. Was bedeutet es, Amerikanerin zu sein? Nun ..." Sie ballte die Hand zu einer Faust und streckte den Zeigefinger aus. „Freiheit, zum Beispiel. Das Recht, eine Stimme zu haben, wäre wohl das Zweite." Sie streckte den nächsten Finger aus. „Ich schätze, du hast beide Aspekte, die mich als Amerikanerin auszeichnen, eingeschränkt, was ich nicht gut finde. So etwas macht man nicht, weißt du. Normalerweise benutzen Menschen Worte, keine Gewalt. Normale Menschen. Na ja, ... Die meisten Menschen, die ich kenne. Also ... Es gibt eine Menge Dinge, die ich mich in diesem Moment frage. Warum musstest du mich fesseln und knebeln? Was willst du von mir? Wo bin ich? Und wer bist du eigentlich? Et cetera."

Er hörte ihrem Geschwätz amüsiert zu, was eine seltsame Leichtigkeit in seiner Brust hervorrief. Die Neugierde ließ nicht nach. Im Gegenteil, je mehr sie redete, desto mehr wollte er wissen.

Sie hob die Augenbrauen. „Bitte, fang an zu antworten."

Als er schwieg, räusperte sie sich. „Eine Antwort auf irgendeine meiner vorherigen Fragen reicht aus. Ich habe noch viele mehr. Fang einfach an."

Seine Lippen verzogen sich zu einem Lächeln, das er nur mit Mühe unterdrücken konnte. In nur kurzer Zeit hatte sie es geschafft, ihn zweimal zum Lächeln zu bringen. Er konnte sich nicht erinnern, wann er das letzte Mal so richtig gelacht hatte.

„Wie du schon vermutet hast, bin ich Aulay von Islay, das Oberhaupt des MacDonald-Clans. Ich habe dich gefesselt und geknebelt, weil ich nicht wusste, ob du ein Feind bist. Wenn du Engländerin bist, weißt du, warum ich dort war und wonach ich gesucht habe. Wenn du keine Engländerin bist, sollte dir der Grund egal sein."

Mit einem zufriedenen Gesichtsausdruck verzog sie den Mund und hob die Augenbrauen. „Toller Anfang, Aulay. Aber warum hältst du mich hier fest? Warum lässt du mich nicht gehen?"

„Weil du eine Gefahr für meinen Clan sein könntest. Und du weißt möglicherweise von etwas, das ich brauche."

„Okay. Das ist ganz einfach. Ich will nichts mit deinem Clan zu tun haben. Kann ich jetzt gehen?"

„Und wie bist du auf die Insel gekommen?"

„Auf einem Boot natürlich. Meine Freundinnen und ich waren auf dem Weg nach Irland, um Amandas Scheidung zu feiern. Unser Boot hatte eine Panne, und wir mussten einen Nothalt einlegen. Dann sprach eine fremde Frau mit mir über ... dich. Und der Leuchtturm verschwand."

„Welche Frau?"

„Ich versuche, mich an ihren Namen zu erinnern ... Meine Güte ... wie war er doch gleich? Ich weiß, dass sie Schottin war, und sie sagte ... Ähm ... Nein, das kann ich nicht wiederholen. Sie hat einen Scherz gemacht. Wie dem auch sei ..." Sie schnippte mit den Fingern und zeigte auf die Tür. „... wenn du mir ein Boot besorgen könntest, wäre das toll!"

Irland. Ein Boot, das repariert werden musste. Das konnte kein Zufall sein. Irgendwie hatte sie etwas mit dem Schiffswrack zu tun, und er musste herausfinden, wie. Nach ihrem Aussehen zu urteilen, könnte sie eine Hure sein, die an Bord des Schatzschiffes gebracht worden war, um die Männer bei Laune zu halten. Oder sie hatte ihre Überfahrt auf diese Weise bezahlt.

„Nein, noch nicht. Du musst mir von deinen Freundinnen und Freunden erzählen und von dem Schiff, das zu Bruch gegangen ist, und warum du nach Irland reisen willst."

„Nein. Ich habe dir alles gesagt, was ich weiß. Gib mir bitte ein Telefon. Ich werde die Polizei anrufen. Ich will nicht hier sein. Ich muss unbedingt weiter. Ich habe in zwei Wochen einen wichtigen Termin, und meine Freundinnen werden sich Sorgen um mich machen.“

Er blickte zurück auf den großen Stuhl, der auf der Plattform neben ihm stand. Der große Stuhl, der in den vergangenen sieben Jahren leer gestanden hatte. Genau wie der seine war er aus Holz und mit Schnitzereien von Ästen und Kreuzen versehen. Es war der Stuhl für seine Ehrengäste. „Bitte, komm mit mir und setz dich, Mädchen, und erzähl mir von deinen Freunden, ob sie hier nach dir suchen werden und warum du nach Irland willst.“

KAPITEL 5

DAS STÜCK des gekochten Lachses auf dem Holzbrettchen vor Jenny war kalt. Der Fisch roch frisch, aber der Geruch drehte ihr den Magen um. Der große Saal füllte sich mit Menschen, und die Diener brachten Brot, Käse, gekochtes Fleisch und Fisch. Aulay saß fröhlich kauend an ihrer Seite und beobachtete sie amüsiert.

„Ist der Fisch nicht nach deinem Geschmack?“, fragte er.

„Normalerweise mag ich Lachs“, sagte sie. „Irgendwie habe ich keinen Appetit.“

„Oh?“

„Vielleicht liegt es daran, dass mein Magen gequetscht wurde, als mich ein Riese über seine Schulter geworfen hat. Zweimal!“

Er schmunzelte und schob einen Kelch zu ihr. „Vielleicht wird dich ein Bierchen beruhigen.“

Sie nahm den Becher und schnupperte. Sie war zwar nicht mehr verkatert, aber der Gedanke an Alkohol war nicht besonders verlockend. Was, wenn sie wieder leuchtende Steine und eine Frau sah, die von Zeitreisen sprach? Und selbst wenn nicht, sie musste auf Zack bleiben. Ihr gesamter Körper war angespannt, ihre Nerven zum Zerreißen gespannt. Sie fühlte sich wie ein Stachelschwein: gesträubt und bereit zum Angriff.

„Ich möchte doch ein bisschen Fisch“, sagte sie und beschloss, dass sie sich für das Kommende stärken musste.

Aber es gab keine Gabeln, nur ein Messer. Jeder aß mit den Händen, nachdem man sie in einer Schüssel mit Wasser gereinigt hatte. Sie schaute einer schwangeren Frau hinterher, die auf der anderen Seite der großen Halle mit dem Mann namens Seoras saß. Sie war besser gekleidet als die meisten Frauen, die sie im Dorf gesehen hatte. Die Frau tauchte ihre Finger in das Wasser, dann nahm sie das Messer und schnitt ein kleines Stück Lachs ab.

Aulay folgte ihrem Blick und sagte: „Das ist Mhairi, die Frau meines jüngsten Neffen, Seoras.“

„Oh“, sagte Jenny. „Wird sie medizinisch gut versorgt? Sie wird bald entbinden. Sie braucht einen guten Arzt. Oder eine Hebamme.“

Mhairi benutzte die Finger, um sich ein Stück Lachs in den Mund zu stecken. Jenny wollte nicht, dass ihre Finger danach nach Fisch rochen, weil es keine Seife und kein fließendes Wasser gab, also stach sie ihr Messer in den Lachs und wollte ihn gerade von der Messerspitze essen, als Aulay sagte: „Ich verstehe, dass, was auch immer ein ‚Arzt‘ bedeutet, nicht mit einer feinen Dame gleichzusetzen ist.“

Jenny legte den Fisch weg. „Was habe ich getan?“

„Du sprichst wie eine gebildete Frau, und trotzdem isst du dein Essen vom Messer?“

Sie seufzte. Dann also mit den Fingern. Sie nahm das Stück Lachs und steckte es sich demonstrativ in den Mund. Während sie kaute, fiel sein Blick auf ihre Lippen. Ihre Wangen wurden heiß. Sie schmeckte den Fisch kaum, der nur mit Kräutern gewürzt war. Jenny vermisste Salz, Zitrone und Knoblauch.

Seit dem Moment, als sie auf der Insel die Augen geöffnet hatte, war alles anders gewesen. Alles war seltsam und fremd. Das alles bestätigte die Behauptung der rothaarigen Frau über Zeitreisen. Aber wie war das möglich?

„Es ist auf jeden Fall gesünder“, sagte sie mit einem gezwungenen Lächeln.

„Was?“

„Ohne Salz.“

Seine dunklen Augen waren aufmerksam und beobachteten sie, als ob er sich nur auf sie konzentrieren würde. „Fehlt dir Salz? Ich kann einen Diener bitten, dir welches zu bringen.“

„Nicht nötig. Es macht mir nichts aus. Ich bin sowieso nicht hungrig.“

Die Nervosität verdrehte ihr den Magen, und in ihrem Kopf wirbelten Fragen umher. War sie tatsächlich durch die Zeit gereist? Gab es eine andere, vernünftige Erklärung für all das? Dafür, dass sie den Mann getroffen hatte, den diese Frau die Liebe ihres Lebens genannt hatte? Dafür, dass sie auf einem altertümlichen Schiff über das Meer geschleppt worden war, gefesselt und geknebelt, während man mit dem Finger auf sie gezeigt hatte? Dafür, dass man sie wegen der Länge ihres Kleides eine Fee und eine Hure genannt hatte?

Kein Strom. Keine Autos. Kein fließendes Wasser. Keine moderne Technik, egal, welcher Art.

Wenn das alles wahr war – was sie immer noch nicht glauben konnte –, aber wenn es so war ...

Was war mit ihrem Termin? Ihrer letzten Chance, ein Baby zu bekommen?

Sie musste nach Achleith zurückkehren. Wenn sie durch den Stein zurück in der Zeit gereist war, musste er sie auch wieder in die Zukunft schicken können. Sie spürte, wie ihre Knie unter dem Tisch wackelten, vor Nervosität, aber auch wegen der kühlen Luft. Obwohl es Sommer war und die Feuer in den Kohlenbecken ringsum brannten, war es in der großen Halle kalt.

„Wer sind diese Freunde von dir?“, fragte Aulay und schreckte sie auf.

Was sollte sie sagen? Wenn sie auf die Insel zurückkehren wollte, war sie darauf angewiesen, dass er ihr glaubte. Er musste sich in ihrer Nähe entspannen und durfte nicht denken, dass sie eine

Bedrohung darstellte. Seine Leute hatten ihm gesagt, er solle sie in einen Kerker sperren – und wenn er das täte, gäbe es keine Chance zu entkommen. All diese riesigen Krieger würden sie auf jeden Fall festhalten. Und sie wusste, dass man eine Gruppe bewaffneter Männer besser nicht provozieren sollte.

Das bedeutete, dass sie wahrscheinlich nicht mehr darauf bestehen sollte, dass sie Amerikanerin war. Und sie sollte auf keinen Fall irgendein Wort über Zeitreisen verlieren. Sie sollte ihm sagen, was er hören wollte. Etwas Glaubhaftes und Unschuldiges.

Er würde seine Deckung fallen lassen. Dann würde sie abhauen.

„Es waren Frauen. Wie ich schon sagte, meine Freundinnen und ich waren auf dem Weg nach Irland ..."

„Um etwas zu feiern ... Sagtest du, eine Scheidung?"

„Ja, ich habe Scheidung gesagt. Was ich meinte, war, dass wir nach Irland gepilgert sind, um dafür zu beten, dass meine Freundin nicht geschieden wird."

„Eine Pilgerreise?" Er musterte sie von oben bis unten, sodass ihre Haut anfing zu glühen. „In diesem Kleid?"

Sie stieß einen langen, schweren Seufzer aus. Wie oft konnte ein Mensch seine Kleiderwahl noch bereuen?

„Ja", sagte sie.

„In Ordnung." Er musterte sie sorgfältig, sein durchdringender Blick durchleuchtete sie wie ein Röntgengerät. „Wohin wolltet ihr auf der Pilgerreise?"

Tja, Mist. Sie hatte keine Ahnung, welche Pilgerstätten es in Irland gab. Sie musste etwas mit ihren Händen tun, um sich Zeit zum Nachdenken zu verschaffen. Sie schnitt ein weiteres Stück von dem zarten Lachs ab und hob es mit den Fingern zum Mund. Sie konnte nicht schmecken, was sie da kaute.

Irland ...

St. Patrick, natürlich!

„Zur Pilgerstätte von St. Patrick."

Er lehnte sich mit den Ellbogen über den Tisch und sah sie

unverwandt an. Ihre Füße wurden kalt. Er kam ihr auf die Schliche. „Und wo, bitte schön, ist diese St.-Patrick-Stätte?"

Argh! Mit zitternder Hand zog sie eine lange Fischgräte aus dem Fleisch und legte sie fein säuberlich auf den Tellerrand.

„Auf dem Berg von St. Patrick, natürlich", sagte sie. „Hast du noch nie davon gehört?"

„Nein"

Sie schnappte sich den Becher mit Ale und leerte ihn schnell. Es schmeckte fast wie Malzbier, nicht mal so stark nach Alkohol. Und erstaunlich lecker. Das Bier ließ ihren Kopf angenehm schwirren. Jedenfalls fühlte sie sich jetzt mutiger. „Wer hat dich eigentlich zum Irlandexperten ernannt?"

Er lachte und nahm einen weiteren Schluck. „Bist du immer so?"

„Wie denn?"

„Lässt du nicht zu, dass ein Mann recht hat?"

Wut überkam sie wie eine brennende Welle. Das traf sie viel zu hart. War es nicht genau das, was Tom ihr immer und immer wieder gesagt hatte? Er könne sich bei ihr nie entspannen. Er könne bei ihr nie unbeschwert sein. Sie habe ihn immer ausgequetscht und ihn nie in Frieden gelassen.

Sie sollte sich darum bemühen, dass Aulay an ihr Gefallen fand. Sie sollte ihm Dinge sagen, um ihn zu beschwichtigen. Stattdessen stotterte sie mit zusammengebissenen Zähnen: „Du hast keine Ahnung, wovon du da sprichst."

Aulays Augen verfinsterten sich, und er lehnte sich in seinem Stuhl zurück. Auf einmal war jeglicher Humor verschwunden. „Also gut. Nehmen wir an, es gibt einen St.-Patrick-Berg und es handelt sich um eine St.-Patrick-Pilgerstätte. Was ist mit eurem Boot passiert?"

„Es erlitt einen Schiffbruch, und wir saßen fest ..."

Bevor sie zu Ende sprechen konnte, stürmte ein Schwarm laut kichernder Kinder wie eine Regenbogenwolke in die Halle und eilte ohne auf irgendjemanden zu achten direkt zu Aulay. Es mussten sechs oder sieben sein. Es war schwer zu sagen, wie viele Bein- und

Armpaare aus dem zappelnden Haufen herausragten, nachdem sie sich auf ihn gestürzt hatten. Irgendwo unter ihnen hörte man ihn lachen, und Jennys Herz schmolz dahin, wie Schokolade in der Sonne.

Sie rangen, lachten und kitzelten sich. Sie riefen Kinderreime, die sie nicht kannte, und Aulays Stimme dröhnte unter ihnen hervor. Er wirkte glücklich und friedlich. Wie ein Vater mit seiner großen Familie. Sie musste urplötzlich einen Eisprung bekommen haben, als sie sah, wie sanft dieser große, starke Schotte war ...

Doch dann verflog die wohlige Wärme in ihr, als ihr Blick auf die offenen Türen der großen Halle fiel. Dort waren keine Wachen zu sehen. Aulay war von den Kindern abgelenkt. Die Krieger waren mit Essen beschäftigt.

Das könnte ihre einzige Chance sein, zu entkommen. Auf schwachen Beinen stand sie auf und rechnete jeden Moment damit, dass er sie bemerken und packen würde. Während sie die Treppe zu seiner königlichen Plattform hinunterschritt, überschlugen sich ihre Gedanken. Was für eine Ausrede sollte sie ihm liefern, wenn er sie erwischte?

Toilette. Sie brauchte ein Badezimmer. Eine Latrine ... Wie nannte man das im Mittelalter überhaupt?

Sie könnte auch behaupten, sie müsse ihren Tampon wechseln. Männer wichen immer aus, wenn eine Frau ihre Periode erwähnte. Und selbst mittelalterliche Frauen mussten irgendeine Form der Menstruationshygiene haben.

Während sie den Gang zwischen den langen Tischen hinunterging, verspürte sie den Drang loszurennen, zwang sich aber, ruhig zu bleiben. Das Kichern und Schreien hinter ihr ging weiter, und keiner der Krieger, an denen sie vorbeikam, sah von seiner Mahlzeit auf.

Wie durch ein Wunder erreichte sie die Türen zur Halle. Als sie den Treppenabsatz betrat, warf sie einen Blick zurück, aber Aulay war immer noch unter dem Schwarm von Kindern begraben. Wenn ihr Plan erfolgreich war, würde es das letzte Mal sein, dass sie ihn zu Gesicht bekommen würde.

Sie eilte die Treppe hinunter. Mit einer Hand tastete sie die geschwungene, raue Steinwand ab, um das Gleichgewicht zu halten, denn ihre Füße waren immer noch schmutzig und glitschig vom Schlamm. Während sie rannte, dröhnten ihre Schritte auf der Treppe in ihren Ohren. Sie nahm jedes Geräusch, das aus der Halle hinter ihr kam, genau wahr.

Als sie die Tür des Turms öffnete und nach draußen ins Tageslicht rannte, flatterten Hühner und Gänse vor ihr davon. Sie krächzten und zischten wütend. Die Leute sahen ihr stirnrunzelnd nach, während sie rannte. Ihre Lungen brannten, als sie zwischen strohgedeckte Häuser, Haufen von Feuerholz, Hütten, Karren und Krieger hindurchraste. Sie gab Gas, obwohl ihr die Beine wehtaten und sie immer wieder ausrutschte. Sie verlor einen Flip-Flop, aber sie eilte weiter.

Als sie das äußere Tor der Burg erreichte, schmerzte ihr Brustkorb, weil er sich zu klein anfühlte für all die Luft, die sie einatmen wollte. Sie rannte den felsigen Abhang hinunter und schlängelte sich im Zickzack an Karren und Menschen vorbei, die auf dem Weg nach oben Körbe mit Fischen, Seile, und Bündel von Schafsfell trugen.

Als sie den hölzernen Steg erreichte, drehte sich ihr Kopf. Ihre Kehle schmerzte und die Lungen drohten zu platzen. Nur noch ein bisschen mehr. Da war ein Mann mit einem Fischerboot, der aussah, als würde er gleich abfahren.

Sie konnte es nicht fassen. Sie hatte es bis hierher geschafft. Nur noch ein kleines Stückchen weiter.

Aber hinter ihr ertönte das Stampfen von Füßen. Mit dem letzten Rest ihrer Kraft versuchte sie, ihre kleinen Schritte zu verlängern und stürzte sich auf den Fischer.

Abrupt blieb sie vor dem Mann stehen und keuchte auf. Seine Augen weiteten sich, als er sie ansah. Sie erinnerte sich flüchtig daran, dass sie so etwas wie eine Münze hatte ...

„Bitte ... nehmt mich ... Achleith“, brachte sie hervor. „Ich habe das hier ...“

Doch bevor sie die Münze herausholen konnte, umklammerte eine eiserne Faust ihren Arm, wirbelte sie herum und drückte sie gegen eine Brust, die hart wie Stein war.

„Wo willst du hin, Mädchen?“, fragte Aulay.

Sein Geruch umgab sie. Der Duft des Meeres, von Metall und Holz und der subtile männliche Moschus seiner warmen Haut. Ihr Knie wurden weich. Sie schnappte nach Luft, weil sie nicht atmen konnte.

„Ich muss zurück nach Achleith!“, schrie sie ihm ins Gesicht.

Großer Fehler. Sie hätte etwas von einer Toilette oder einem Tampon sagen sollen, wie sie es geplant hatte ... es hätte vielleicht keinen Sinn ergeben, aber es hätte ihn verwirrt und ihr Zeit zum Nachdenken gegeben.

Sie hatte gerade ihre ganzen Bemühungen, sich bei ihm beliebt zu machen, zunichtegemacht. Wut verzerrte sein Gesicht wie ein Sturm, und ein Schauer durchlief ihren Körper.

„Und ich muss vorsichtig sein“, sagte er, während er ihren Ellbogen umklammert hielt und sie zurück ins Dorf zerrte. „Ich hätte dir nie glauben sollen. Und sie hatten recht. Du musst in den Kerker gesperrt werden.“

„Lass mich los, du Esel!“, schrie sie, als die unaufhaltsame Kraft sie immer weiter in Richtung Schloss zerrte. „Du König der Blödmänner!“

„Ich weiß nicht, was das bedeutet!“, schrie er zurück. „Und ich will es auch nicht wissen.“

Sie kämpfte weiter, um ihren Arm aus seinem Griff zu befreien. Sie schrie ihn an, er solle aufhören, aber er ignorierte sie. Er zerrte sie durch den Schlamm, den felsigen Abhang hinauf und durch die innere Vorburg. Im Turm führte er sie die Treppe hinunter in einen Raum, der von einer Feuerstelle beleuchtet wurde.

Ein Kerker.

Er schubste sie in eine Zelle mit Metallgittern und schloss die Tür.

„Aulay, bitte!“, rief sie.

Doch ohne einen weiteren Blick auf sie zu werfen, drehte er sich um und verließ den Kerker. Als sich die Tür hinter ihm schloss, schwand auch ihre Hoffnung, in ihre Zeit zurückzukehren und es rechtzeitig zu ihrem Termin zu schaffen.

Ihre letzte Hoffnung auf ein eigenes Kind.

KAPITEL 6

ALS AULAY am nächsten Tag vom Hauptturm in den inneren Burghof von Dunyvaig Castle hinabstieg, musste er immer wieder an die seltsame Frau Jennifer denken. Er hatte nicht aufgehört, über sie nachzugrübeln, seit er sie auf der Isle von Achleith zum ersten Mal erblickt hatte.

Als er zum Übungsplatz für Schwertkämpfer schritt und die Morgensonne auf seiner Haut spürte, fragte er sich, wie sie die Nacht im Kerker verbracht hatte. Hier war es warm, aber dort unten herrschte eisige Kälte. Er grüßte seine Clanmitglieder, und sie alle nickten ihm zu. Die Luft in seiner Burg roch stets nach Meer, vermischt mit dem Geruch von Pferdemist und nasser Erde. Die schwere Holztür des Hauptturms fühlte sich kalt an, als er sie öffnete.

In der Nacht hatte er sich aufgerafft und ihr eine Decke gebracht. Er hatte sie zitternd auf der Schlafbank vorgefunden, und als er ihr die Decke durch die Lücken im Gitter gereicht hatte, hatte sie wieder damit angefangen, dass er sie nach Achleith zurückkehren lassen müsse. Er hatte gesehen, dass sie einen ihrer lächerlichen Schuhe verloren hatte, also hatte er ihr ein neues Paar mitgebracht, das seiner Nichte Anna gehört hatte, als sie noch jünger gewesen war.

Die Frau hatte beides angenommen und aufgehört zu reden. Im Licht der einzigen Feuerstelle hatten sich ihre Augen getroffen; ihre waren bernsteinfarben und schimmerten hell.

„Danke", flüsterte sie, als wäre sie verblüfft, dass er ihr so viel Freundlichkeit entgegenbrachte. Er nickte und reichte ihr ein Stück Brot und eine Hornflasche mit Wasser. Bevor sie noch etwas sagen konnte, um ihn umzustimmen und sie aus dem Kerker zu entlassen, verschwand er und ging die Treppe hinauf in sein Schlafgemach.

Der Übungsplatz war bereits voller Kinder, die gerade angefangen hatten, Schwertkampf zu lernen. Jungs und Mädels im Alter von zehn bis dreizehn Jahren. Einige kamen aus dem Waisenhaus, das Leitis gegründet hatte, und die anderen waren Kinder aus dem Clan, deren Eltern nicht die Zeit oder die Fähigkeit hatten, sie zu Hause zu unterrichten. Er bewunderte die Frauen und wusste, dass sie so viel mehr leisten konnten, als zu kochen und zu putzen. Leitis und Anna hatten ihm das vor Augen geführt.

Vielleicht war es der Rebell in ihm, der sich mit einundzwanzig Jahren gegen seinen Onkel und seine despotische Führung aufgelehnt hatte, aber er fand Gefallen an einer Person, die sich gegen die Norm auflehnte. Gegen eine höhere Macht.

Das war der Grund, warum er Bruce unterstützte.

Deshalb dachte er auch immer wieder an Jennifer. Es gab so vieles, was er an ihr nicht verstand. Vergangene Nacht hatte er von ihr geträumt. Er hatte sich nach ihr gesehnt, und es war das erste Mal seit Leitis, dass er einen solchen Traum gehabt hatte. Ihre Beine, die in der Sonne aufblitzten – ihre wohlgeformten, verführerischen Waden, die geschmeidige weiße Haut. Bei Gottes Namen, er konnte nicht aufhören, an ihre Beine zu denken.

Er blieb vor den Kindern stehen, die sich unterhielten, spielten und einander nachstellten.

„Kennen wir uns nicht!", rief er, woraufhin sie alle innehielten und sich lachend zu ihm umdrehten.

„Guten Tag", antwortete ein Dutzend Kinderstimmen im Chor.

Er grinste zurück. Jedes Mal, wenn er sie sah, schmolz etwas in ihm dahin. Diese Generation der MacDonalds würde noch lange nach seiner Zeit weiterleben und ihn stolz machen.

„Stellt euch in zwei Reihen mit dem Gesicht zueinander auf", rief er.

Sie folgten seiner Aufforderung. Der Schatten der Ringmauer fiel auf das Übungsgelände und schirmte sie vor der Sommersonne ab. Diesen Teil des Tages genoss er am meisten. Bei ihnen zu sein, ihnen zu helfen, sie zu schulen, sie wachsen und sich verbessern zu sehen.

Sie ergriffen die hölzernen Trainingsschwerter und hielten sie senkrecht vor ihrer rechten Schulter in die Luft. Er rief: „Tretet vor und schlagt zu. Vorwärts und schlagen!"

Während sie übten, breitete sich in seinem Bauch ein flaues Gefühl aus, weil er sich so sehr wünschte, dass einer von ihnen sein eigener Sohn wäre. Ein Sohn oder eine Tochter.

Colum tauchte aus dem Hauptturm auf und winkte ihm zu, während er den inneren Burghof hinunter in Richtung der Tore ging.

Falls ... was sehr wahrscheinlich war, Aulay kinderlos sterben sollte, würde Colum ein hervorragender Lord sein. Aulay wusste das, auch wenn der Clan immer noch seine Zweifel an Colums tatsächlicher Loyalität hatte. Sie hatten ihn in englischer Rüstung und mit einem englischen Schwert in Berwick angetroffen, als sie die Stadt gestürmt hatten, um ihn zu befreien. Er hatte Edward I. die Treue geschworen.

Aber als sie ihn gerettet hatten, hatte er dem englischen König abgeschworen und war mit ihnen entkommen. Colum hatte Aulay anvertraut, dass er sich dafür hasse und es einen Grund für sein Handeln gegeben habe, den er nicht preisgeben könne. Er hatte diese Treue nie im Herzen geschworen, und er hatte es getan, um jemanden zu schützen. Aber er musste noch beweisen, dass er seinem Clan und König Robert the Bruce gegenüber loyal war, bevor der Clan ihn als Herrn akzeptieren würde.

Während Aulay die Kinder trainierte, blieben zwei junge Wäscherinnen mit ihren Körben stehen und beobachteten ihn lächelnd und flüsternd. Er kannte diese Blicke. Viele unverheiratete junge Frauen des Clans beobachteten ihn auf diese Weise. Seit Leitis gestorben war, hatten einige gehofft, er würde sie in sein Bett holen oder sie heiraten. Er nahm an, dass es erfreulich für ihn war zu wissen, dass er auch mit einundfünfzig noch die Aufmerksamkeit der Frauen besaß.

Aber er war nicht der Typ Mann, der mit einer Menge Mädchen schlafen wollte. Er war durch und durch treu.

Er wollte nur eine einzige Frau.

Aber der Gedanke, wieder zu lieben und zu riskieren, diese Person zu verlieren, ließ ihm das Blut in den Adern gefrieren. Und er vermisste Leitis noch immer. Der Gedanke an Jennifer Foster fühlte sich ein wenig wie ein Verrat an.

Ehrlich gesagt gefiel es ihm nicht, jemanden in diesem Kerker zu halten, und er wünschte sich, er könnte Jennifer freilassen. Aber er hoffte, dass eine Weile im Kerker sie davon überzeugen würde, nicht mehr zu lügen. Also würde er sie fürs Erste dort schmoren lassen.

Aulay war ein abscheulicher Mann. Ein Ungeheuer.

Jenny hatte gefühlt ein ganzes Leben in diesem Kerker verbracht. Ohne Fenster war es unmöglich, die Zeit zu erkennen. War es ein Tag gewesen? Zwei? Drei?

Irgendwann war das Feuer in der Feuerstelle erloschen, und sie hatte lange, lange Zeit in völliger Dunkelheit dagelegen. Dann war jemand gekommen und hatte die Feuerstelle wieder entzündet und ihr noch mehr steinhartes Brot und Wasser gebracht. Sie hatten nicht auf ihre Fragen nach Aulay geantwortet und auch nicht auf ihre Forderungen reagiert, dass man sie gehen lassen solle, damit sie den Lord sehen könne.

Sie saß auf der kalten Bank, in dem verdammt noch mal unpassendsten Kleid, das sie je hätte auswählen können. Sie war in die Decke eingewickelt, die Aulay ihr mitgebracht hatte, starrte auf die spitzen, mittelalterlichen Schuhe – die zumindest praktisch waren – und seufzte.

Sie musste wirklich in die Vergangenheit gereist sein. Welche andere Erklärung gab es für diesen Irrsinn? Es sei denn, sie hatte einen Gehirntumor, der ihr furchtbare Halluzinationen bescherte.

Wenn sie tatsächlich in der Zeit gereist war, welche Möglichkeiten hatte sie dann? Sie musste am 21. Juli wieder in New York sein, sonst würde sie ihren Termin verpassen ... und dann müsste sie darauf warten, dass die Klinik jemandem absagte. Es könnte Monate dauern, bis sie einen neuen Platz bekäme. Und dann könnten ihre Eizellen schon verbraucht sein.

Tom und sie hatten eine Weile versucht, schwanger zu werden, als sie fünfunddreißig gewesen war, aber wegen ihrer Endometriose hatte nichts funktioniert.

Da eine künstliche Befruchtung nicht erfolgreich war, hatte sich ihre jüngere Schwester Holly bereit erklärt, Leihmutter zu werden, und sie hatte einen Termin, um damit anzufangen, Hormone zu nehmen.

Sie stellte sich vor, wie es sein würde, ein Baby zu bekommen und es zu halten. Sie hatte sich immer gewünscht, Mutter zu werden und eine Familie zu haben.

Sie war in einer glücklichen Familie aufgewachsen. Ihre Mutter und ihr Vater liebten sich und vergötterten Jenny und ihre beiden Schwestern. An Weihnachten hatten sie glückliche Zeiten gehabt, in denen sich niemand gezwungen gefühlt hatte, aus Pflichtgefühl mitzukommen. Erntedankfeste, an denen Jenny wirklich dankbar für ihre Familie war. Ihre Mutter hatte immer gesagt: „Alles, was wir wollen, ist, dass ihr Mädchen glücklich werdet."

Auch jetzt noch sprach sie zwei- bis dreimal pro Woche mit ihrer Mutter und ihrem Vater. Sie besuchte ihre Neffen und Nichten zu Geburtstagen, egal, was passierte.

Als sie mit angesehen hatte, wie ihre Schwestern Männer heirateten, die sie liebten, und Mütter wurden ...

Sie hatte es sich auch gewünscht.

Sie hatte immer gedacht, dass sie alles haben könnte – eine Karriere und eine Familie. Zudem liebte sie ihren Job, bei dem sie kranke Kinder behandelte. Sie wusste, dass sie dazu bestimmt war, Ärztin zu sein, aber sie hatte auch immer geglaubt, dass sie dafür geboren war, Mutter zu werden. Sie liebte ihre Nichten und Neffen, und jedes Mal, wenn sie ihre schwangeren, strahlenden Schwestern sah, hatte sie dieses Kribbeln im Bauch, diese Hoffnung, dass sie es eines Tages sein würde. Hochschwanger und mit dem Gefühl, dass ein Leben in ihr heranwuchs.

Aber vielleicht würde sie das nie erleben. Sie war neununddreißig und geschieden ... und in einem mittelalterlichen Kerker eingesperrt. Tränen traten ihr in die Augen, und sie rieb sie, damit sie nicht zu weinen anfing. Wie würde der Rest ihres Lebens aussehen, falls sie nie Mutter werden könnte?

Leer. Jedes Kind, das sie jemals in ihrer Klinik behandeln würde, wäre eine kleine Erinnerung an die Dinge, die sie nie haben würde.

Sie musste unbedingt von hier verschwinden.

Und dafür brauchte sie Aulays Hilfe. Sie hatte gestern versagt, aber sie musste ihn davon überzeugen, dass sie keine Bedrohung darstellte. Sie musste unbedingt lernen, wie sie hier überlebte ... und vielleicht einen anderen Weg finden, um nach Achleith zu gelangen. Die Uhr tickte, und wenn sie nicht in ihre eigene Zeit zurückkehrte, würde es zu spät sein, um ein Kind zu bekommen.

Nach wenigen Augenblicken knarrte die Tür zum Kerker, jemand kam herein. Es war derselbe Wächter, der ihr vorhin das Essen gebracht hatte. Er reichte ihr durch das Gitter eine Schüssel mit Haferbrei, und sie merkte, dass sie Hunger hatte. Jenny nahm die dampfende Schüssel in die Hand, saugte die Wärme in sich auf und verschlang sie hungrig.

Sie warf dem Wächter einen Blick zu, während er mehr Feuerholz in die Feuerstelle legte. Er musste in seinen Vierzigern sein, hatte einen Bart und trug die schwere Rüstung, die sie bei den anderen Kriegern gesehen hatte. Er warf ihr keine bösen Blicke zu oder Ähnliches.

„Habt Ihr Kinder, mein Herr?", fragte sie.

Er sah überrascht zu ihr auf, während er noch immer ein Stück Brennholz in seiner Hand hielt. „Ja, habe ich."

„Oh. Schön. Sind sie nett?"

„Nicht immer. Aber ja."

Sie schlürfte den Brei und nickte. „Ich habe keine. Aber ich will unbedingt welche."

Der Wächter legte das Feuerholz in die Feuerstelle, richtete sich auf und wandte sich ihr zu. „Habt Ihr einen Ehemann?"

Du machst die Stimmung kaputt, Kumpel. Ihr Mann hatte sie betrogen und ein Kind mit einer anderen Frau bekommen. Jedes Mal, wenn sie an Tom dachte, überkam sie das Gefühl, dass ein großer Pfahl mitten durch ihre Brust gestoßen wurde.

„Kein Ehemann. Ich bin gerade noch bei klarem Verstand, mein Freund. Und vielleicht verliere ich bald das Einzige, was mir wirklich wichtig ist. Die Möglichkeit, ein eigenes Kind zu bekommen."

Er schwieg eine Weile und betrachtete sie, dann sagte er: „Ihr könnt keine Kinder gebären, Mädchen? Manchmal zählt die Familie, die man vor Gott findet, am meisten."

Sie seufzte. „Herr, Ihr seid so weise. Es ist wahr. Meine Familie ist die allerbeste, und ich liebe sie. Aber ich habe auch tolle Freunde, die wie eine Familie sind. Trotzdem können sie ein eigenes Kind nicht ersetzen, das ich im Arm halten und lieben und für das ich sorgen kann."

„Ich schätze, so könnt Ihr es auch sehen. Doch es ist durchaus möglich, nicht nur Freunde, sondern auch Kinder zu finden. Es gibt viele Kinder, die keine Eltern haben und eine Familie brauchen."

Als der Wächter den Kerker verließ, starrte sie weiter ins Leere. Wenn sie es nicht zu ihrem Termin schaffte und die Tatsache akzeptieren musste, dass sie nie eigene Kinder haben würde, würde sie um ihre Fruchtbarkeit trauern wie um den Verlust eines Körperteils.

Wünschte sie sich ein Kind so sehr, dass sie versuchen würde, es zu adoptieren?

Daran wollte sie nicht denken. Sie musste einfach auf das Beste hoffen.

Hatte Tom am Ende doch recht gehabt?

Möglicherweise konnte sie doch nicht alles haben.

KAPITEL 7

Das helle Tageslicht tat Jenny in den Augen weh. Derselbe Wächter brachte sie auf Vorladung zu Aulay. Sie hatte zwei Nächte im Kerker verbracht, wie er ihr erklärt hatte, und so hatte sie noch zwölf Tage bis zu ihrem Termin.

Der Tag war trostlos, die Wolken grau, und der Regen sammelte sich irgendwo am anderen Ende des Horizonts. Nach so vielen Stunden, in denen sie nassen Stein, feuchte Wolle und ihren eigenen Schweiß gerochen hatte, atmete sie erleichtert die frische Luft ein. Es roch nach Waldrauch, Pferdemist und nach etwas, das in mindestens einem der Strohdachhäuser, die auf dem Hof verstreut standen, gebacken wurde. Aulay stand mit Colum und einem anderen Mann um ein Fass herum und betrachtete etwas, das wie Papier aussah, vielleicht Pergament. Aulay beugte sich darüber und zeichnete etwas mit einer Schilfrohrfeder.

Während sie vorbeiging, vernahm sie einen Teil ihres Gesprächs. „Also, wir haben Achleith und die Insel Fraoch inspiziert und hier die Insel Creag Uaine. Keine Spur von dem Schiffswrack."

„Ich schlage vor, wir gehen nach Clachgheur", sagte Colum. „Es ist bekanntermaßen schwierig, dort anzulegen, und wenn das Schiff dort gestrandet ist und festsitzt, könnte es auf den Klippen liegen."

„Aye“, sagte Aulay, während er etwas schrieb. „Das ist ein guter Vorschlag. Wir müssen uns beeilen. Ich hätte erwartet, dass wir das Schiff inzwischen gefunden haben. Wenn noch mehr Zeit verstreicht, könnten die Engländer es vor uns finden. Der Schatz und die Waffen auf dem Schiff werden Schottland mehr Macht verschaffen, die es gegen die Bastarde nutzen kann. Colum und Seoras, ihr müsst außerdem die Übungsstunden für die Krieger verdoppeln und unsere Verteidigungsanlagen bereit machen. Jegliche Reparaturen und Wartungsarbeiten an unseren Schiffen müssen nun durchgeführt werden.“

„Aye, Onkel. Und wir müssen bis Juni nächsten Jahres in Bannockburn sein“, sagte Colum. „Dann werden die Engländer nach Stirling kommen. Wir müssen uns auf einen englischen Angriff vorbereiten und dafür sorgen, dass unsere Krieger stark sind, um Bruce zu helfen.“

„Wenn die Engländer uns vor der Schlacht vernichten“, sagte Seoras, „wäre das ein großer Rückschlag für die Streitkräfte unseres Königs.“

Jennys Gedanken rasten. Deshalb hatten sie so viel Angst, dass sie Engländerin war und dass sie vielleicht etwas wusste, das ihnen nicht bekannt war. Ging es um das Schiff, nach dem sie suchten? Schätze und Waffen, hatte er gesagt.

Sie befanden sich im Krieg mit England. Von der Schlacht von Bannockburn hatte sie gehört, einer der wichtigsten Siege in der schottischen Geschichte. Sie wusste nicht mehr genau, in welchem Jahr sie stattgefunden hatte. Aber jetzt wurde ihr klar, dass es noch wichtiger war, dafür zu sorgen, dass Aulay sie nicht als Feind betrachtete. Sie musste ihn dazu bringen, sie gehen zu lassen und ihr zu helfen, auf die Insel zurückzukehren – und das würde er auf keinen Fall tun, wenn er der Meinung war, dass sie mit den Engländern im Bunde war.

Als sie näher kam, fühlte sich Aulays Blick schwer auf ihrer Haut an. Er entließ Colum und Seoras, die sich zum Burgtor begaben.

Während er ein großes Stück Pergament, das wie eine Landkarte aussah, zusammenrollte, wandte er sich ihr zu.

Ihr Wächter zog die Augenbrauen hoch und sah Aulay an. „Soll ich sie weiterhin bewachen, mein Herr?"

Aulay tätschelte seine Schulter. Zwischen den beiden herrschte eine Vertrautheit, wie zwischen zwei alten Freunden oder sogar Brüdern. „Nein, Beathan. Geh und fang an, die Männer zu schulen. Danke, dass du auf sie aufgepasst hast. Ich weiß, es ist nicht deine Pflicht, aber ich weiß es zu schätzen. Du weißt ja, wie sehr ich dir vertraue, mein Freund."

Beathan lächelte schief. „Aye, mein Herr. Seid nachsichtig mit ihr. Ich glaube nicht, dass sie ein Feind ist."

Er zwinkerte Jenny zu und ging davon. Wenigstens gab es eine Person in diesem Schloss, die sie nicht für den schlimmsten Menschen der Welt hielt.

Dann wurde Jenny mit dem finsteren Blick dieses Mannes allein gelassen, der ihre Haut erröten ließ.

„Also, Jennifer Foster", sagte er. „Bist du nach zwei Tagen im Kerker bereit, die Wahrheit zu sagen?"

„Ich habe die ganze Zeit über die Wahrheit gesagt", sagte sie und verschränkte die Arme vor der Brust. Aber sie war nun bereit zu lügen, um ihn davon zu überzeugen, dass sie keine Bedrohung war. „Hast du eine bestimmte Frage?"

„Ja. Ich muss mehr über das Schiff erfahren. Gab es etwas Wertvolles darauf?"

Sie runzelte die Stirn. „Was zum Beispiel?"

„Rüstungen. Schwerter. Schilde. Gold."

Sie dachte schnell nach. Sicherlich würde er nicht denken, dass eine arme Witwe mit den Engländern konspirieren könnte. „Ich weiß es nicht. Ich bin nur eine Witwe. Wenn es etwas Wertvolles gäbe, würde ich es dir verraten."

„Eine Witwe?", fragte Aulay, während er die Scheide an seinem Gürtel befestigte. Bei seinen Bewegungen schmiegte sich die Tunika an seine Brust. Seine breiten Schultern, sein flacher

Bauch, seine schmale Taille und seine Hüften ... „Wer war dein Mann?"

Ihr Mund wurde trocken. Er sah in seinem mittelalterlichen Krieger-Outfit wahnsinnig sexy aus. Sie versuchte, ihre lustvollen Gedanken dazu zu bringen, eine vernünftige Erklärung für die Witwengeschichte zu finden. „Ähm ... er war Arzt. Also ... habe ich auch etwas über Medizin gelernt und wie man sein Geschäft führt."

„Eine Frau, die das Geschäft eines Arztes führt? Ich dachte, wir hätten vereinbart, dass du nicht lügst."

Ihre Nerven zitterten wie eine Feder im Wind. In solchen Fällen griff sie immer auf ihren Abwehrmechanismus zurück – Überschwänglichkeit.

„Weißt du, bei meiner Arbeit treffe ich jeden Tag zwanzig bis dreißig Kinder. Ich habe Jahre damit verbracht, Medizin und Chirurgie zu studieren und meine Praxis aufzubauen ... die Praxis meines Mannes, meine ich. Und weißt du was? Während ich hart gearbeitet habe, hat mich mein lieber Mann betrogen!"

Aulays Gesicht verfinsterte sich. „Du hast für ihn gearbeitet, während er es mit anderen Frauen getrieben hat?"

Aber sie kam nicht dazu, ihm zu antworten. Eine Frau ging vorbei und hustete stark. Sie hielt ein Baby in ihren Armen. Das Baby war wahrscheinlich etwa sechs Monate alt. Es weinte und hatte einen so trockenen und bronchialen Husten, dass sie sich verzweifelt nach ihrem Stethoskop sehnte. Sie musste seine Brust abhören, weil es vielleicht eine Infektion hatte.

Trotz Aulays Einwänden folgte Jenny der Frau. Sie saß mit dem Baby auf dem Schoß auf einem Haufen Feuerholz bei einem der Häuser in der inneren Vorburg. Die kleinen Häuser waren hinter dem Küchengebäude mit einem kleinen Garten, einem Hühnerstall und einem Kuhstall versteckt, ebenso wie die Ställe und Baracken, in denen die Krieger schliefen.

Jenny kniete vor der Mutter und dem Baby auf dem dreckigen Boden. Die Erde fühlte sich kalt an ihren Knien an.

Das Baby war in eine Wolldecke gewickelt, aber es weinte so

stark, dass sein Kinn zitterte. Die Wangen waren rot und die Augen fiebrig, aber es kamen keine Tränen.

„Ich bin Ärztin", sagte sie zu der Frau. „Ich möchte dir helfen."

Die Frau sah nicht gut aus. Sie war groß und hatte rote Haare. Ihre Wimpern und Augenbrauen waren hell und fast golden. Die blassgrünen Augen waren rot, und ihr Blick wirkte trüb, als ob die Frau nicht ganz verstehen würde, was um sie herum geschah. Sie musste erschöpft sein.

„Das ist nicht nötig", sagte die Frau. „Ich habe bereits einen Arzt."

„Wie heißt Ihr?", fragte Jenny.

„Ailis", sagte die Mutter. „Und das ist Una."

„Jennifer, bitte lass Ailis in Ruhe", dröhnte Aulays Stimme hinter Jenny. Sie sah über ihre Schulter, dass er sie mit dem für ihn typischen Todesblick anstarrte. „Sie ist Beathans Frau."

Jenny sah zu Aulay auf, der sie überragte und fast so groß war wie das strohbedeckte Steinhaus.

„Ich bin sicher, dass Beathan für seine Frau und seine Tochter nur das Beste will", erwiderte Jenny. „Außerdem ist ihr Arzt wohl keine große Hilfe, wenn man bedenkt, wie schlimm ihr Husten ist."

„Seid Ihr wirklich ein Arzt?", fragte Ailis, und Jenny drehte sich wieder um.

Jenny setzte sich neben sie auf den Feuerholzstapel. Splitter stachen durch den dünnen Stoff ihres grünen Kleides, das jetzt ein paar schmutzige Flecken aufwies, in ihre Haut. Sie vermutete, dass das etwas Gutes war. Sie passte sich der Umgebung an, in der alles aus Schmutz, Stein und Holz bestand. Die spitzen Schuhe, die Aulay ihr geschenkt hatte, hielten ihre Füße wärmer als ihre Flip-Flops. Ein kleiner Trost, zumindest.

„Was meint Ihr?", fragte sie. „Natürlich bin ich sicher, dass ich Ärztin bin."

„Ihr seht nur eher aus wie eine kostspielige Hure als wie ein Arzt."

Jenny seufzte. Richtig. Keine Zeit, über etwas nachzudenken, gegen das sie nichts ausrichten konnte. Sie musste für dieses Baby und diese Frau ärztlich tätig werden. Sie machte ihren Rücken gerade und sah das Baby erneut an. Sie musste versuchen, seine Brust auch ohne Stethoskop abzuhören, seinen Puls zu messen und so weiter.

„Ailis, darf ich Una berühren?", fragte sie.

„Jennifer …", sagte Aulay warnend. Jenny warf ihm einen finsteren Blick zu.

Ailis' Augen weiteten sich. „Bhatair fragt so etwas nie."

„Ist Bhatair dein Arzt?", fragte Jenny.

„Ja."

„Ich werde ihr Fieber und ihre Werte überprüfen, ihren Rachen untersuchen und so weiter. Ist das für dich in Ordnung?"

Ailis sah Una an, und ihre Augen füllten sich mit Sorge. „Es geht ihr nicht gut. Ich nehme an, das wird nicht schaden. Ja, tue es."

Die Leute hatten sich zu einer Mauer versammelt und beobachteten sie mit düsteren Gesichtern. Sie starrten Jenny an, als wäre sie eine Bedrohung. Sie war eine Fremde, die so aussah, wie kein Mensch, dem sie je begegnet waren. Und jetzt wollte sie versuchen, einen der ihren zu heilen …

Hinter ihnen ragten die eigentlichen Mauern der Burg wie ein Gefängnis aus Granit in den Himmel. Wachen und Krieger patrouillierten auf der Galerie über den Mauern. Unten am Hang, versteckt hinter den Kasernen, Ställen und anderen Gebäuden, befanden sich das Pförtnerhaus und das Tor.

Unerreichbar.

Ging es nur ihr so, oder schienen die Mauern um sie herum zu schrumpfen und enger zu werden? Der Hauptturm war rechteckig und sechs Stockwerke hoch. Er hatte winzige Fensterschlitze, die wie Augen in die Oberfläche schnitten.

Ein mulmiges Gefühl überkam sie. Sie bewegte sich auf sehr dünnem Eis. Die Menschen dachten, sie wäre eine Hure, eine Fee, ein englischer Feind. Was wusste sie wirklich über die mittelalterliche Welt? Und selbst wenn sie Una ohne Thermometer, Stethoskop und Otoskop diagnostizieren konnte, hatte sie keinerlei Zugang zu moderner Medizin. Es gab keine Antibiotika, keine Spritzen und kein Paracetamol. Sie konnte die Kleine also nicht auf die Weise behandeln, von der sie wusste, dass sie funktionierte.

Und doch hatte sie den hippokratischen Eid geschworen und konnte nicht tatenlos zusehen, wenn sie ein krankes Baby vor sich hatte. Auch wenn sie sich damit in Gefahr begab, sie musste es versuchen.

„Ich werde sie jetzt anfassen“, sagte sie zu Ailis, und ein Raunen ging durch die versammelte Menge.

Sie legte den Handrücken auf die Stirn des Babys. Glühend heiß. Durch die groben Leinenfalten der Windel hindurch fand sie die kleine Hand des Babys. Sie war klein, weich und brannte. Sie musste den Puls am Handgelenk messen, aber das Mädchen schüttelte immer wieder Hände und Füße, während sie weinte.

Das Gute am Weinen war, dass Jenny die Kehle gut sehen konnte. „Säugt Una?“, fragte sie, während sie tief in den Mund des Babys schaute. Die Mandeln waren rot und entzündet. Una hatte Fieber, einen trockenen Husten und war unruhig. Ihre Oberlippe war mit Schleim benetzt.

„Oh, nein, sagte Ailis schwach. „Das arme kleine Ding hat keine Kraft mehr.“

Una musste eine Halsentzündung haben. Die meisten Babys aßen und tranken weniger, wenn sie an einer Erkältung, einer Ohrenentzündung oder einer Grippe litten.

Una durfte nicht dehydrieren. Normalerweise würde Jenny eine oral einzunehmende Rehydrierungsflüssigkeit aus einer Drogerie verschreiben. Daneben gab es auch eine selbst gemachte Version mit etwas raffiniertem Zucker und Salz, das in Wasser gemischt wurde. Aber raffinierter Zucker war im Mittelalter nicht verfügbar. Sie könnte Aulay nach Salz fragen; er hatte ihr welches angeboten, als sie in der großen Halle gespeist hatten.

„Sie muss hydriert werden, und wir müssen einen Weg finden, ihr Fieber zu senken“, sagte Jenny. „Wie lange geht es ihr schon so?“

„Seit einer Sennacht. Was ist hydriert ...?“, fragte Ailis.

„Sie muss viel trinken, das ist sehr wichtig, damit es ihr besser geht.“

Um eine Ohrenentzündung festzustellen, brauchte sie ihr Otoskop, aber sie schaute dennoch in die Ohren des Kindes. Zum Glück sickerte keine Flüssigkeit heraus.

„Wie lange ist ihre Nase schon verstopft?“, fragte sie.

Ein starker, trockener Husten ertönte aus Ailis’ Brust. Genau wie der von Una. „Oh, seit ein paar Tagen“, sagte Ailis, nachdem ihr Hustenanfall aufgehört hatte. „Der Heiler meint, es sei zu viel Schleim. Deshalb muss sie an die frische Luft.“

Es könnte auch die Grippe sein. Das Grippevirus war ohne moderne, medizinische Versorgung viel tödlicher.

„Blödsinn“, sagte Jenny. „Kalter Wind sorgt dafür, dass sich ihre Lunge verschlechtert. Was sie braucht, ist ein warmer und feuchter Raum, um den trockenen Husten zu lindern, etwas, das gegen das Fieber hilft, und viel Flüssigkeit.“

Ailis schüttelte den Kopf. „Nein.“

Jenny war sich des strengen Blicks von Aulay bewusst und befeuchtete nervös die Lippen. Sie konnte sich nicht erinnern, wann sie das letzte Mal so hart hatte arbeiten müssen, um einen Patienten zu überzeugen, die Behandlung anzunehmen. „Bitte, Ailis. Lasst mich Euch wenigstens helfen, sie zu überzeugen, etwas Milch zu trinken ... oder sogar Wasser.“

„Nein. Ich dachte, Ihr würdet vielleicht etwas wissen, was Bhatair fremd war. Aber was Ihr vorschlagt, ist doch genau das, wovon er abgeraten hat. Außerdem meinte er, dass es ihr zuerst schlechter gehen würde. Das liegt an der Schweißkrankheit.“

„Ich habe doch gesagt, dass ihre Körpersäfte in Aufruhr sind“, sagte ein Mann, als er sich einen Weg durch die Menge bahnte.

Jenny drehte den Kopf. Der Mann war dunkelblond und von durchschnittlicher Größe, was ihn neben Aulay eher klein erscheinen ließ. Er trug eine lange braune Tunika, die ihm bis zu den Rändern seiner spitzen Schuhe fiel. Ein breiter Ledergürtel schlang sich um seine Taille. Zwar trug er kein Kreuz auf der Brust, aber er hatte etwas Mönchsähnliches an sich. Er hielt einen Korb in den Händen und beobachtete Jenny mit einem Stirnrunzeln. Er besaß durchdringende, intelligente blaue Augen.

Ah. Das musste Bhatair sein, der Arzt. Jenny stand auf. Er musterte sie verwirrt.

„Und um ihre Körpersäfte zu beruhigen, muss Una nach draußen an die kalte, trockene Luft gehen. Es klappt also."

Körpersäfte ... was waren das nochmal? Daran erinnerte sie sich aus dem Geschichtsunterricht über Medizin.

„Mein Herr", sagte Bhatair mit fordernder Stimme. „Warum schaut sich eine Hure meine Patienten an und redet wirres Zeug?"

Jenny öffnete den Mund, um etwas zu erwidern, ebenso wie Aulay, aber Ailis unterbrach sie: „Sie sagte, sie sei Ärztin und hat Una angefasst. Dann sagte sie, Una muss hydriert ..."

„Flüssigkeit", sagte Jenny entschieden. „Una braucht die Milch ihrer Mutter oder Wasser. Außerdem muss ihr Fieber gesenkt werden, und sie muss ein Dampfbad bekommen ..."

Bhatair hob seine Hand. „Schweigt!"

Jenny schnappte nach Luft. „Wie könnt Ihr es wagen, mich zum Schweigen zu bringen? Dieses Baby braucht Hilfe, und Ihr habt es nur noch schlimmer gemacht. Sie könnte die Grippe haben. Und wenn sie eine Ohrenentzündung hat, ist es gefährlich, draußen in der Kälte zu sein."

Bhatair schüttelte den Kopf. „Ohrenentzündung", spottete er. „So etwas wie eine Ohrenentzündung gibt es nicht. Ihr behauptet, Ihr wärt ein Arzt. Aber wenn Ihr etwas von Medizin verstehen würdet, wüsstet Ihr, dass das Baby und die Mutter die Schweißkrankheit haben und draußen sein müssen, um den heißen Rötel abzukühlen. Ihr solltet mir aus dem Weg gehen und Euren Pflichten als Frau nachkommen, die Ihr ..." Er ließ seinen angewiderten Blick über ihre Kleidung gleiten. „... eindeutig als Unzucht interpretiert." Er wandte sich an Aulay. „Sie muss bestraft werden, wie es sich für eine Hure gehört."

Jenny holte zittrig Luft. Sie war noch nie in ihrem Leben so beleidigt worden. Ihre Hände zitterten. Er ging auf Ailis und Una zu, schob Jenny zur Seite und sank vor ihnen auf die Knie. Tränen traten in Jennys Augen, als die Hilflosigkeit sie übermannte. Sie musste etwas sagen. Sie musste weiterkämpfen. Aber mit jedem Atemzug, den sie tat, wurde ihr die Kraft entzogen. Die mittelalterliche Welt war grausam, ungerecht und so frauenfeindlich.

Sie hielten sie für eine Hure. Sie waren der Meinung, dass sie bestraft, in ein Gefängnis gesperrt und vielleicht sogar hingerichtet werden sollte. Was konnte sie tun, damit sie ihre Meinung änderten, wenn es Jahrhunderte dauern würde, bis sich die Menschheit weiterentwickelte?

Sie spürte etwas Warmes auf ihrer Haut und merkte, dass Aulay sie mit einer Mischung aus Verwirrung und Mitgefühl anstarrte. Ein großer Unterschied zu seinem üblichen „Ein falsches Wort und ich bringe dich um"-Blick.

Bhatair nahm einen Tonbecher mit einem geschlossenen Deckel aus dem Korb und reichte ihn Ailis. „Das ist gegen die Schmerzen. Met, gemischt mit Weidenrinde und etwas *Uisge*."

Jenny öffnete schockiert den Mund. Während sie überlegte, wie sie das verhindern könnte, holte er ein leeres Tierhorn heraus, an dessen spitzem Ende eine Art Nippel befestigt war ... aus Leder, vermutete sie. Ailis steckte den Nippel in den Mund des Babys, und Bhatair schenkte die Flüssigkeit aus dem Becher ein.

Das Baby wurde still und saugte. Es war, als würde man einen Autounfall beobachten. Sie wusste, dass es eine einzige Katastrophe war, aber sie konnte nicht wegsehen.

Nachdem Una die Flüssigkeit getrunken hatte, zappelte sie nur noch kurz und schlief nach wenigen Minuten ein.

„Ich habe das Gleiche für Euch", sagte Bhatair und gab Ailis einen weiteren Becher.

Als Ailis trank, konnte sich Jenny nicht mehr zurückhalten. „Wie könnt Ihr einem sechs Monate alten Baby Alkohol und Honig geben? Ihr wollt sie wohl umbringen."

Bhatair seufzte und stand auf. Er stemmte die Fäuste in die Hüften. „Und warum soll das schlecht für ein Kind sein, wenn ich fragen darf?"

„Die Bakterien im Honig können zu Säuglingsbotulismus führen, der tödlich sein kann. Weidenrinde enthält Acetylsalicylsäure und kann das Reye-Syndrom auslösen. Und Met und *Uisge* sind beides Alkohol! Alkohol ist giftig. Ihr schädigt das Gehirn des Babys."

Die Menge wurde still, und im nächsten Moment brachen sowohl Bhatair als auch die um sie herum versammelten Leute in Gelächter aus. Die Demütigung brach über Jenny herein wie ein starker Gewitterregen.

Es schien, als hätte seine Behandlung geholfen. Das Baby war durch den Alkohol bewusstlos geworden. Und natürlich wusste sie, dass die Chancen gering waren, dass die Bakterien in diesem Honig waren und die Acetylsalicylsäure, auch bekannt als Aspirin, wirklich Schaden anrichten konnte. Sie nahm an, dass dies unter mittelalterlichen Bedingungen wahrscheinlich eine der bestmöglichen Behandlungen war ...

Vielleicht hatten sie also recht, wenn sie lachten, und sie sollte den Heiler, der sich mit dieser Zeit auskannte, seine Arbeit machen lassen.

„Nun, Ailis, lass uns reingehen, und ich werde dir dein Blut lassen", sagte Bhatair.

KAPITEL 8

AULAY BEOBACHTETE Jennifer mit einer Mischung aus Bedauern und Wut, die er selbst nicht richtig einordnen konnte. Er sah den schmerzhaften und gedemütigten Ausdruck in ihren großen bernsteinfarbenen Augen, als alle über sie lachten. Er tat es nicht. Vermutlich hatte er schon immer ein weiches Herz für die Zurückgewiesenen und Missverstandenen gehabt. Ihre Beschämung und ihre Wut waren aufrichtig gewesen.

Offensichtlich war sie es nicht gewohnt, so behandelt zu werden, und er erinnerte sich daran, dass sie viele Jahre lang ihrem Ehemann, dem Arzt, zur Hand gegangen war. Er konnte nicht umhin, eine starke Frau dafür zu respektieren, dass sie die Geschäfte ihres Mannes leitete. Da er selbst ein treuer Mann war, tat sie ihm leid, und er war wütend auf ihren Gatten, der sich als Hurenbock entpuppt hatte, während sie ihm zu Diensten gewesen war.

Wenn Aulay ehrlich war, hatte er Bhatair immer für einen ziemlichen Narren gehalten. Er war Schotte und war nach Paris gegangen, um moderne Medizin zu studieren. Als Aulay ihn angeheuert hatte, um auf Islay zu bleiben und für den MacDonald-Clan zu arbeiten, hatte er eine maßlose Summe Geld verlangt. Aulay zahlte gern, damit sein Volk gesund blieb. Aber der Mann konnte hart und arrogant sein.

Aulay merkte, dass er wider besseres Wissen die kämpferische, kleine Füchsin angefeuert hatte.

Bis ihr Rat keinen Sinn mehr ergeben hatte und Bhatair dem Baby tatsächlich geholfen hatte, wie es seine Aufgabe war.

Aulay hatte gehofft, dass sie recht haben würde und das Baby mit ihren seltsamen Vorstellungen heilen könnte.

Aber nachdem sie einige Worte gesagt hatte, die überhaupt keinen Sinn ergaben, wurde ihm klar, dass sie einfach nur gelogen hatte. Sie hatte irgendetwas erfunden. Sie hatte versucht, alle zu täuschen.

Und jetzt hatte er genug. Was war das überhaupt für ein Wort, „Bakterien“? Was sollte das bedeuten?

Nein, sie musste die ganze Zeit über gelogen haben, dass sie eine Heilerin war. Sie hatte versucht, die Leute zu bezirzen, wie es manche Scharlatane taten, die Wundermittel verkauften, die nie funktionierten. Wenn sie in dieser Hinsicht gelogen hatte, log sie vielleicht auch in Bezug auf das Schiff, mit dem sie über das Meer nach Irland gefahren war.

Er konnte Scharlatane nicht ausstehen. Vor sieben Jahren, etwa drei Wochen nachdem er mit Robert the Bruce nach Dunyvaig zurückgekehrt war, war ein solcher „Heiler“ nach Islay gekommen. Er hatte einen Karren voll mit Tränken und exotischen Wurzeln dabei gehabt. Getrocknete Fledermausflügel. Amulette. Tränke, die wie eine Mischung aus Himmel und Hölle rochen.

Leitis hatte damals schon seit Monaten Schmerzen gehabt. Sie war schwach gewesen. Sie hatte sich das Kind so sehr gewünscht, weil sie gewusst hatte, wie sehr sich Aulay einen Erben wünschte.

Aulay hatte mitangesehen, wie jedes Mal, wenn der winzige Körper eines ihrer toten Babys begraben worden war, das Licht in ihren Augen schwächer wurde. Sie hatte es als ein Zeichen Gottes angesehen, dass dieser Mann nach Islay gekommen war, und sie hatte bei ihm einen Trank gekauft, um eine sichere Geburt zu gewährleisten.

Sowohl Bhatair als auch Aulay hatten ihr davon abgeraten. Bhatair hatte noch nie von dem Zaubertrank gehört und sie nicht in Gefahr bringen wollen. Aulay hatte dem Mann einfach nicht getraut. Leitis hatte ihnen versprochen, ihn nicht einzunehmen. Aber der Trank war verschwunden. Und dann war es ihr schlechter ergangen. Das Baby hatte nicht einmal die Wehen überlebt. Daraufhin war Aulay kurz davor gewesen, den Scharlatan aufzuspüren und zu töten.

Bhatair hatte ihm erzählt, dass sie und das Baby vielleicht hätten gerettet werden können, wenn sie den Trank nicht genommen hätte.

Wenn Jenny also einer dieser Scharlatane war, die mit leeren Versprechungen und Lügen reich wurden ...

Der tote Körper seiner Frau, der sich immer noch warm auf seinem Schoß angefühlt hatte ... Ihr Bauch, der zwar rund, aber genauso regungslos wie sie war. Das Baby, das sich nicht mehr in ihr bewegte ... Sie war noch schwanger begraben worden, mit seinem toten Jungen oder Mädchen in ihr.

Die Wut traf ihn wie ein eiskalter Schock.

Gott möge ihm verzeihen, lieber würde er sterben, als zuzulassen, dass ein weiterer Scharlatan einem seiner Leute etwas antat. Während Bhatair Ailis und Una zum Aderlass führte, packte Aulay Jennifer an ihrem Ellbogen und zerrte sie aus der Menge. Er sah rot. Die Dunkelheit vermischte sich mit der Wut, die die Welt um ihn herum grell und scharf erscheinen ließ.

„Was tust du da!", schrie sie und versuchte, sich zu befreien. „Lass mich los!"

Er bog um die Ecke des Stalls, weg von den Blicken der Menge, und drängte sie in die Enge. Sie wurde gegen die Wand gepresst, und er war nur wenige Zentimeter von ihr entfernt.

„Sag mir ein für alle Mal, Mädchen, hältst du mich für einen Narren?"

„Was?"

„Du bist kein Arzt. Gestehe es einfach."

„Ich bin Ärztin!"

Er schüttelte den Kopf. „Du bist keiner. All der Unsinn, den du erzählt hast. Ich weiß, was für eine du bist. Leere Worte. Leere Versprechen. Was schert es dich, wenn noch ein weiterer Narr stirbt, der von deinen Lügen getäuscht wurde?"

Ein Schauder durchfuhr sie wie ein Windstoß über stillem Wasser. „Ich bin Ärztin! Ich habe einen Eid geschworen, niemandem zu schaden. Wie kannst du es wagen? Ich habe in meinem Leben Tausenden von Kindern geholfen."

Gott, wie ihre Augen leuchteten, als sie das sagte ... wie bei einem Ritter auf einem Pferd, der die Fahne schwenkte und die Truppen zum Angriff rief. Sein Blut antwortete auf den Ruf. Hitze durchströmte ihn wie eine Armee. „Ja, du hast geholfen, oder? Hast du dich deinem Mann auch so widersetzt?"

„Widersetzt? Natürlich habe ich mich ihm widersetzt. Wer war er, dass er mir sagen konnte, was ich zu tun hatte, und wer bist du?"

Er nahm sich einen Moment Zeit, um sie zu mustern. Ihr Kleid war an den Rändern zerrissen und stellenweise schmutzig, aber trotzdem leuchtete die hellgrüne Farbe wie das Sonnenlicht durch die ersten Frühlingsblätter. Ihre Brüste hoben und senkten sich schnell, üppig und prall. Ihre Wangen waren gerötet, ihre Augen leuchteten und funkelten, weil sie so wütend und kämpferisch war. Ihre Lippen ... Mein Gott, ihre Lippen waren wie die Kirschen, die er einmal im Süden probiert hatte ...

„Weißt du ...", sagte er langsam. „... was man mit Frauen macht, die sich so aufführen wie du?"

„Ich habe nichts falsch gemacht, du Riesentrottel."

Er kam noch einen Schritt näher und drückte sie an die Wand. Seine Brust drückte gegen ihre, ihre kirschroten Lippen waren nur noch wenige Zentimeter entfernt. Ihr süßer Atem drang zu ihm durch, und er sehnte sich danach, sie zu küssen. „Frauen sind das Eigentum ihrer Ehemänner", sagte er langsam und staunte darüber, wie glatt ihre Haut war. „Sie müssen diszipliniert und in ihre Schranken verwiesen werden.“

Sie reckte das Kinn in die Höhe. „Ich bin niemandes Eigentum. Du glaubst, du kannst mich einschüchtern? Nun, das kannst du nicht. Du bist nur ein arroganter, selbstgerechter Mann, der denkt, dass er alles tun und lassen kann, nur weil er als Mann geboren wurde.“ Das Gefühl ihrer weichen Brüste, die sich beim Atmen gegen seinen Brustkorb bewegten, war wie warmes Wasser, das ihn schwindelig, schwach und heiß vor Verlangen machte. „Wer hat dir das Recht gegeben, mich zu misshandeln und zu entführen? Wenn du nicht wärst, wäre ich jetzt wieder in meiner Zeit.“

Er war wie hypnotisiert von der Bewegung ihrer Lippen und verstand nicht, was sie meinte. *„Wieder in meiner Zeit.“* Er nahm an, dass es nicht von Bedeutung war. Das waren nur noch mehr von ihren seltsamen Worten und Vorstellungen.

„Wer hat mir das Recht gegeben, dich anzurühren?“, knurrte er. „Keiner, Mädchen. Der Herr braucht keine Erlaubnis, um zu tun, was er will. Wenn ich es so will, gehörst du von Rechts wegen mir.“

Bei Gott, er hatte noch nie jemanden getroffen, der so seltsam, trotzig und schön war. Plötzlich fühlte sich der Gedanke, dass sie ihm gehören würde, wie das einzig Richtige an, das es auf der Welt gab.

Genauso schien es auch ihr zu gehen. Denn in ihren Augen war dieses Funkeln zu sehen.

Und sie trafen aufeinander, und ihre kirschroten Lippen legten sich endlich auf seine.

KAPITEL 9

SEINE LIPPEN FORDERTEN SIE. Beanspruchten sie. Verwüsteten sie. Das Gefühl, als sein Mund über den ihren glitt, war eine Offenbarung.

Es fühlte sich an wie die Hitze der Sonne und wie ein Regenschauer. Seine Zunge eroberte sie. Verschlang sie.

Sein Duft war wie eine Droge. Sie war hilflos. Schamlos.

Ihr Rücken drückte gegen die harte Felswand der Ställe, aber das war ihr egal. Sie ließ es zu. Alles, was sie wollte, war, ihm näher, näher zu sein – so nah, dass es keinen Unterschied mehr gab, wo er aufhörte und sie begann.

Seine Hände glitten zu ihrem Hintern, massierten ihn, ihr Bein war um seine Hüfte geschlungen, und ihre Hände griffen in sein Haar. Sie waren ein einziges verzweifeltes Knäuel, das sich nicht loslassen wollte.

So etwas hatte sie noch nie gefühlt. Nicht mit Tom. Auch nicht mit den Männern, mit denen sie vor Tom ausgegangen war.

Sie pulsierte, schmerzte und war feucht. Sie spürte ihn, lang und hart, während sie mit ihm verschmolz. Er knurrte wie ein Bär, und als er zu stoßen begann, wurde sie von der sanften Reibung überwältigt. Sie wollte ihn in sich haben, hier und jetzt. Gegen die Wand.

Ein Teil von ihr dachte, dass Amanda genau das gemeint haben musste, als sie Sex mit einem Schotten empfohlen hatte ...

„Mädchen, ich will dich ...", knurrte er. „Sag mir, dass du mein sein willst."

Ja, ihr Körper wollte es ihm sagen. Es war das Einzige, was er noch von sich geben konnte.

Aber ein lautes Räuspern ließ sie beide erstarren und langsam in die Richtung des Hustenden schauen. Es war jener große, gut aussehende Mann. Colum. Er hatte die Arme vor der Brust verschränkt und runzelte verwirrt die Stirn.

Mehrere Dinge wurden Jenny sofort klar. Erstens: Ihr Kleid war fast bis zur Taille hochgezogen, sodass Colum auf ihr nacktes Bein starrte, das sich um die Hüfte seines Onkels geschlungen hatte. Zweitens: Aulays Hüften waren fest gegen ihre sehr erregte Scheide gepresst. Sowohl Aulay als auch sie keuchten. Und sie war hoch über dem Boden und wurde von Aulay gegen die Wand gepresst. Drittens: Obwohl beide bekleidet waren, musste es für Colum so aussehen, als ob er sie beim Sex überrascht hätte.

Viertens: Hinter Colum lugten mehrere Einheimische mit erstaunten und missbilligenden Gesichtern um die Ecke.

Oh, Gott, nein. Jetzt würden sie alle sicher sein, dass sie eine Hure war, oder?

Aulay setzte sie langsam auf den Boden, und zum Glück rutschte ihr Kleid hinunter. Sie richtete ihre Kleidung und fühlte sich immer noch heiß und erregt. Sie war immer noch nicht in der Lage, das unglaubliche Hochgefühl in den Armen dieses Mannes abzuschütteln.

„Was ist denn los?", fragte Aulay. „Was konnte denn nicht warten?"

„Das Kind ... Una ...", sagte eine der Frauen hinter Colum. „Es geht ihr schlechter."

„Was?" Jenny machte einen Schritt nach vorn. „Aber er hat ihr doch gerade den Zaubertrank gegeben."

Eine andere Frau richtete ihren wütenden Blick auf Jenny. „Ja, das hat er. Aber Ihr habt Una vorher berührt, nicht wahr?"

Stille trat ein, und Jenny merkte, dass alles sie anklagend anstarrten.

„Ich habe sie nur untersucht." Jenny spürte, wie Aggression und Angst in ihr pulsierten wie eine verstopfte Ader.

„Aber Ailis sagt, dass es ihr schlechter geht, weil Ihr eine Hexe seid", rief ein Mann. „Und dass Ihr Una etwas angetan habt, als Ihr sie berührt habt."

Jenny schnappte nach Luft. Hilflosigkeit und Wut mischten sich in ihr zu einer ekelerregenden Mischung. „Was? Das ist doch lächerlich ... Lasst mich mal sehen ..."

Ohne jemandem einen weiteren Blick zu schenken, marschierte sie hinter den Ställen hervor, dorthin, wo Bhatair gerade Ailis und Una hingeführt hatte. Die Menge folgte ihr mit großem Getöse.

„Jennifer!", rief Aulay, als er mit ihr auf gleicher Höhe war. „Glaubst du nicht, dass du schon genug getan hast?"

„Anscheinend nicht. Wenn es dem Baby schlechter geht, liegt das nicht daran, dass ich es berührt habe. Sondern weil es nicht richtig behandelt wurde!"

Oder weil es vielleicht zu spät für das Baby war, um sich zu erholen ...

Die Tür eines Hauses öffnete sich und Bhatair trat heraus. Sein Gesicht war düster, aber als er sie sah, blähten sich seine Nasenflügel.

„Ja", knurrte er.

„Was ist denn mit Una los?", fragte sie. „Lasst mich vorbei."

Er stellte sich vor die Tür, und als sie einen Schritt nach vorn machte, um einzutreten, versperrte er ihr den Weg. „Ihr seid das gewesen. Ihr seid eine Hexe und ein Scharlatan. Ihr habt Unas Zustand verschlimmert, als Ihr sie mit Euren seltsamen Methoden und Reden untersucht habt. Vielleicht habt Ihr auch die Feen beschworen oder das Kind verflucht. Wer weiß, wozu Ihr fähig seid, wenn Ihr so gekleidet seid und Lügen darüber verbreitet, Arzt zu sein?“

„Und sie hat den Herrn verführt!“, rief eine der Frauen hinter ihnen.

„Aye!“, rief eine andere. „Sie hat seinen Verstand vergiftet! Er sieht sie nicht als das, was sie ist. Nämlich, dass sie ein Fluch für uns alle ist.“

Jenny schaute über die Schulter. Die Versammlung bestand aus etwa zwanzig Personen, die alle in Aufruhr waren. Sie schüttelten Fäuste durch die Luft. Die Gesichter unter ihren Haaren und Schleiern wirkten wütend und böse.

„Peitscht sie aus, Herr!“

„Peitscht sie wegen Unzucht aus!“

„Tötet sie!“

„Schafft sie von der Insel!“

Die Schreie machten Jenny schwindlig. All dieser Hass, all die Ablehnung. So etwas hatte sie in ihrem ganzen Leben noch nicht erlebt – weder eine solche Demütigung noch ein solches Urteil. Und das auf so ungerechte Weise. Sie hatte nur versucht zu helfen. Ein Teil von ihr wollte aufgeben, und alles tun, um von hier wegzukommen.

Sie war mitten in der Hölle.

Sie drehte sich zu Bhatair um, der sie mit wütender Verachtung ansah. „Hat sie wieder Fieber?“, fragte Jenny. „Lasst mich sie nur ansehen. Ich verspreche Euch, ich weiß, was ich tue. Wenn sie eine Lungenentzündung bekommt, wird sie Antibiotika brauchen ...“

Bhatairs Nasenlöcher blähten sich. „Ihr habt genug getan, Hure. Laird, unternehmt etwas. Hört auf Eure Leute. Ihr könnt nicht zulassen, dass sie mit Lügen aufwartet und den Leuten leere Versprechungen macht, wenn sie in Wirklichkeit gar nichts ausrichten kann.“

Jenny warf einen Blick zu Aulay. Sie hätte sich schon längst bei ihm beliebt machen müssen. Sie hätte ihn dazu bringen müssen, sie zu mögen ... ihr zu glauben ... ihr zu helfen. Aulays dunkle Augen waren auf sie gerichtet. Da war ein Schimmer in dieser Dunkelheit, den sie nicht verstand. Seine Kiefermuskeln arbeiteten, aber er sagte nichts. Als der Aufruhr seinen Höhepunkt erreichte, drehte er sich zu seinen Leuten um und stemmte die Hände in die Hüften.

Er öffnete den Mund, um etwas zu sagen, aber von der Mauer ertönte ein Horn.

„Angriff!“, rief eine Stimme, die Jenny einen Schauer den Rücken hinunterlaufen ließ.

KAPITEL 10

„Zu den Mauern!“, brüllte Aulay, während er zu den Toren hinunterlief. „Schließt die Tore!“

Wer griff an? Was war los? Sein Herz raste noch immer von dem überwältigenden Kuss, den Jennifer und er ausgetauscht hatten, gefolgt von der Gefahr, in die sie sich begeben hatte.

Und jetzt auch noch das.

Er folgte seinen Männern und stieg die Steintreppe hinauf, die zur Mauergalerie führte. Sie hätten härter trainieren sollen. Sie hätten die noch ausstehenden Reparaturen an den Birlinns durchführen sollen.

Doch es war zu spät.

Die Engländer? Die Iren, die das englische Schatzschiff vor ihnen gefunden hatten? Ein anderer Tieflandclan, der sich mit dem Feind verbündet hatte?

Wer war es?

Als er die Mauer erklommen hatte, setzte sein Herz aus.

Das Meer war ruhig und leer, niemand steuerte auf die abgelegene Bucht von Lagavulin zu. Die Schiffe trieben friedlich dahin. Aber im Dorf unten strömten die Menschen zu ihren Häusern.

Und dann sah er es.

Aus den Wäldern hinter dem Dorf stürmte eine Gruppe von Männern auf sie zu. Sie hatten Schwerter und Äxte gezückt und ihre Schilde im Anschlag. Sie waren gut gerüstet: Kettenhemden, Helme, Brustpanzer und geschmiedetes Leder. Sie trugen keine Léintean-Cròich, dicke, gefütterte Mäntel, die die meisten Schotten trugen. Engländer. Der unverwechselbare, gelbe Wappenrock mit den drei roten Löwen blitzte zwischen den grauen Felsen der Häuser auf.

Es mussten etwa fünf Dutzend von ihnen sein. Er fluchte leise und sah sich um. Colum und Seoras waren schon da, ebenso Beathan.

„Bogenschützen, bereit!“, befahl er, und zwanzig Schützen spannten die Sehnen ihrer Bögen. Sie hatten noch Zeit, auf den Feind zu schießen, während er über das offene Feld auf das Dorf zulief. „Schießt!“

Ein Schwarm von Pfeilen flog mit einem Rauschen durch die Luft. Einige der Feinde fielen, aber die meisten rannten weiter. „Bereit! Schießt!“, brüllte er.

Sie wiederholten ihre Schüsse, bis der Feind zu nahe am Dorf war.

„Schwertkämpfer!“ Er drehte sich um, zog sein Claymore aus der Scheide und hielt es hoch in die Luft. „Runter zum Dorf!“

Die Männer unten auf dem Hof warteten. Jeder MacDonald-Krieger wusste, dass sie kampfbereit sein mussten, wenn das Horn ertönte. Während Aulay die Steintreppe hinuntereilte, suchte er den Innenhof ab. Jennifer stand etwas abseits. Ihr Gesicht wirkte besorgt. Er spürte, wie sich sein Gesichtsausdruck verhärtete. Sie könnte versuchen, in dem Chaos zu entkommen und sich selbst in Gefahr bringen.

„Beathan“, sagte er über die Schulter. „Geh und sperr sie in mein Schlafgemach, dann kehr zur Schlacht zurück, aye?“

Er brauchte seinem Freund nicht zu sagen, wen er meinte.

„Aye, Herr.“ Beathan sprintete auf Jennifer zu. Aulay wandte sich an seine Männer. „Lasst uns gehen und unser Volk und unser Land beschützen! Beschützt eure Familien, eure Frauen und eure Heimat! Clan Domnhnaill! Clan Domnhnaill!"

„Clan Domnhnaill! Clan Domnhnaill!", riefen seine Männer, reckten die Fäuste in die Höhe und hielten ihre Claymore-Schwerter in die Luft.

Dann rannten sie los, wie Wölfe durch die innere Vorburg, durch das Torhaus und die Straße hinunter zum Dorf. Aulay konnte bereits die ersten feindlichen Krieger mit den Dorfbewohnern zusammenstoßen sehen. Jeder MacDonald – ob Bauer, Schafhirte oder Schmied – hatte ein Schwert und wusste zumindest, wie man es handhabte. Dafür hatte er gesorgt.

Aber die meisten Dorfbewohner waren keine Krieger. Ihr tägliches Geschäft bestand nicht darin, mit dem Schwert oder dem Bogen zu kämpfen. Sondern es war die Arbeit, die das tägliche Leben des Clans aufrechterhielt.

Aber in Fällen wie diesem konnten sie sich zumindest für eine kurze Zeit schützen.

Aulay stürmte mit seinen Männer durch das Dorf.

Verdammt noch mal, wie waren die Engländer hierhergekommen? Waren sie auf der anderen Seite der Insel gelandet und zu Fuß zu ihnen gelangt?

Ein Dutzend Dorfbewohner kämpfte und verlor gegen zwei Dutzend feindliche Krieger. Ein Dorfbewohner hielt das Schwert auf Kopfhöhe, während der Engländer sein Schwert auf ihn hinabstieß. Ein anderer, mit dem Rücken an eine Wand gelehnt, hatte eine schlimme Wunde an der rechten Schulter und schlug mit seinem Schwert ungeschickt auf den Feind ein.

Aulay brüllte: „Clan Domnhnaill! Clan Domnhnaill!"

Die Dorfbewohner hörten den Kriegsruf und erwiderten ihn laut.

„Clan Domnhnaill!", riefen auch Aulays Krieger.

Sie stürzten sich mit voller Wucht auf den Feind und prallten zusammen. Aulay stieß einen Engländer von Conn, dem Gerber, weg und schwang sein Schwert gegen den Kopf des Mannes. Der

Mann wehrte es ab und schlug mit der eigenen Klinge zu. Jetzt war Aulay an der Reihe, den Schlag abzufangen, und er schlug das Schwert mühelos zurück. Der Krieger war jung und stark, aber unerfahren. Aulay konnte bei Jünglingen wie ihm sofort erkennen, wo seine Schwäche lag.

Aulay machte einen kleinen Ausfallschritt nach rechts, ging aber stattdessen nach links und stieß sein Schwert in das Gesicht des Bärtigen. Der Engländer fiel und stand nicht wieder auf.

Aulay klopfte Conn auf die Schulter. „Danke, Herr", sagte der Gerber.

Um ihn herum schleuderten seine Männer Speere, schwangen Äxte und Schwerter, schlugen auf Gliedmaßen und Köpfe ein. Die Krieger umkreisten einander, trafen aufeinander und ließen ihre Schwerter kollidieren. Der Stahl glänzte, und als Fleisch zerriss und Blut floss, schrien die Männer vor Schmerz.

Es waren mehr Engländer, als Aulay angenommen hatte. Es mussten ein oder zwei Schiffe voll mit Kriegern sein. Er wusste, dass er sieben Dutzend Krieger an seiner Seite hatte. Sie waren zahlenmäßig etwa gleich stark, aber die Engländer waren viel besser bewaffnet. Doch sie waren Schotten und kämpften für ihre Heimat und ihre Ehre. Es würde mehr als ein paar Dutzend Engländer brauchen, um sie in die Knie zu zwingen.

Der eiserne Geruch des Blutes umgab Aulay so intensiv, dass er ihn auf der Zunge schmecken konnte. Der Boden von Islay wurde heute reichlich mit Blut genährt. Dann war alles nur noch ein verschwommener Fleck aus Blut und der Wut eines Kampfes, der ihn wie ein voller Kelch aus feurigem *Uisge* überwältigte. Er stach, schnitt und rammte seine Klinge in Kettenhemden. Er wirbelte herum, duckte sich und wich bedrohlichen Schlägen aus.

Bis er es nicht mehr konnte. Er war gerade mit einem Engländer aneinandergeraten, als er ein akutes Gefühl der Gefahr im Nacken verspürte. Aber er konnte sich nicht umdrehen, sonst würde er getötet werden.

Plötzlich erhielt er einen sanften Stoß. Er machte einen Schritt zur Seite und stieß sein Schwert bäuchlings in den Engländer, direkt durch seine gepanzerte Rüstung.

Dann schaute er auf.

Nein!

Es war Beathan.

Er lag auf dem Boden und hatte einen Speer in der Brust stecken. Seine Augen bewegten sich nicht, und Blut floss durch seinen *Léine-Croich* um die hölzerne Scheide.

Er hatte den Tod gefunden, der für Aulay bestimmt gewesen war. Ohne auf das Chaos des Kampfes um ihn herum zu achten, sank Aulay vor seinem treuen Freund auf die Knie. Er senkte den Kopf und drückte ihn gegen Beathans Brust. Schmerzen zerrissen sein Inneres.

„Nein, Beathan. Nicht du!"

Unzählige Male hatte Aulay Beathans Leben gerettet. Unzählige Male hatte Beathan seins gerettet. Beathan war zehn Jahre jünger als Aulay, und er war einer von Aulays ersten Schülern gewesen, die er im Schwertkampf ausgebildet hatte. Er hatte sich erst spät eine Frau genommen, aber Ailis war die Liebe seines Lebens gewesen, und Una sein ganzes Glück.

Was würde er Ailis sagen? Wie sollte er ihr sagen, dass ihr Mann und der Vater ihres Kindes nicht zu ihr zurückkehren würde?

Er streckte seinen Rücken durch, schloss Beathans Augen und legte das Schwert seines Freundes auf seinen Bauch, wobei er Beathans noch warme Fäuste um den Griff presste.

„Ruhe in Frieden, mein Freund", sagte er. „Du bist jetzt bei Gott."

Aulays Arme schmerzten, als er die rauen Holzgriffe der Bahre umklammerte. Sein ganzer Körper tat weh, und er schwitzte unter seinem Gewand. Der Himmel war grau geworden, es hatte zu nieseln begonnen, als ob Gott auch um Beathan trauerte. Der Weg den Hügel hinauf zur Burg Dunyvaig war inzwischen glitschig und schlammig. Die Burg erhob sich still und feierlich über ihm.

So wie sein eigenes Herz.

Die Engländer hatten verloren und sich zurückgezogen. Bevor er einen von ihnen getötet hatte, hatte Aulay erfahren, dass die Angreifer geschickt worden waren, um herauszufinden, ob Aulay das Schiffswrack gefunden hatte, und um den Schatz zu bergen, falls möglich.

Das bedeutete, dass die Engländer ihn nicht hatten. Der Schatz war noch da draußen.

Das bedeutete, dass er ein ernsthaftes Gespräch mit der einzigen Überlebenden des Schiffswracks führen musste ... Jennifer Foster.

Sie brauchten den Schatz, oder dieser Angriff wäre nur ein kleiner Vorgeschmack auf das, was die Engländer und ihre irischen Verbündeten mit Islay und den Highlands anstellen würden.

Er schaute zum Eingangstor hinauf, als sie es passierten. Der raue Fels glitzerte vom Regen. Colum hielt die hinteren Griffe von Beathans Bahre fest. Die anderen Schotten trugen neun weitere Bahren mit drei Verwundeten und sechs Toten. Er hatte heute sieben Krieger verloren. Sie alle hatten ihn mit Stolz erfüllt und zu seinen Freunden gezählt.

Aber Beathan war der Mann gewesen, mit dem er die vergangenen zwanzig Jahre gekämpft hatte.

Sie durchquerten das Tor und gingen den Hang des inneren Burghofs hinauf. Der Geruch des Regens verdrängte den eisernen Geschmack des Blutes, und Aulay hob das Gesicht zum Himmel, ließ den Regen auf sein Gesicht fallen und zu den Tränen werden, die er nicht zu vergießen wagte.

Sie hielten vor Beathans Haus, und Aulay und Colum legten die Trage auf den Boden, um einer kranken Frau mit einem sechs Monde alten Kind mitzuteilen, dass sie gerade Witwe geworden war.

KAPITEL 11

Es war schon spät, als Aulay die Tür zu seinem Schlafgemach schloss und sich zu der Frau mit den kupferfarbenen Haaren zurückzog.

Die Erschöpfung lastete auf seinem Körper – von der Schlacht und davon, dass er sich nicht bewegen konnte, während er mit Ailis gesprochen hatte. Trauer und Wut wüteten in ihm, und er glaubte nicht, dass er es schaffen würde, so mit Jennifer zu sprechen, wie er sollte.

Aber in dem Moment, als er sie sah, entspannte sich etwas in seiner Brust. Ihr Kleid war so hell, dass es zu leuchten schien, und sie wirkte fremd gegenüber den rauen Steinwänden, dem gedämpften Rot der Baldachinvorhänge über seinem Bett und dem Feuer, das von den Schwertern und Schilden an der Wand reflektiert wurde.

Als er ihr hübsches Gesicht erblickte, erinnerte er sich daran, wie warm und köstlich sich ihr Körper heute Morgen in seinen Armen angefühlt hatte. Wie sich ihre Kurven in seine Hände geschmiegt hatten, als wären sie für ihn gemacht. Wie das Verlangen nach ihr ihn verzehrt hatte, als gäbe es nichts anderes. So etwas hatte er seit Leitis nicht mehr gefühlt ... Nein, er konnte sich nicht einmal bei ihr an eine Zeit erinnern, in der ihn dieses Verlangen so überwältigt hatte. Der wahnsinnige, allmächtige Drang, sie zu erobern. Wie bei einem jungen Burschen, bevor er seine erste Frau gehabt hatte.

„Was ist passiert?“, fragte sie. „Wer hat dich angegriffen? Geht es dir gut?“ Ihre Augen musterten ihn, als suchte sie nach Wunden. Er war blutverschmiert, aber es war nur das Blut des Feindes.

„Engländer, die nach dem Schiffswrack gesucht haben“, sagte er und trat an sie heran. „Das Schiffswrack, über das du dich weigerst zu reden. Sie haben Beathan und sechs andere Männer getötet. Du bist seit drei Tagen hier, und solange du mir nicht alles erzählst, was du weißt, scheint es nicht so, als ob du in nächster Zeit abreisen würdest.“

Sie öffnete den Mund, zweifellos, um zu widersprechen, aber er hob die Hand, um sie zum Schweigen zu bringen, und ging zu der Reihe von Kisten, die in der Ecke standen. Zu der letzten Kiste, die er seit sieben Jahren nicht mehr angerührt hatte. Die hölzerne Oberfläche, deren geschnitzte Verzierung eine romantische Szene mit einer feinen Lady und einem Ritter in einem Garten darstellte, wurde regelmäßig von den Dienstboten gereinigt, damit es nicht so aussah, als wäre sie unberührt. Er hatte diese Truhe im Königreich Galizien gekauft, als Geschenk für seine geliebte Frau, und er erinnerte sich an das strahlende Lächeln auf ihrem Gesicht, als er sie ihr überreicht hatte. Damals hatte er sich geschworen, sie immer wieder mit Geschenken zu überhäufen, solange sie Leitis ein solches Lächeln entlocken würden.

Das schlitzförmige Fenster über der Truhe spendete silbriges Mondlicht, und die Schatten auf den Schnitzereien waren dunkel.

„Was machst du da?“, fragte Jennifer, und ihre Stimme riss ihn aus seinen Gedanken.

Er schloss die Truhe auf und fragte sich, ob das, was er gerade tat, richtig war. Er war sich sicher, dass Leitis nicht wollte, dass sich eine Frau von ihm einschüchtern ließ und in ihrer völlig unpassenden Garderobe fror, wo es doch eine Truhe mit perfekt passender Kleidung gab, die niemand benutzte.

Niemand würde sie je benutzen. Er hatte nicht vor, erneut zu heiraten. Er wollte nicht noch einmal jemanden verlieren.

„Ich gebe dir ein paar Kleider, die besser geeignet sind“, sagte er und hob den Deckel an.

Es roch nicht mehr nach Leitis. Seine Diener hatten Lavendel hineingelegt, um Motten fernzuhalten. Aulay nahm ein grünes Kleid, das Leitis während der Schwangerschaft getragen hatte und das mehr Platz bot, da Jennifer einen üppigeren Busen und Hintern hatte. Sein Mund wurde trocken. Eine Untertunika, einen Hüftgürtel und ein weiteres Paar Schuhe nahm er ebenfalls heraus.

Er stand auf und reichte sie ihr. Jennifer nahm sie mit einem Stirnrunzeln entgegen. „Wem gehören sie?“

„Sie gehörten meiner verstorbenen Frau, Leitis“, antwortete er. „Sie war größer und dünner, aber sie liegen unbenutzt herum, und so hast du etwas Wärmeres. Außerdem werden sich die Leute nicht mehr so an dir stören.“

Jennifer sah die Kleidungsstücke an, als wären sie ein gefährliches Tier. „Bist du dir sicher?“

Um ehrlich zu sein, das war er nicht. Es tat weh, eine andere Frau mit Leitis’ Kleidern zu sehen. Aber es war für den Frieden im Dorf und um dieser Frau zu helfen, sich anzupassen. „Ja. Das hätte sie auch getan, wenn sie noch am Leben wäre. Ich hätte es schon früher anbieten sollen.“

„Ich weiß das zu schätzen, aber gibt es noch andere Kleidung, die ich tragen könnte? Ich bin mir wirklich nicht sicher, ob du gut damit umgehen kannst ...“

Etwas in ihm zerriss. Sie hatte recht, es war ihm nicht ganz geheuer, aber er hielt an seiner Entscheidung fest, denn es war das Richtige. Wenn sie weiter darauf bestand, verstärkte sie nur die Last und die Schuldgefühle in seiner Brust.

„Zieh sie einfach an!“, fauchte er.

Er hatte nicht die Absicht gehabt, sie anzuschnauzen. Auf dem

Tisch an der gegenüberliegenden Wand stand eine Glasflasche mit *Uisge*. Er ging zügig dorthin, schenkte Jennifer und sich einen Becher ein und reichte ihn ihr dann. Misstrauisch schnupperte sie daran, während er den Trank hinunterkippte. Sie kostete ihn, zog eine Grimasse und gab ihm den Becher zurück.

„Es besteht kein Grund, Feuer zu speien, Aulay", sagte sie. „Ich meine nur, ich verstehe, dass es nicht leicht für dich sein kann, eine andere Frau die Kleider deiner Frau tragen zu lassen."

Er betrachtete sie: ihre strahlend weiße Haut, die üppigen Brüste, die schöne Wölbung ihrer Taille, die in ihre runden Hüften überging. „Vielleicht verstehst du das", sagte er. „Aber ich kann nichts von dem, was du sagst, glauben, bis ich sicher bin, dass du die Wahrheit sagst."

Er würde die Wahrheit über den Schiffbruch aus ihr herausbekommen, was auch immer es kostete.

Sie in seinem Schlafgemach zu sehen, war berauschend – er konnte nicht aufhören, sich vorzustellen, wie er sie auf das Bett warf und sich auf sie stürzte. Wenn er dieses lächerliche Kleid zerriss, würde ihre Haut darunter genauso weich sein wie die Haut in ihrem Gesicht, wenn er sie berührte? Auf diese Weise könnte er die Wahrheit aus ihr herausbekommen …

Ihre Brust hob und senkte sich schnell. Ihr nachdenklicher Blick fiel auf sein Bett und kehrte zu ihm zurück. Er war dunkel und verheißungsvoll.

Sie begehrte ihn ebenfalls.

Langsam stellte er den Becher zurück auf den Tisch und ging um sie herum. Sie stand mit den Kleidern an ihren Bauch gepresst da und atmete schwer.

„Hör auf, wie ein Löwe um mich herumzuschleichen", sagte sie. „Du wirst mich nicht einschüchtern."

„Du solltest dich aber fürchten. Ich bin so kurz davor, etwas zu tun, was ich unbedingt will, aber nicht tun sollte. Wie kommst du auf all diese seltsamen Lügen? Hältst du mich für dumm? Ich habe den reichsten Clan Schottlands nicht aus dem Nichts aufgebaut, weil ich keinen Verstand habe."

Ja, seine Kelche waren aus Gold, sein Bett besaß prächtige Vorhänge, schöne Decken und Pelze. Auf dem Boden lag ein Perserteppich. Die Stühle, der Tisch und das Bett waren von Tischlermeistern gefertigt worden. An den Griffen und Rückenlehnen befanden sich wunderschöne Schnitzereien. Auf dem Tisch stand eine kunstvoll geschnitzte Elfenbeinschatulle, die extra aus dem Orient importiert worden war. Das Kreuz über der Tür war aus Silber, mit goldenen Verzierungen und Rubinen, Smaragden und Diamanten. Die Schwerter und Schilde, die an den Wänden hingen, stammten von Somerled selbst, dem großen nordisch-gälischen Kriegsherrn, der vor zweihundert Jahren durch seine Eroberungen das Königreich Argyll and the Isles gegründet hatte. Somerleds Söhne hatten die Clans MacDonald, Ruaidhrí und MacDougall hervorgebracht. Diese Waffen waren Aulays Stolz und Ehre. Er hatte gehofft, sie an seinen Sohn weitergeben zu können – eine vergebliche Hoffnung, wie es schien.

Sie reckte das Kinn und dann tat sie etwas, das ihn völlig aus dem Konzept brachte. Jennifer streckte die Hand nach ihm aus und berührte mit den Fingerspitzen seine Lippen. Es glich einem Kuss. Die Berührung war zart und jagte ihm einen Schauer der Lust in die Lenden. Ihre Augen funkelten voller Verlangen, wie er es von ihrem Kuss in Erinnerung hatte.

„Dein Vermögen ist mir egal", sagte sie. „Lass mich einfach diese Insel verlassen."

Sie gehen lassen? Er würde es ihr schon zeigen, wenn sie ihn so provozieren würde.

Er nahm sie bei der Hand, warf sie auf sein Bett und legte sich auf sie. Sie keuchte, zappelte und versuchte, sich zu befreien. Wie schön sie war, mit ihren geröteten Wangen und dem roten Mund. Ihre Augen funkelten unter ihren langen Wimpern. Ihr Körper und ihre Kurven fühlten sich weich und warm an. Er spürte ihre üppigen Schenkel, die er am liebsten mit den Knien spreizen würde, um sie zu beglücken und zu beobachten, wie ihre Wangen noch mehr Farbe bekamen, während sie vor Verzückung seinen Namen schrie.

„Ich habe all diesen Reichtum auf dieser Insel angesammelt, die Ihr so gerne verlassen würdet, weil ich ein Händler bin. Weil ich die schnellsten und besten Schiffe habe."

Er stützte sich mit dem Arm ab und hielt sie mit seinen Hüften fest an sich gedrückt, während er ihr eine Karte auf die Brust malte. „Wir verkaufen Vliese nach Brügge und Dordrecht in den niederen Landen." Er machte einen langen Weg hinunter zu ihrer linken Brust. „Wir treiben Handel mit Norwegen, Frankreich und Galizien. Mit anderen Mittelmeerländern." Sanft fuhr er mit dem Finger zwischen ihren Brüsten hinunter, dann wieder hinauf und umkreiste ihre Brustwarze, woraufhin sie scharf einatmete. „Wir reisen sogar bis nach Island und Hamburg." Sein Finger wanderte zurück zu ihrem Hals, und er fuhr sanft bis zu ihrem Kinn.

Ihre Brust hob und senkte sich schnell. Ihre Haut errötete. Hitze schoss in seinen Schwanz. Bei Gott, sie war so schön. „Toll", sagte sie mit leiser, atemloser Stimme. „Was hat das mit mir zu tun?"

„Hinter dem Rücken der Engländer ..." Er ließ die Finger höher gleiten und umschloss ihr Gesicht. „... treibe ich Handel mit den Iren. Edward II. macht in der Irischen See Jagd auf die Schiffe der MacDonalds, aber wir wissen, wie wir ihnen ausweichen und wie wir sie bekämpfen können."

Er drückte seinen Daumen gegen ihre üppige Unterlippe. Sie wurde rot und füllte sich. Oh, sie wollte ihn, genau, wie er sie wollte. Er sehnte sich danach, sanft in ihre Lippe zu beißen und an ihr zu saugen.

Sie wand sich unter ihm und atmete schwer. „Und? Was willst du damit sagen?"

Sie fühlte sich so gut unter ihm an. Gott, wenn er sie jetzt küsste, würden sie nicht mehr aufhören können. Er sollte nicht ausnutzen, dass sie seine Gefangene war. Er sollte diese Macht nicht missbrauchen, auch wenn er es wirklich wollte. Er vertraute ihr immer noch nicht, aber wenn er sie nehmen würde, würde es ums Vergnügen gehen, nicht um Vertrauen.

„Ich will damit sagen, dass es niemanden gibt, der besser auf See ist als der MacDonald-Clan. Und doch kann ich mit all meinen Schiffen und Männern das englische Schiffswrack nicht finden. Das Schiffswrack, das du überlebt hast. Wie?"

„Ich ..." In ihren Augen lagen Zweifel. Eine Frage. Und Angst. „Ich weiß nicht, wie ich es erklären soll."

„Was verheimlichst du, Mädchen?"

Sie schwieg eine Weile, anscheinend war sie außer Atem. Sie drückte sich gegen ihn, und er ließ sie sofort los.

Sie stand auf und ging im Zimmer umher, um etwas Abstand zwischen sie zu bringen. Er setzte sich auf und lehnte sich nach vorn, um jede ihrer Bewegungen zu beobachten.

„Du willst mich nur einschüchtern", sagte sie. „Aber das wird nicht funktionieren. Du denkst, ich lüge. Aber eigentlich will ich dir die Wahrheit sagen. Nur, diese Wahrheit wird dich denken lassen, dass ich verrückt bin."

Zum ersten Mal glaubte er ihr. Was auch immer sie sagen würde, würde wahr sein. Er verschränkte die Arme und nickte. „Ja, ich höre zu."

Sie blies einen langen Atemzug durch ihren üppigen, o-förmigen Mund aus, der ihn an ihre Lippen denken ließ, die sich um etwas anderes wölbten ... „Ich komme aus der Zukunft", sagte sie, und all die angenehmen Bilder verschwanden aus seinem Kopf.

„Was?"

„Ich bin durch die Zeit gereist. Aus dem Jahr 2022. Ich war mit meinen Freundinnen unterwegs, nur ein Urlaub, und wir sind auf dieser verdammten Insel gestrandet. Da war ein Leuchtturm ... und ja, ich war ein bisschen betrunken ... und dann war da diese Frau, die zu mir kam und mir von dir erzählte. Und als ich den Stein mit der eingemeißelten Hand berührte, reiste ich durch die Zeit. Und als ich meine Augen öffnete, war kein Leuchtturm mehr auf der Insel. Meine Freundinnen und das Boot, das uns dorthin gebracht hatte, waren verschwunden. Nur dein Schiff war in der Ferne zu sehen, und ich hatte große Angst und rief nach dir."

Als sie verstummte, stand so viel Hoffnung in ihren Augen, dass ihm das Herz schwer wurde. Aber er hatte in seinem Leben noch nie eine lächerlichere Geschichte gehört. Sie war nicht einmal gut durchdacht. Er lachte. „Durch die Zeit gereist? Liebe Frau, das ist doch nur ein Scherz. Das mit dem Schiffswrack hätte ich dir glauben können – vor zehn Tagen gab es einen großen Sturm. Aber du kannst nicht erwarten, dass ich dir glaube, dass du aus einer anderen Zeit kommst."

Die Hoffnung in ihren Augen erlosch. „Ja, ich habe Schiffbruch erlitten", sagte sie. „Ich war auf dem Weg nach Irland, um meine Familie zu besuchen."

„Mit dem englischen Schatzschiff?"

„Nein. Es war ein normales Schiff. Ich weiß nichts über den Schatz."

„Bist du sicher? Wie war sein Name?"

„Victoria", sagte sie.

Victoria? Seltsamer Name.

„Was genau ist passiert?"

Sie räusperte sich und schaute auf ihre Füße. „Da war ein Sturm. Wir wurden überrollt. Ich bin an der Küste der Insel aufgewacht."

Er musterte sie eine Weile. Sie schaute ihn schweigend, verschlossen und ruhig an. Das war so untypisch für sie. Es gefiel ihm nicht, dass das Feuer in ihr erloschen war. Aber irgendetwas fühlte sich bei dieser irischen Geschichte genauso falsch an wie bei der vorherigen. Konnte er ihr wirklich glauben, dass sie nicht auf dem englischen Schatzschiff gewesen war? Er war nicht bereit, sie zu foltern, um diese Information zu bekommen. Vielleicht musste er stattdessen ihr Vertrauen gewinnen.

„Ich helfe dir dabei, hier zurechtzukommen, bis ich weiß, was ich mit dir machen soll. Bist du wirklich eine Heilerin? Hast du mir die Wahrheit darüber gesagt?"

„Das bin ich."

„In Ordnung, Mädchen." Er ging zu seinem Tisch und goss mehr *Uisge* in seinen Becher. „Ich werde dir sagen, wie du dich verhalten sollst, und du musst gut zuhören und darfst mich nicht unterbrechen oder infrage stellen. Es ist offensichtlich, dass du das, was du tust, nicht mit Absicht machst."

„Ich weiß die Tipps zu schätzen, aber ich kann nicht versprechen, dass ich dich nicht unterbrechen oder infrage stellen werde."

Er leerte den Becher, schüttelte den Kopf und lachte leise. „Natürlich kannst du das nicht. Hör zu, Mädchen, du kannst nicht einfach Leute beleidigen und Männern widersprechen. Du nimmst an, dass du in allem recht hast. Du hast gesehen, wozu dein Verhalten führen kann. Ich könnte gezwungen sein, dich zu bestrafen. Du musst lernen, bescheiden zu sein. Ich mag dein Temperament, aber wenn du dich anpassen willst, musst du das tun."

Sie schüttelte verärgert den Kopf und atmete tief aus. „Ich weiß, dass du recht hast ... Es ist nur ..."

„Aye."

Ihm gefiel, dass sie anpassungsfähig war und sich ihm nicht einfach widersetzen würde. Er könnte sie als seine Geliebte gewinnen. Wenn sie sich ihm nur hingeben würde, wie süß sich ihr Körper anfühlen würde ... Sie war keine Jungfrau mehr, sie hatte einen Mann gehabt. Sie waren beide erfahren. Das könnte ein sehr angenehmes Arrangement sein.

Aber nein. Er konnte es nicht tun. So wie er sich kannte, würde er sich viel zu schnell binden. Er war nicht daran interessiert, Frauen zu erobern. Und wozu würde das überhaupt führen? Er traute dieser Frau nicht ganz. Sie war eine Fremde und wollte unbedingt gehen. Wenn er sich in sie verliebte und sie ihn eines Tages verließe ... wäre er am Boden zerstört. Und er glaubte nicht, dass er noch einmal in der Lage wäre, ein gebrochenes Herz zu ertragen.

„Komm morgen mit mir zum Fastenbrechen. Ich werde eine Bleibe für dich finden, ein Schlafgemach."

KAPITEL 12

AM NÄCHSTEN MORGEN begab sich Jenny hinunter in die große Halle, aber die Diener teilten ihr mit, dass Aulay im Innenhof sei. Beim Hinuntergehen der Treppe kratzte die Leinenuntertunika an ihrem Körper. Das Kleid, das er ihr geschenkt hatte, war ihr zu lang, aber sie hatte ein Küchenmädchen gebeten, ihr zu helfen, es zu kürzen. Vielleicht war die Frau zu nett, um sie abzuweisen, oder sie hatte einfach keine Ahnung gehabt, wer Jenny war. Bevor sie das Kleid gesäumt hatte, hatte sie es mit einer groben, mittelalterlichen Schere gekürzt, die aussah, als gehörte sie in eine Folterkammer.

Das Kleid war hübsch, und jetzt, wo es die richtige Länge hatte, passte es ihr gut, auch wenn es im Brustbereich ein bisschen eng war. Aber es trug dazu bei, dass sie nicht auffiel, im Gegensatz zu ihrem eigenen Kleid, das jedem zu verstehen gab, dass sie eine Außenseiterin war.

Aber das Allerschönste waren die Schuhe. Anders als die Schuhe, die Aulay ihr im Kerker gebracht hatte, waren diese aus weichem Leder und fühlten sich an ihren Füßen an, als wäre sie barfuß. Außerdem schützten sie ihre Füße vor Schmutz und Schlamm. Sie war erstaunt, wie ein einfacher Kleidungswechsel ihr Empfinden veränderte. Sie konnte sich vorstellen, eine mittelalterliche Dame zu sein. Nur war diese Aussicht nicht sehr rosig. Alles, was sie bis jetzt von dieser Zeit erlebt hatte, war Gefahr.

Der Innenhof der Burg erschien grau unter den dunklen, düsteren Wolken. Ein chaotisches Treiben begrüßte sie – blökende Schafe, gackernde Hühner, schnatternde Gänse. Diener trugen Feuerholz und schoben Karren mit Heu und Ästen. Krieger kämpften mit Schwertern und Speeren und schossen Pfeile in Zielscheiben.

Die Luft war feucht und kalt und roch nach Meer, nassem Schlamm, Dung und Holzrauch. Das rhythmische Geräusch von Metall, das beim Kampf der Männer auf Metall traf, und das Klingen eines Hammers, der auf einen Amboss schlug, erfüllte die Luft. Die Männer schrien, während sie übten.

Und dann erblickte sie Aulay. Er stand mit einem Schwert vor einer Gruppe von Kindern und machte eine Bewegung vor. Die Jungen und Mädchen, die in zwei Reihen standen, wiederholten seinen Bewegungsablauf. Es waren etwa zwanzig von ihnen, im Alter zwischen zehn und zwölf Jahren.

Mit klopfendem Herzen ging sie langsam auf die Gruppe zu. Die schwangere Frau, die sie bei Seoras gesehen hatte, saß in der Nähe und flocht einen Korb, wobei sie von Zeit zu Zeit lächelnde Blicke auf die Kinder warf.

„... und dann stieg Somerled von seinem Schiff herab", verkündete Aulay. „Und er und seine tapfere Schar von Kriegern stürmten die Burg von Glasgow ..."

Die Kinder kicherten und brüllten. Ihre Gesichter waren von wilder Freude erfüllt, und Jennys Herz leuchtete wie eine Glühbirne. Aulay machte einen Schritt nach vorn und ließ gleichzeitig sein Schwert mit einem übertriebenen Knurren schräg nach unten sinken. Die Kinder taten es ihm gleich. Sie traten alle einen Schritt vor und schwangen ihre Schwerter mit einem Knurren.

Jenny musste spontan noch einmal einen Eisprung bekommen haben. Zu schade, dass sie nicht durch normalen Sex schwanger werden konnte, sonst hätte sie den schottischen Riesen mit ihr spielen lassen können. Er war älter als sie, aber eindeutig noch in den besten Jahren. Die Art und Weise, wie sich seine Muskeln unter der Tunika spannten, wenn er das Schwert schwang, wie sich seine Oberschenkel wölbten und den Stoff der Braies strafften, wie der Wind lange Haarsträhnen in sein attraktives, grimmiges Gesicht warf, verschlug ihr den Atem. Doch mit jeder Minute und jeder Stunde rückte der Termin in der Klinik näher. Und ihre Chancen, schwanger zu werden, sanken.

Aulay sah ihr in die Augen, und der Boden unter ihr schwankte. Er sagte den Kindern, sie sollten weitertrainieren, und ging zu Jenny.

„Lady Jennifer", sagte er, als er an ihrer Seite zu stehen kam.

Allein seine Anwesenheit an ihrer Seite ließ ihre Haut kribbeln. „Laird Aulay. Bitte, nenn mich Jenny."

Er grinste sie schief an. „Aye. Jenny."

Er sprach ihren Namen langsam aus, und er rollte von seiner Zunge wie ein Bonbon.

Jenny biss sich auf die Lippe, um sich ein Lächeln zu verkneifen. „Wer sind die Kinder?", fragte sie.

„Die Kinder des Clans, einschließlich derer, die keine Eltern mehr haben. Ich bringe ihnen nur das bei, was ihre eigenen Väter getan hätten, wenn sie noch am Leben wären."

Oh, wow. Waren ihm die Kinder genauso wichtig wie ihr?

Sein Gesicht verfinsterte sich, und er fügte hinzu: „Was ich eines Tages auch Una beibringen werde."

Jennys Herz wurde schwer. Als er ihr erzählt hatte, dass Beathan gestorben war, um ihn zu beschützen, hatte ihr Herz für Ailis und für Una geblutet. Sie schenkte ihm ein beruhigendes Lächeln. Sie wusste, wie schwer ihn Beathans Tod getroffen hatte.

„Ist es üblich, dass du auch Mädchen den Schwertkampf beibringst?"

Er seufzte und lachte leise, womit er die Traurigkeit fast abschüttelte. „Mädchen sollen in erster Linie Hausarbeit lernen, aber MacDonald-Frauen sollten immer in der Lage sein, sich zu verteidigen. Das liegt uns im Blut. Unsere Wurzeln reichen bis zu den Wikingern. Zu den Kelten und Pikten. Die piktischen Könige wurden von der Blutlinie der Frau gewählt. Die Frauen der Wikinger wussten oft, wie man ein Kurzschwert und einen Bogen handhabt. Die Frauen, von denen mein Clan abstammt, waren kämpferisch, und ich möchte, dass das Teil des Vermächtnisses ist, das ich den zukünftigen Generationen hinterlasse."

Das war für das Mittelalter ziemlich fortschrittlich, nicht wahr? Mädchen zu ermächtigen und sie gleich zu behandeln ... Natürlich nicht in jeder Hinsicht, wenn man sich vor Augen hielt, wie er sie behandelt hatte. Aber es schien, als respektierte er ihr Recht, zu kämpfen und sich zu verteidigen. Wie konnte er so arrogant und herrisch sein und ihr Befehle zubrüllen, aber gleichzeitig diese weiche Seite haben, die sie bewundern und respektieren konnte?

„Und da ist Mhairi." Er nickte der schwangeren Frau zu, die gerade den Korb flocht. „Sie passt auf die Kinder auf."

Brüllend rannte einer der jüngeren Jungen mit seinem Holzschwert auf Aulay zu, aber bevor er den Lord rammen konnte, hob Aulay ihn hoch und schwang ihn herum. Der Junge brach in ein entzücktes Gelächter aus, wie es nur Kinder können. Jenny sah jeden Tag in ihrem Leben traurige Kinder, denen es nicht gut ging – sie bekam nicht viel von dieser Seite ihres Lebens zu sehen, und dieser Moment war wie der Sonnenaufgang nach einer langen Nacht. Das war es, wofür sie lebte: ein eigenes Kind zu haben und ihm Momente wie diesen zu schenken ... Millionen Momente wie diesen. Sie schmolz dahin, als sie sah, wie dieser große, stämmige Schotte seine ganze Härte verlor und unverfälscht und glücklich wurde.

Mhairi ließ ihren Korb stehen und eilte zu den beiden. „Artur", rief sie. „Lass den Herrn sofort in Ruhe!"

„'s ist in Ordnung!" Aulay setzte Artur ab, und beide lachten. Es war unmöglich zu sagen, wer mehr grinste, Artur oder Aulay.

Jennys Lippen verzogen sich zu einem riesigen Lächeln, aber dann erstarb es. Um die Lippen des Kindes und unter seiner Nase bildete sich eine gelbe Kruste. Impetigo. Es war eine leichte bakterielle Infektion, die manchmal bei Kindern auftrat. Sie könnte sie leicht mit einer antibiotischen Creme behandeln.

„Warte …“ Sie ging vor Artur in die Hocke. „Artur, wie lange hast du das schon an deinen Lippen?“

Der Junge hörte auf zu lächeln und sah sie misstrauisch an. „Ich weiß nicht … drei, vier Sennnächte.“

Das war Impetigo wie aus dem Lehrbuch. „Hast du sonst noch irgendwo Wunden auf deiner Haut?“

Artur sah Aulay an, der ihm kurz zunickte. „Schon gut, Junge. Du kannst es ihr sagen.“ Nach einer langen Pause fügte er hinzu: „Vielleicht kann sie dir helfen.“

In Jennys Brust breitete sich ein Gefühl von Wärme aus. Vertraute er ihr endlich, glaubte er an ihre Fähigkeiten?

Artur nickte und krempelte den Ärmel seiner Tunika hoch. Dort befanden sich weitere kleine Wunden, und auf den meisten bildeten sich dunkelrote und gelbliche Krusten. Normalerweise bekamen das Kinder zwischen zwei und fünf Jahren, aber Artur war wahrscheinlich zehn. Sie dachte, dass es an der mangelnden Hygiene liegen musste. Wenn sie alle in einem Waisenhaus lebten, waren wahrscheinlich mehr Kinder infiziert. Impetigo breitete sich jedes Jahr in Kindertagesstätten und Vorschulen aus, im Sommer wie im Winter.

„Gibt es noch mehr deiner Freunde, die das haben?“, fragte sie.

„Ja.“

Sie nickte. Was könnte sie statt der antibiotischen Creme verwenden? Sie wünschte, sie wüsste mehr über Kräutermedizin. Ihr kam etwas mit Knoblauch und Zwiebeln in den Sinn.

„Hast du diese Wunden bemerkt, Mhairi?“, fragte Jenny.

„Ja. Gott stellt sie auf die Probe. Sie tragen ein Miasma in sich.“

„Miasma?“, fragte Jenny. „So wie ein Geruch?“

„Ja. Er kommt aus dem Waisenhaus.“

„Kannst du es mir bitte zeigen?“

„Aye.“ Mhairi tauschte einen Blick mit Aulay. „Ich denke, das kann ich.“

„Komm", sagte Aulay. „Ich werde es dir selbst zeigen."

Sie gingen hinter den Bergfried und auf ein Holzgebäude mit Strohdach zu. Als Mhairi die Tür öffnete und eintrat, konnte Jenny eine Mischung aus Staub, verfaultem Essen und Pflanzen riechen. An den Wänden standen zehn große Betten und Truhen. Die Fenster waren ohne Glas, und das Tageslicht schien durch sie hindurch. In der Mitte befand sich eine lange Feuerstelle, darüber ein Loch im Dach. Der Boden war mit Schilf bedeckt. Die Laken auf den Betten und die Decken könnten eine gründliche Wäsche vertragen – sie sahen graubraun mit gelblichen Flecken aus.

„Egal, wie viel Lavendel ich auf den Schilfboden werfe, es hilft nichts", sagte Mhairi.

Zweifellos hatten sich hier Bakterien angesammelt; sie mussten in den Schilfrohren sein. Wer wusste schon, wie viele Jahre sie hier gelegen hatten und was sich darunter befand.

„Was benutzt ihr gegen Infektionen bei Wunden?", fragte Jenny.

„Infektionen?" Mhairi sprach das Wort unbeholfen aus.

„Ähm ... Fäulnis?", riet Jenny.

„Ah, Fäulniswunden. Bärlauch und Honig."

„Oh, das ist perfekt! Der Honig wird super wirken und wahrscheinlich auch den Stich des Knoblauchs mildern. Die Kinder haben Impetigo. Das ist eine Krankheit ..." Sie überlegte, wie sie es so ausdrücken konnte, dass sie es verstehen würden. „Das ist das Miasma, das sie alle haben. Wir sollten es mit Knoblauch in Verbindung mit Honig versuchen."

„Ich habe nur Bärlauch."

„Das wird funktionieren. Ich kann helfen."

„Aye. Danke, Mylady. Ich habe so etwas in meinem Heilmittelkorb." Sie führte sie an das andere Ende des Raumes und ging zu einem Tisch, auf dem ein Korb stand. Aulay kam ebenfalls herein. Die Frau holte eine Glasflasche hervor, in der sich eine grüne Flüssigkeit befand. Teile einer grünen Pflanze schwammen darin. „Das ist die Bärlauchtinktur, die Bhatair gemacht hat. Jenny, würdest du etwas davon in die Schüssel gießen und etwas Honig dazugeben und beides miteinander vermischen?"

Während Mhairi in der Truhe mit Gläsern und Beuteln kramte, die neben dem Tisch stand, tat Jenny, worum sie gebeten wurde. „Der Boden muss von diesem Schilf gereinigt werden", sagte Jenny. „Von dort kommt das Miasma. Die Laken müssen gut gewaschen werden. Die Matratzen müssen ausgeklopft werden. Alles, was die Krankheit birgt, die sie befallen hat."

Aulay sah sich auf dem Boden um. „Mhairi allein kann das nicht schaffen."

„Ich werde helfen", sagte Jenny, während sie den Honig und die Bärlauchtinktur umrührte. „Das mache ich gerne. Und wenn ihr könnt, wäre es wirklich hilfreich, wenn ihr Holzböden für die Kinder herstellen könntet. Sie halten besser warm, sind leichter zu reinigen und halten das Miasma fern. Glaubst du, das ist möglich?"

Aulay nickte und stieß das Schilf mit seinem Fuß an. „Wenn es besser für die Kinder ist, ist alles möglich. Holz ist immer eine teure Ressource, aber wir haben Wälder auf Islay. Das meiste Holz wird für den Schiffsbau verwendet, aber ich kann Männer entbehren, die das Holz sammeln, das sie schon haben, und die Holzböden errichten. Das verspreche ich dir."

Jenny musterte ihn. Er sah mit seinem kräftigen Kiefer und den ausgeprägten Wangenknochen so gut aus, dass die Nähte seiner Tunika zu platzen drohten.

„Ich hole die Harke und fange an, das hier aufzuräumen", sagte er und ging hinaus. Als er zurückkam, machte er sich mit der Harke daran, das Schilf aus dem Gebäude zu räumen.

Jenny fing ebenfalls an, es zu entfernen. Unter dem Schilf, auf dem verdichteten Boden, lagen kleine Mäusekadaver und trockene, verrottende Essensreste. Kinder kamen ins Haus und sahen ihnen bei der Arbeit zu.

„Was macht Ihr da, Frau?", fragte Artur.

„Ich putze euer Haus." Jenny blieb stehen und wandte sich dem Jungen zu.

„Oh. Ich dachte, dafür ist das Schilfrohr da."

„Die Salbe ist fertig, Jenny", sagte Mhairi. „Ich habe auch Bärenfett hinzugefügt, um die Haut der Kinder zu schützen. Reiner Bärlauch kann hart für die Haut sein. Wenn Ihr mit der Behandlung der Kinder beginnen wollt, lasse ich die Betten abziehen."

„Würdest du deine Freunde rufen, Artur?", fragte Jenny, als sie Mhairi die Schüssel aus der Hand nahm. Es roch nach Honig und stark nach etwas zwischen Knoblauch und Zwiebel.

„Jawohl", sagte Artur und lief hinaus.

Jenny ging nach draußen ins Tageslicht. Die Kinder versammelten sich schnell um sie herum und beobachteten sie aufmerksam. Aulay war immer noch dabei, das Schilf aus dem Gebäude zu räumen.

„Wer will zuerst?", fragte Jenny, und als sich niemand meldete, sagte sie: „Wer ist der Mutigste von euch allen? Der mutigste Sohn oder die mutigste Tochter von Somerled?"

Alle hoben ihre Hände. „Ich!", rief jedes Kind in der Gruppe, woraufhin Jenny lächelte.

„Artur", sagte sie. „Du trägst den Namen eines legendären Königs. Warum fängst du nicht an?"

Artur nickte und trat vor. „Aye."

Er streckte seine Brust heraus und blieb ruhig stehen. Jenny tauchte den Finger in die Salbe und trug die Mischung um den Mund des Jungen und auf die wunden Stellen an seinen Händen auf. „Nicht daran lecken", warnte sie. „Gut gemacht, Kleiner."

Das nächste Kind kam, und sie trug noch mehr von der Salbe auf. „Wie heißt du?", fragte sie.

„Ceana", sagte das Mädchen.

„Ein schöner Name, meine Süße. Wie alt bist du?"

„Zehn Winter."

„Oh, und du lernst schon mit dem Schwert zu kämpfen." Sie kümmerte sich um den Mund des Mädchens und sah sich ihre Hände an. Auf den Handrücken befanden sich Wunden, und Jenny verteilte die Salbe auf den gelben Krusten. „Gefällt es dir, hier zu leben?"

„Es gefällt mir gut. Es ist mein Zuhause."

„Und was machst du hier so zum Spaß?"

Das Mädchen zuckte mit den Schultern. „Wir rennen. Wir spielen Fangen. Wir gehen in den Wald und pflücken Beeren, gehen angeln und schwimmen im Meer. Wir spielen mit Puppen."

Jenny strahlte. „Klingt wunderbar. Du darfst gehen. Wir werden dein Zuhause in Ordnung bringen, dann wirst du nicht mehr so oft krank sein."

Jenny freute sich, dass sie endlich etwas richtig gemacht hatte. Endlich unterstützte Aulay sie. Sie fühlte sich nützlich. Sie hatte das Gefühl, am richtigen Platz zu sein. Sie konnte auch im Mittelalter Kindern helfen.

Während sie den Rest der Kinder behandelte, wuchs der Schilfstapel neben dem Waisenhaus. Sie war so beeindruckt, dass sich Aulay um diese Kinder kümmerte. War das seine Art, die Leere zu füllen, die in ihm zurückgeblieben war, weil er genau wie sie kinderlos war? Sie erkannte eine ähnliche Leere in ihrem eigenen Herzen. Das war ein Grund, warum es so erfüllend war, Kinderärztin zu sein.

Während er im Waisenhaus ein und aus ging, trafen sich ihre Blicke von Zeit zu Zeit, und es fiel ihr schwer, wegzusehen.

KAPITEL 13

„BITTE, hör mir zu. Sie hat eine Chance, gesund zu werden, das verspreche ich“, drang Jennys seltsamer Akzent aus einer Ecke des Hauses im Innenhof an Aulays Ohren. Ihre Stimme hatte eine Wirkung auf ihn. Sie ließ sein Herz vor Freude beben und zog ihn zu ihr hin.

Gestern hatten Jenny und er den ganzen Tag im Waisenhaus gearbeitet. Sie und Mhairi hatten höchstpersönlich die schmutzige Bettwäsche abgezogen und unter der Aufsicht eines seiner Soldaten im Bach gewaschen. Die Mädchen des Waisenhauses hatten ihnen dabei geholfen. Die Wäsche war noch vor Sonnenuntergang getrocknet, und die Kinder hatten in sauberen Betten geschlafen. Aulay hatte einen seiner Schreiner beauftragt, einen Holzboden für das Waisenhaus zu verlegen, und er hatte versprochen, dies in zwei Sennächten zu tun.

Als Aulay hinter dem Gebäude hervortrat, erblickte er Jenny, die vor Ailis kauerte, die Una in den Armen hielt. Das Kind weinte. Ailis saß auf dem gleichen Stapel Feuerholz vor ihrem Haus, das eines der ersten in einer Gruppe ähnlicher Häuser war. Hinter Jenny, die dem Hauptweg in der Vorburg vom Torhaus zum Hauptturm folgte, stolzierte ein Huhn an ihnen vorbei und beugte sich hinunter, um auf dem Boden herumzupicken. Arbeiter und Diener liefen den Weg mit Säcken, Körben und Karren mit Brennholz auf und ab.

Ein starker Windstoß blies eine Wolke weg. Ein Sonnenstrahl fiel auf Jenny und ließ ihr rotes Haar aufleuchten.

„Lasst mich in Ruhe, Hexe", sagte Ailis wütend. Ihre Stimme war heiser, und sie hustete jedes Wort heraus. „Bhatair hat Euch gesagt, dass Ihr Euch nicht einmischen sollt ..." Sie hustete heftig.

Auch die arme Una weinte heiser und jammerte.

„Bitte, ich will doch nur helfen", sagte Jennifer. „Ihr habt gerade Euren Mann verloren und trauert. Vielleicht geht es Euch deshalb immer schlechter. Ihr glüht förmlich. Ihr beide, Ihr und Una, braucht dringend medizinische Hilfe."

„Sie hat Euch gesagt, Ihr sollt Euch nicht einmischen", sagte Laoghaire, die mit ihrer Zofe und einem Blumenstrauß in der Hand vorbeikam. „Und wie könnt Ihr es wagen, das Kleid meiner Tante zu tragen?"

Jenny zögerte, öffnete und schloss ihren Mund. Leitis' Kleid war eindeutig nicht für ihre Figur gemacht, aber die Farbe passte gut zu ihrem Haar. Sie in dem Kleid seiner Frau zu sehen, war noch schwieriger, als ihr die Kleider zu geben, aber das war es wert, denn die Feindseligkeit der Leute hatte sich gelegt – nun ja, bei den meisten von ihnen. Viele beachteten sie nicht oder erkannten sie nicht. Er war froh, dass in Dunyvaig wieder Frieden eingekehrt war. Wenn nur seine Nichte weiterziehen würde.

„Ich habe es ihr gegeben", sagte Aulay laut, als er sich auf den Weg zu Jenny und Laoghaire machte. „Die Lady hatte nichts zum Anziehen. Wir alle sollten mehr Mitgefühl für sie haben, anstatt sie zu verurteilen."

„Warum nehmt Ihr diese Frau in Schutz, Herr?", fragte Bhatair, der von seiner kleinen Praxis aus zügig auf sie zuging, seinen Medizinkorb in den Händen. „Sie redet Unsinn und muss Euch verhext haben, denn einem Scharlatan hättet Ihr nie geglaubt. Ihr wisst, dass sie den Tod bringen können."

Bhatair starrte Aulay an, und seine Augen weiteten sich. Das Wort „Scharlatan“ hing schwer und dunkel zwischen ihnen. Sie teilten beide die Schuld an Leitis’ Tod.

Nur gab es einen Unterschied zwischen diesem Scharlatan und Jenny. „Es gibt keinen Beweis dafür, dass sie ein Scharlatan ist“, sagte Aulay mit leiser Stimme. „Die MacDonalds sind ein starker Clan, und ein starker Clan hat ein großes Herz und muss nicht jeden Neuankömmling mit Feindseligkeit behandeln.“

„Laird, sie hat eindeutig Euer Urteilsvermögen beeinträchtigt ...“

„Habt Ihr die Waisenkinder heute gesehen?“, fragte Aulay. „Ich habe Artur getroffen, und seine gelben Krusten sind nach Jennys Behandlung weniger geworden. Die Wunden auf den Gesichtern und Händen der anderen Kinder werden besser. Sie hat das Miasma aus dem Waisenhaus vertrieben.“

Jenny erhob sich langsam vom Boden. Ihr Gesicht erhellte sich, als er das sagte, und etwas in seiner Brust schmerzte. Er mochte das Funkeln in ihren Augen und wie zuversichtlich sie den Rücken gerade hielt.

Bhatair starrte sie an. „Die Kinder haben eine gelbe Krustenkrankheit. Sie ist nicht gefährlich.“

Jenny verschränkte die Arme vor der Brust. „Stimmt. Aber das bedeutet nicht, dass Kinder leiden sollten, wenn man ihnen helfen kann.“

Ailis sah mit einem Hoffnungsschimmer zu Aulay auf. „Artur geht es bess...“ Ein starker Hustenanfall unterbrach sie. „...er?“

„Ja. Glaubt an Jenny, meine Freunde.“

Zu seiner Enttäuschung stimmte niemand zu oder nickte, aber wenigstens gab es keine lauten Proteste. Er war sich nicht sicher, warum er sie so vehement verteidigte. Vor zwei Tagen hatte sie ihm die ungeheuerlichste Geschichte über Zeitreisen erzählt, aber gestern, nachdem ihre Salbe gewirkt hatte und sich die Kinder dank ihrer simplen Ratschläge bezüglich des Putzens besser gefühlt hatten, hatte er sich einen Moment lang gefragt, ob sie die Wahrheit sagte. Schließlich hatte sie ihm zwei unterschiedliche

Geschichten darüber erzählt, warum sie nach Irland reisen wollte. War es eine Pilgerreise oder wollte sie ihre Familie besuchen? War beides wahr oder etwas anderes, was sie gesagt hatte? Und warum sollte sie eine unglaubliche Geschichte über Zeitreisen erzählen?

Aber dann verwarf er seine Zweifel wieder. Er hatte beschlossen, ihr zu vertrauen. Sie war eine Heilerin, davon hatte er sich selbst überzeugt, als sie die Waisenkinder behandelt hatte.

Jenny trat einen Schritt näher an ihn heran. „Danke“, sagte sie leise. Ihre Stimme klang sanft und angenehm. Dann ging sie weg. Er mochte es, nicht mit ihr zu streiten, und ihre Wertschätzung fühlte sich wie ein kostbares Geschenk an.

Sie ging zu einem großen Kessel, der über dem Feuer dampfte, und rührte ihn mit einem langen Stock um. In einem Korb auf dem Boden lagen Lappen und Tücher. Aulay sah zu, wie Bhatair ihr folgte.

„Was macht Ihr da, Mädchen?“, fragte er.

„Ich reinige die Leinentücher von dem Miasma“, sagte sie ruhig und ohne Bhatair anzuschauen. „Um Wunden zu verbinden und dergleichen.“

Bhatair war ein hoch angesehenes Mitglied des Clans, und seine Worte hatten viel Gewicht, aber er konnte auch arrogant und unüberlegt sein. Aulay beobachtete sie, um zu sehen, ob Jenny seinen Rat befolgen und ihren Platz als Frau und Außenseiterin kennen würde.

Bhatair lachte spöttisch. „Das wird das Miasma nicht aufhalten.“

„Doch, das wird es“, sagte sie leise. „Kochendes Wasser tötet es ab. Es ist außerdem gut für Eure chirurgischen Instrumente.“

„An meinen chirurgischen Instrumenten ist kein Miasma!“, rief Bhatair empört.

Aufgeschreckt durch Bhatairs Geschrei blieben die Leute stehen und sahen sie an. Aulay musste eingreifen. Er schritt auf sie zu. „Bhatair ...“, sagte er.

Aber Bhatair fuhr fort: „Ich würde niemals zustimmen, etwas Medizinisches in Eure Hände zu geben. Ich habe nicht umsonst an der fortschrittlichsten Medizinschule der Welt studiert. Ich bin ein hoch qualifizierter Arzt, und ich würde niemals einer fremden Frau glauben, die so ungeheuerliche Dinge sagt!“

Seine Stimme wurde lauter und lauter. Jennys Gesicht wurde blasser und blasser, aber sie hielt den Mund und hörte ihm mit aufrechtem Rücken zu.

„Bhatair ...“, sagte Aulay.

„Ich werde allen beweisen, dass Ihr Euch irrt und dass Ihr ein Lügner seid. Denn Ihr verbergt etwas.“ Mit diesen Worten verabschiedete sich Bhatair schließlich, und seine lange Tunika flatterte wild um seine Beine, als er in Richtung Ailis marschierte.

Aulay begegnete Jennys Blicken. Sie sagte nichts, sondern lachte nur spöttisch. Dann widmete sie sich wieder ihrer Aufgabe, das Tuch im Kessel umzurühren. In ihren Augen loderte das Feuer, er konnte es sehen. Er wünschte, er hätte ihr nicht gesagt, dass sie den Mund halten sollte; er wünschte, sie wäre in der Lage, sich gegen Bhatair zu verteidigen. Aber das würde ihr nichts nützen, denn dann würden sich noch mehr Leute auf Bhatairs Seite stellen.

„Hast du Kinder?“, fragte er. „Du scheinst gut mit ihnen umgehen zu können. Du kennst die Krankheiten ...“

„Nein“, sagte sie. „Jedenfalls noch nicht ... Aber ich will welche. Mehr als alles andere. Wenigstens eins.“

Die Worte trafen ihn wie ein Pfeil mitten ins Herz. „Oh.“ Er fühlte sich, als hätte er eine Handvoll Kies geschluckt, und räusperte sich. „Ich auch.“

Sie rührte sich nicht mehr und begegnete seinem Blick. Die Zeit blieb stehen. Er vergaß, dass er sich mitten in der inneren Vorburg befand, wo Dutzende von Menschen um sie herumliefen, trainierten, redeten und arbeiteten. Er kannte dieses Bedürfnis. Mehr als alles andere wünschte er sich ein eigenes Kind, für das er sorgen, das er lieben, beschützen und verwöhnen konnte.

„Ich wollte schon immer Kinder haben“, sagte sie.

„Warum hast du keins?“

„Nun ... Während ich die Klinik aufgebaut habe ... die Praxis ...

hatte ich keine Zeit. Und dann ist mein Mann gegangen, und es gab niemanden mehr, mit dem ich sie hätte haben können. Was ist mit dir?“

„Ähm ... Meine Frau ... Leitis ... sie wurde siebenmal schwanger. Aber keines der Kinder hat überlebt. Und bei der siebten Schwangerschaft ist sie gestorben.“

Sie rührte sich nicht mehr und legte die Hand auf seinen Unterarm. Er starrte auf ihre Hand. Ihre Wärme sickerte durch seine Adern. „Es tut mir so leid, Aulay. Es tut mir so furchtbar leid.“ In ihren Augen schimmerten Tränen. „Ich bewundere deine Stärke. So etwas kann einen Menschen für immer zerstören. Aber du bist trotzdem stark geblieben.“

Er nickte kurz. Nichts würde ihm seine sieben toten Babys oder Leitis zurückgeben, aber ihr Mitgefühl war spürbar, und es linderte den Schmerz in seiner Brust.

„Hör zu“, sagte sie, als sie wieder anfing zu rühren. „Ich weiß, dass du mir nicht geglaubt hast, als ich sagte, dass ich aus einer anderen Zeit komme. Aber du hast mich auch gebeten, dir die Wahrheit zu erzählen. Und die Wahrheit ist ...“ Sie nahm einen weiteren langen Stock und steckte ihn ins Wasser, dann hob sie mit zwei Stöcken die dampfenden, fast kochenden Wäschestücke heraus und legte sie vorsichtig in einen großen, leeren Korb. „... dass es so ist.“

Er beobachtete, wie sie die Stöcke zurück ins Wasser steckte, um weitere dampfende Tücher herauszuholen und sie in den Korb zu legen. Log sie wieder? Oder war sie wahrhaftig so wahnsinnig, dass sie immer wieder darauf beharrte?

„Ich bin mir nicht mehr so sicher, ob es eine Lüge ist.“

„Ich bin Kinderärztin geworden, weil ich Kinder liebe und schon immer wusste, dass ich eigene haben wollte. Aber ich habe hart gearbeitet, erst habe ich Medizin studiert, dann meine Facharztausbildung absolviert und dann meine Klinik aufgebaut. Als mein Mann mich betrog, bat ich um eine Scheidung. Es tut mir leid, dass ich über seinen Tod gelogen habe.“

Er hörte zu und traute seinen Ohren nicht so recht. Es klang alles so unglaublich ungeheuerlich. Sie hat gelogen, schrie sein Verstand. Frauen studierten nicht, um Ärztin zu werden. Frauen bauten nicht ihre eigenen Kliniken auf. Und Frauen ließen sich schon gar nicht scheiden.

„Es ist sehr schwierig für mich, ein eigenes Kind zu bekommen", sagte sie, während sie jetzt trockene Leinentücher in das kochende Wasser legte. „Wegen meines Alters ... Und mein Körper hat einfach beschlossen, dass er genug hat, denke ich. Ich habe immer noch die Chance, mit der Hilfe anderer Ärzte ein Baby zu bekommen. Aber dafür muss ich in meine Zeit zurückkehren. Ich habe nur noch zehn Tage, um nach Hause zurückzukehren."

Aulays Gedanken schweiften ab. „Wie soll das gehen?", fragte er durch eine trockene Kehle.

„Ähm ..." Sie legte noch mehr trockenes Leinen in den Kessel. „Sie werden meine Eier entnehmen. Dann befruchten sie sie mit einem Spermium in einer Glasplatte und legen die Embryonen wieder hinein."

„Deine ... Eier?"

Ihr Gesicht war einen Moment lang ausdruckslos, während sie ihn ansah, dann erröteten ihre Wangen. „Mensch, das muss sich seltsam für dich anhören." Sie rührte sich unruhig, und ihre Hand wanderte zu ihrem Hals. „Ja. Eier. Sie sind nicht wie ... Hühnereier ... oder Gänseeier ... Man kann sie nicht sehen, geschweige denn ein Omelett aus ihnen machen. Sie sind ..."

Die Wut kochte in ihm hoch. Er war ein Narr, dass er überhaupt versuchte, ihr zu glauben. „Frauen haben unsichtbare Eier? Wovon sprichst du?"

Ihr Gesicht errötete noch mehr. „Ähm ... das ist Wissenschaft. Mein Körper wird ohne moderne medizinische Hilfe nie in der Lage sein, ein Kind zu gebären, also wird der Embryo in meine Schwester eingepflanzt, und sie wird es für mich austragen."

Er konnte nicht glauben, was er da hörte. Das war doch nicht möglich. „Das ist Hexerei! Wie kannst du es wagen!"

Sie starrte ihn an. „Aulay!“

„Ich habe dich beschützt und mein Volk darum gebeten, Vertrauen in dich zu haben. Ich habe dir die Kleider meiner Frau gegeben. Aber auch ich habe meine Grenzen.“

Sie legte die Stöcke beiseite. Ihr Blick wirkte gekränkt. „Aulay …“

„Solche unverschämten Lügen werden mich nicht dazu bringen, dich gehen zu lassen. Du hast Eier, die entnommen und dann in deine Schwester eingesetzt werden müssen? Und daraus willst du ein Kind machen? Du musst verrückt sein, wenn du denkst, dass ich das glaube. Kein einziges Wort davon. Ein anderer Lord hätte dich bereits wegen Hexerei angeklagt. Wenn du mir noch ein Wort davon erzählst, stecke ich dich wieder in den Kerker.“

KAPITEL 14

Als Jenny am nächsten Tag aus dem Hauptturm herauskam, erblickte sie Aulay, Colum und eine Gruppe von etwa zwanzig Männern, die zum Tor der Burg hinuntergingen. Sie waren alle von Kopf bis Fuß gerüstet, trugen Leder- und Eisenplatten und Kettenhemden und hatten Speere und Schwerter bei sich. Ihre grimmigen, unnachgiebigen Gesichter wirkten hart. Sie schritten an einer Gruppe von etwa fünfzig Männern und einigen Frauen aus dem Dorf vorbei, die mit Holzschwertern trainierten.

Ihr Herz schlug schneller, und sie folgte ihnen mit etwa zehn Schritten Abstand, weil sie dachte, dass sie sich vielleicht hinausschleichen und mit ihnen gehen könnte. Aber als sie sich den Toren näherte, hielten die Wachen sie auf. „Haltet mich nicht für dumm", sagte einer von ihnen und versperrte ihr mit einem Speer den Weg. „Der Herr hat alle Krieger vor Euch gewarnt."

Mit einem beklemmenden Gefühl in der Brust sah sie zu, wie die Krieger den Abhang hinuntergingen. Aulay schaute sie über seine Schulter an. Ihre Blicke trafen sich. Etwas zerriss und explodierte in ihrer Brust. Sie hatte gehofft, er würde ihr dummes Gespräch über Eier vergessen und wie angewidert und enttäuscht er von ihr gewesen war. Andererseits bereute sie es nicht, die Wahrheit gesagt zu haben. Sie hatte genug davon, dass Tom ihr während ihrer gesamten Ehe eingeredet hatte, dass sie sich ändern und unterwürfiger sein solle, damit er für sie sorgen konnte. Die Bhatairs, Aulays und Toms dieser Welt würden keine Macht über sie haben. Auch wenn sie manchmal so tun musste, als hätten sie das.

Sie würde nie wieder zulassen, dass ein anderer Mann ihr ein schlechtes Gewissen gegenüber sich selbst, ihrer Leidenschaft und dem, was sie für das Richtige hielt, einredete.

Aulay erinnerte sie wieder an den mächtigen und allwissenden Zeus. Seine Schultern waren so breit wie ein Boot und seine Brust so dick wie ein Baumstamm ... und doch lag eine hilflose Traurigkeit in seinen Augen, als er ihrem Blick einen Moment lang standhielt.

Dann drehte er sich um und verschwand hinter der Kurve des Hangs, der hinunter zum Dorf und zum Hafen führte.

Nun, so war es nun einmal. Sie konnte noch nicht abreisen. Neun Tage bis zu ihrem Termin. Neun Tage ...

Sie ging den Hang hinauf in Richtung des Hauptturms. Sie war müde. Sie hatte in der vergangenen Nacht kaum geschlafen, nachdem ... Mein Gott, Amanda hatte recht – diese Schotten wussten, wie man mit Frauen umging, zumindest hatte das einer von ihnen in ihrem Traum getan.

Jenny hatte von Aulay geträumt.

Sie war tief in die Wälder vorgedrungen, wo es warm und dunkel gewesen war, und hatte auf einer Wiese voller Nachtblumen gestanden. Das Gras hatte an ihren nackten Füßen gekitzelt. Große, moosbewachsene Bäume hatten die Wiese umringt, und Aulay war mit nacktem Oberkörper und nur mit einem Kilt bekleidet aus dem Wald gekommen. Er war auf sie zugelaufen. Sein Gesicht hatte etwas Gefährliches an sich gehabt, wie das eines Wolfes, der seine Beute erspähte. Die kräftigen Muskeln seiner Oberschenkel hatten sich angespannt und waren durch die Spalte im Kilt zu sehen gewesen, als er zu ihr marschiert war.

Er hatte nicht gezögert. Sie hatte gewusst, dass er zu ihr kommen würde, weil er sie für sich beanspruchen wollte, und das war richtig und gut so. Als er sie geküsst und seine Arme um sie geschlungen hatte, war es so gewesen, als würde sie nach Hause kommen. Ihr Kleid war wie Wasser von ihr hinuntergeglitten, und sie hatte sich nackt an ihn geschmiegt, Haut an Haut. Sie war erregt gewesen. Ihre Scheide war feucht und hatte nach ihm gebrannt und gelechzt.

Er hatte sie hochgehoben und sie auf den weichen Moosteppich fallen lassen. Sein großer, harter Körper hatte sich auf sie gelegt.

„Ich weiß, was du brauchst, Mädchen", hatte er geknurrt. „Ich werde dir geben, was du brauchst."

Dann war er tief in sie hineingeglitten, und er hatte recht gehabt. Das war genau das, was sie gebraucht hatte. Er hatte sie bis zum Äußersten gedehnt, und die Lust war durch sie hindurchgeschossen. Dann hatte er die Hüften angewinkelt und war immer schneller in sie hinein- und wieder herausgeglitten. Aulay hatte sie wie ein wildes Tier gevögelt. Bei ihrem Orgasmus hatte sie seinen Namen geschrien ... und in dem Moment, als er gekommen war, hatte sie gewusst, dass sie schwanger war.

Als sie sich an den Traum erinnerte, spürte Jenny, wie sich ihre Wangen beim Laufen erhitzten, und sie sah sich um. Hatte irgendjemand gesehen, dass sie hochrot angelaufen war? Gott, dieses Gefühl in ihrem Traum, schwanger zu sein ... die Fülle, die Enge tief in ihr, die unendliche Liebe, die aus dem Wissen kam, dass in ihr ein Leben heranwuchs ...

Als sie aufgewacht war, war sie am Boden zerstört gewesen, weil sie gewusst hatte, dass sie leer war. Dass dieses Gefühl in ihrem wirklichen Leben nie entstehen würde. Dass sie niemals ein Kind in sich heranwachsen lassen und es dann im Arm halten, lieben und küssen würde, um zu sehen, wie es zu einem wunderbaren Menschen heranwuchs, dem sie alles von sich geben würde, jeden einzelnen Tropfen ihrer Seele, damit es glücklich und gesund wäre und ein wunderbares Leben führen könnte ...

Ihr Leben würde immer unvollständig bleiben, und selbst wenn sie schwanger werden würde, wäre sie nicht in der Lage, es in ihrem eigenen Körper auszutragen. In ihren Augen standen Tränen, und sie wischte eine mit dem Handrücken weg.

Wenn sie ein Kind haben wollte, musste sie von hier weg und in ihre eigene Zeit zurückkehren. *Also, komm schon, Jenny, kämpfe! Küss die verdammten Füße von Bhatair, wenn es sein muss. Schlaf mit Aulay, wenn dich das deiner Rückkehr näherbringt. Alles, um sie glauben zu lassen, dass du zuverlässig und vertrauenswürdig bist. Alles, um dazuzugehören.*

Denn ein Menschenleben könnte auf dem Spiel stehen – das Leben des Kindes, das sie sich immer gewünscht hat. Ihre letzte Chance.

Jenny mochte Aulay wirklich. In ihrer unruhigen Nacht hatte sie sich gefragt, wer er wohl wäre, wenn er aus ihrer Zeit käme? Wahrscheinlich ein Geschäftsmann. Wenn er sie nicht gefangen gehalten hätte, wenn er nicht so herrisch und stur und ein Alphatier gewesen wäre, könnte sie sich in ihn verlieben. Es war offensichtlich, dass er ein Herz hatte. Und einen heißen Körper.

Sie hätte gestern vorsichtiger sein sollen. Sie konnte ihm die Wahrheit sagen, ohne ihn zu verschrecken, indem sie nicht von Eiern sprach und damit alle Fortschritte rückgängig machte, die sie erzielt hatte. Zumindest oberflächlich betrachtet musste sie mit ihm zusammenarbeiten, um sich in dieser seltsamen mittelalterlichen Welt zurechtzufinden. Wenn ihr jemand ein Boot geben und ihr helfen würde, zurück nach Achleith zu kommen, dann er.

Aber er war wieder fort, um nach dem Schatzschiff zu suchen, und sie musste sich um ihre Patienten kümmern. Die Waisenkinder brauchten frische Salbe. Una und Ailis waren ihr nicht aus dem Kopf gegangen, obwohl Bhatair sie nicht an sie heranließ. Sie musste sich also bei ihm beliebt machen, auch wenn ein Treffen mit ihm nicht zu ihren Lieblingsbeschäftigungen gehörte.

Sie seufzte und versprach sich, es nicht noch schlimmer zu machen. Sie musste sich anpassen, um von hier wegzukommen, und wenn sie Bhatair überzeugen konnte, dass sie dazugehörte, würde sich der Rest von allein ergeben. Sie ging zu dem Steinhaus zwei Gebäude weiter und öffnete die Tür. Drinnen erhellten drei Fenster einen kleinen Raum mit einem Einzelbett und einem großen Tisch, der mit Kisten, Flaschen, Tassen und Schüsseln bedeckt war. An der Wand über dem Tisch hingen Regale, die mit ähnlichen Dingen gefüllt waren. Auf der anderen Seite des Hauses hingen Kräuterbüschel von der Decke. In einer Feuerstelle brannte ein Feuer, über dem ein Kessel dampfte. Der Raum roch stechend nach Kräutern, Staub und etwas Erdigem.

Der gute Doktor selbst stand am Tisch und schüttete getrocknete Kamillenblüten in ein Gefäß, das aussah, als enthielte es Öl. Er schaute sie über seine Schulter an, und sein Blick verdunkelte sich, ehe er sich wieder seiner Aufgabe zuwandte und eine weitere Handvoll in das Glas gab.

„Was wollt Ihr?", fragte er.

„Darf ich reinkommen?"

„Nur wenn Ihr mir versprecht, mich nicht mit Euren dummen Ideen zu ärgern."

Jenny knirschte mit den Zähnen. Dumme Ideen ... „Wir haben uns auf dem falschen Fuß erwischt, Bhatair. Ich habe mich gefragt, ob ich Euch behilflich sein kann."

Er lachte spöttisch. „Hilfe von Euch? Niemals."

Sie betrat den Raum. In der Mitte des Raumes stand ein weiterer großer Tisch, der aussah, als wäre er mit Blutflecken übersät. War das der Ort, an dem er Operationen durchführte? Ein Schauer durchfuhr sie. Unsteriler konnte es gar nicht sein. Und was war mit dem Licht? Aus den Fenstern drang nur wenig Licht. Sie hätte es gehasst, als Chirurgin unter solchen Bedingungen arbeiten zu müssen.

„Kommt schon. Ich weiß, Ihr mögt mich nicht. Aber Ihr seid eindeutig beschäftigt. Und ich habe ein Paar freie Hände. Ich werde nur das tun, was Ihr mir sagt."

Bhatair schnaubte, während er das Gefäß umrührte, das jetzt mit Kamillenblüten und Öl gefüllt war.

„Ich kann für Euch putzen, wenn Ihr wollt. Mir ist aufgefallen, dass Eure Instrumente ein wenig geschrubbt werden müssen." In einer Holzkiste auf dem Tisch lagen riesige Eisenmesser, Scheren, Zangen und Bohrer. Sie waren aus Eisen, und Rostflecken ... oder Blut hafteten an ihnen. Sie sahen aus wie Folterwerkzeuge.

„Ich nehme an, das kann nicht schaden", sagte er. „Wasser steht in der Ecke."

Sie nickte, hob die Kiste mit den Werkzeugen auf und ging zum Wassereimer. „Habt Ihr Seife?", fragte sie.

„Nein, seid nicht dumm."

„Stimmt. Was ist mit Alkohol ... *Uisge?*", fragte sie.

„Instrumente mit Alkohol reinigen?" Er sah sie stirnrunzelnd an und schüttelte den Kopf.

„Wie reinigt Ihr sie normalerweise?"

„Mit Feuer." Er zuckte mit den Schultern.

Sie zog die Augenbrauen hoch. Das sollte sie nicht überraschen. Feuer spielte im Mittelalter eine große Rolle. Es bedeutete Essen. Es bedeutete Wärme. Es bedeutete Schutz. Der Haferbrei, den sie jeden Morgen zum Frühstück bekam, und das grobe Brot wurden mit Feuer gebacken. Sogar in ihrem winzigen Schlafzimmer, in dem sie den Luxus hatte, allein zu sein, gab es eine kleine Feuerstelle, die die Kälte der schottischen Nächte fernhielt.

„Ihr habt recht. Das wird auch funktionieren."

Er stieß ein siegreiches „Hm" aus, verschloss das Glas mit einem großen Korken und machte sich an das nächste.

„Wisst Ihr", sagte sie, als sie eine große Schüssel nahm und sie in den Eimer tauchte. „Ich bin wirklich kein Scharlatan. Ich habe Medizin gelernt."

„Na gut. Ich höre zu. Wo und wie?"

Wie konnte sie es so ausdrücken, dass er es verstand und sie nicht in Schwierigkeiten geriet? „Bücher", sagte sie. Das war wahr und sicher genug. „Ich beobachtete andere Heiler. Hörte ihnen zu."

„Ihr könnt lesen?" Er warf ihr einen neugierigen Blick zu.

Sie stellte die Schüssel mit Wasser auf den schilfbedeckten Boden und fragte sich, wie viele tote Mäuse darunter lagen. „Ja, ich kann lesen."

„Das ist ungewöhnlich für eine Frau …“, sagte er. „Habt Ihr auch Astrologie gelernt?“

Jenny nahm ein sauberes Tuch aus der Truhe neben ihr und senkte den Kopf, um das Lachen zu unterdrücken. „Astrologie?“

„Ja, natürlich, so bestimmt man, wie man den Patienten heilen kann.“

Das Tuch tauchte sie in das Wasser und rieb vorsichtig die Seiten einer Messerklinge. Das Wasser färbte sich dunkelbraun. Bei wem hatte Bhatair es zuletzt benutzt? Es war nicht einmal so scharf. „Ich gebe zu, ich habe nicht Astrologie gelernt, um Patienten zu heilen.“

„Ja, natürlich habt Ihr das nicht. Was habe ich von einer Frau erwartet?“

Wut schoss durch sie hindurch, aber bevor sie etwas sagen konnte, ging die Tür auf und Mhairi kam herein.

„Ah, Jennifer … Bhatair … seid Ihr beschäftigt?“

Er wischte sich die Hände an seiner Schürze ab und drehte sich zu ihr um. „Nein. Was wünscht Ihr?“

Es wäre effektiver gewesen, die Instrumente zu kochen, aber Jenny wollte nicht mit ihm streiten. Kleine Fortschritte. Während sie das Messer, das sie gerade gereinigt hatte, in das offene Feuer des Kamins hielt, kam Mhairi näher an ihn heran. „Es geht wieder um meine Beine, Bhatair. Sie schwellen so stark an. Letztes Mal haben Eure kleinen Blutegel sehr geholfen.“

„Aye“, sagte er und wies auf einen Stuhl. „Setzt Euch, lasst mich mal nachsehen.“

Mhairi ließ ihren hochschwangeren Körper langsam auf den Stuhl sinken. Bhatair rollte den Saum ihres Kleides höher und entblößte ihre Beine. Sie waren geschwollen, an den Waden zeichneten sich Krampfadern ab. Selbst eine junge Frau wie Mhairi konnte während der Schwangerschaft Krampfadern bekommen, was von verschiedenen Faktoren abhing, und mittelalterliche Verhältnisse waren für niemanden von Vorteil.

„Aye“, sagte Bhatair mit einem besorgten Nicken. „Blutegel.“

Jennifer hatte in ihrer Praxis nicht mit Krampfadern zu tun, aber sie hatte bereits gehört, dass sich frischgebackene Mütter darüber beschwerten. Sie wusste auch, dass Blutegel in der modernen Medizin neuerdings ein Comeback feierten. Sowohl in der plastischen Chirurgie als auch in der Kardiologie wurden sie immer häufiger eingesetzt. Neue Forschungsergebnisse legten nahe, dass der Speichel der kleinen Biester etwas enthielt, das bei der Heilung half und Blutgerinnsel verhinderte.

Solange das Messer im Feuer lag, beobachtete sie, wie Bhatair ein dunkles Tongefäß suchte, den Deckel öffnete und mit einer großen Pinzette einen kleinen, zappelnden, dunklen Blutegel aufnahm und ihn auf die erhabene Vene setzte. Jennifer schauderte, aber sie zwang sich zuzusehen. Einer nach dem anderen setzte er etwa ein Dutzend auf ihre Beine.

„Werden sie wirklich besser, Mhairi?“, fragte sie. „Eure Venen?“

„Oh, ja“, sagte Mhairi. „Kleine eklige Biester, aber sie sind ein wahres Wunder. Die Schwellung wird besser. Keine Schmerzen mehr.“

Na, wer hätte das gedacht? Vielleicht waren die Blutegel ein nützliches Mittel, um die Entzündung zu lindern. „Wie geht es den Kindern?“, fragte sie.

„Gut. Eure Salbe ist ein Wundermittel. Ihre gelben Krusten werden immer kleiner.“

„Welche Salbe?“, fragte Bhatair.

„Nun, nur Honig, Knoblauch und Bärenfett“, sagte Jenny. „Und es war nicht meine. Sie gehörte Mhairi. Ich habe nur vorgeschlagen, etwas zu verwenden, das Infektionen und Fäulnis fernhält.“

„Hm“, sagte Bhatair und schaute skeptisch.

Er sagte zwar nicht, dass es eine gute Idee war, aber er tadelte sie auch nicht und versuchte nicht, sie zu demütigen.

Während sie das Messer aus dem Feuer nahm und in einen sauberen Korb auf ein sauberes Tuch legte, rang sie darum, sich an das wenige Wissen zu erinnern, das sie über andere pflanzliche

Antibiotika hatte. Sie wusste nicht viel über Kräutermedizin, aber sie hatte einen Experten hier, der sich damit auskannte.

„Was benutzt Ihr sonst noch gegen Fäulnis, Bhatair?", fragte sie. „Was ist auf Islay vorhanden?"

„Was Ihr schon erwähnt habt", sagte er. „Das ist alles, was es gibt."

„Richtig. Was ist mit dem Kamillenöl, das Ihr gerade herstellt? Wofür verwendet Ihr es?"

Bhatair zuckte mit den Schultern. „Gelenkschmerzen. Gerötete Haut. Schmerzhafte Blähungen. Verdauungsstörungen."

Sie reinigte ein weiteres Messer im Wasser und legte es ins Feuer.

„Was ist mit Husten? Was hilft bei trockenem Husten?"

„Süßholzwurzel. Knoblauch. Honig."

Sie zitterte fast, bis sie sich traute, die Fragen zu stellen, auf die sie schon lange gewartet hatte. „Darf ich diese Sachen mitnehmen und mit Euch gehen, um nach Una und Ailis zu sehen? Bitte! Ich mache mir Sorgen um sie."

Bhatair blickte sie lange an. „Nae. Ihr könnt beim Putzen helfen, aber kommt nicht in die Nähe meiner Patienten."

KAPITEL 15

JENNY STARRTE auf die schwere Holztür von Ailis' Haus, das weiter hinten im Hof und näher an der Ringmauer lag.

Bhatair hatte ihr gerade gesagt, sie solle nicht in die Nähe seiner Patienten kommen. Aber Jenny war eine Ärztin, und wenn jemand sie brauchte, würde sie für denjenigen da sein. Auch wenn Bhatair später Feuer speien würde.

Sie öffnete die Tür und trat ein. Drinnen brannte ein Feuer in der Feuerstelle. In der anderen Ecke des Raumes stand ein großes Bett. Ein einziges kleines Fenster warf Licht auf eine Küche, die aus einem Tisch, einem Sack mit etwas, das wie Mehl aussah, und einem Korb mit Gemüse bestand. Ein Kessel stand auf dem Tisch. Jenny fragte sich, ob die arme Frau überhaupt die Kraft zum Kochen hatte. Und doch brodelte in dem Kessel etwas Appetitliches. Vielleicht hat ihr ein Nachbar oder ein Familienmitglied geholfen.

Ailis saß auf dem Bett und hielt Una in ihren Armen.

„Darf ich reinkommen?", fragte Jenny.

Ailis warf ihr einen langen, leeren Blick zu. „Ich hatte gehofft, dass Ihr kommt. Nichts, was Bhatair getan hat, hat geholfen."

In Jennys Herz machte sich eine Mischung aus Besorgnis und Hoffnung breit. „Ist es in Ordnung, wenn ich mir Una ansehe?"

„Ja."

Jenny nahm das Baby in die Arme, und ihr Magen drehte sich um. Sie war ein sehr hübsches, kleines Mädchen, aber es ging ihr nicht gut. Sie schlief gerade. Ihre Haut sah aschfahl aus. Die Lippen waren rissig, und sie hatte dunkle Ringe unter den Augen. Ihre langen roten Wimpern warfen Schatten auf die geröteten Wangen.

„Sie sieht wieder dehydriert aus", sagte Jenny. „Wurde sie gestillt?"

„Nein, sie weigert sich, die Brust zu nehmen, armes ..." – *Ailis hustete* – „... kleines Ding. Ich habe meine Milch weggeschüttet. Ich war so voll, dass ich es nicht mehr ausgehalten habe."

„Genau. Vielleicht hat sie keine Kraft zum Säugen. Außerdem hat sie wegen ihres Fiebers und ihrer Krankheit keinen Appetit. Sie muss schreckliche Halsschmerzen haben, und wahrscheinlich tut ihr das Schlucken weh. Ich sehe das oft bei Babys. Das Erste, was wir tun müssen, ist, sie dringend zu rehydrieren." Jenny ging in den Küchenbereich und entdeckte eine saubere Tonschüssel. Während sie Una festhielt, hob sie die Schüssel vorsichtig auf und brachte sie zu Ailis. „Könnt Ihr Eure Milch hier drin abpumpen? Aber wir werden sie nicht wegschütten. Wir müssen sie Una mit dem Löffel geben."

„Aye."

Ailis wandte sich ab und begann damit, die Milch ihrer Brust auszupressen. Währenddessen drückte Jenny ihr Ohr an Unas Brustkorb. Die Atmung des Babys war flach, und aus ihren kleinen Lungen kam ein deutliches Pfeifen. Das war nicht gut.

Jenny legte das Baby in das hölzerne Kinderbett, das eher wie eine Gemüsekiste aussah. Mit den freien Händen hob sie Feuerholz auf und warf die Stücke in das sterbende Feuer. Ailis hustete weiter so schrecklich und trocken, dass sie sich fast übergeben musste. Auch Una hustete im Schlaf, ein trockener Husten, der sich fast wie Gebell anhörte. Jenny nahm einen sauberen Kessel und schüttete Wasser aus einem Eimer, der neben dem Feuer stand, und hängte ihn an einen Haken über die Flammen.

„Hat Bhatair Euch etwas gegen den Husten gegeben?"

„Ja. Honig und Knoblauch. In dem Beutel dort sind noch ein paar Huflattichwurzeln und Fingerhutblätter." Sie zeigte auf den Küchentisch. Jenny holte die Beutel, und als sich Ailis vergewissert hatte, dass sie die richtigen waren, gab sie die Blätter in den Kessel. Wegen des trockenen Hustens wollte sie sicherstellen, dass sowohl Ailis als auch Una über den Dampf mit den Blättern atmen konnten. Alle warmen Dämpfe würden helfen.

Während sich der Kessel erhitzte, drückte Ailis die restliche Milch aus und reichte Jenny dann die Schüssel. Jenny gab Ailis einen Becher Wasser, den sie durstig trank, dann kuschelte sie sich in die Decken auf dem Bett und lag zitternd da, zweifellos wegen des Fiebers. Sie hustete immer wieder und stöhnte ein wenig.

Jenny weckte Una sanft auf. Sie wimmerte, zitterte und fing an, mit heiserer Stimme zu weinen. Das arme Baby hatte nicht einmal genug Feuchtigkeit für Tränen.

Leise schimpfend setzte sich Jenny an den Tisch. Mit einem kleinen Löffel fütterte sie Una mit der Milch. Ihr Mund war vom Weinen weit geöffnet, also funktionierte es gut. Die Kleine musste aufhören zu weinen, um zu schlucken, und Jenny hasste es. Aber so blieb sie hydriert und hatte eine Chance, ihr Leben zu retten.

Als Jenny die komplette Milch Una gegeben hatte, wurde die Kleine etwas ruhiger, und ihre Augen schienen etwas heller zu sein. Sie klammerte sich an Jenny, wimmerte ein wenig und hustete weiter. Mit der Muttermilch würde Una Ailis' Antikörper bekommen, die dem kleinen Mädchen helfen würden, die Grippe zu bekämpfen. Jenny schaukelte Una sanft, spürte das angenehme Gewicht ihres Körpers und atmete den Geruch eines Babys ein.

Als das Wasser schließlich kochte, legte Jenny Una in ihr Bettchen und nahm den Kessel vom Feuer. Sie stellte ihn auf den Boden, nahm eine freie Decke vom Bett und hob dann Una wieder auf. Mit dem Baby auf dem Arm setzte sie sich vor dem Kessel auf den Boden und deckte sich und Una mit der Decke zu, sodass eine Art Dampfbad entstand.

Unter der Decke war es dunkel, und die Dämpfe des Wassers verbreiteten den Duft von Kräutern und Blumen. „Berühr den Kessel nicht“, sagte Jenny zu Una. „Er ist heiß. Aua ...“

Zu ihrem Erstaunen lächelte Una, dann hustete sie. Während sie saßen, schwitzten und den heißen Dampf einatmeten und der Körper des kleinen Mädchens in ihren Armen zitterte und sich anspannte, während es hustete, fragte sich Jenny, ob es sich mit ihrem eigenen Baby auch so anfühlen würde. Es so zu halten, zu beschützen und wenn nötig gegen die Welt für das Kind zu kämpfen. Wie wäre es, dieses kleine Wesen mit seinem Schmollmund, seiner Rotznase und seinem hustenden, kleinen Körper zu lieben?

Sie küsste den kleinen Kopf. Unas weiche Locken wurden vom Dampf ganz feucht.

Neun Tage ... Neun Tage bis zu ihrer letzten Chance, alles zu haben ...

Und alles, was zwischen ihr und diesem Leben stand, war Aulay. Aulay mit seinen stürmischen Augen, seinen hohen Wangenknochen und seinen Lippen, die so voll in seinem Bart waren. Er hatte so lange, geschwungene Wimpern. Unter seinen dicken, geraden Brauen lag ein Hauch von Sanftheit.

Als sie glaubte, dass etwa zehn Minuten vergangen waren, kam sie mit Una unter der Decke hervor.

„Ailis, es ist noch genug Dampf da. Ihr solltet ihn ebenfalls einatmen“, sagte sie, während sie sich auf die Bettkante setzte.

Ailis nickte schwach. „Ich glaube nicht, dass ich das kann, Herrin.“

Una hustete, und es klang etwas feuchter, als würde sie fast Schleim aushusten, was ein gutes Zeichen war. „Okay, aber Ihr solltet es später machen. Ihr solltet beide etwa zwei bis drei Mal am Tag Dampf atmen. Seht mal, Una geht es schon besser.“

„Aye.“ Ailis lächelte schwach. „Ich danke Euch. Ich bin froh, dass Ihr gekommen seid. Ich glaube, sie haben sich alle in Euch getäuscht. Vor allem Bhatair. Es tut mir leid, dass ich Euch der Hexerei bezichtigt habe. Aber Ihr solltet Euch von dem Herrn fernhalten, Fräulein. Jeder sieht, wie er Euch anschaut, aber wir alle wissen, dass niemand gut genug für unseren Herrn ist."

Die Warnung schlug ihr schmerzhaft auf den Magen. „Glaubt mir, Ihr irrt Euch gewaltig, Ailis. Er hat kein Interesse an mir."

„Mein verstorbener Mann Beathan war einer von Aulays engsten Freunden und Kriegern. Aulay hat ihm mehrmals das Leben gerettet. Er behandelte ihn wie einen Bruder und schenkte ihm dieses Haus für seine Dienste."

Das Baby in Jennys Armen war sehr süß und hielt Jennys Finger. Ihr Herz schmolz dahin. Sie war es gewohnt, viele Kinder in ihrer Praxis zu sehen, aber dieses Mädchen hatte etwas Besonderes an sich.

„Es tut mir leid, Ailis", sagte Jenny. „Es tut mir so leid wegen Beathan. Er war so nett zu mir."

„Aye ... Er ist jetzt bei Gott."

„Ihr seid müde. Geht schlafen. Ich passe auf Una auf, macht Euch keine Sorgen."

Ailis nickte und schloss die Augen. Die arme Frau sah noch schlechter aus. Nach wenigen Augenblicken schlief sie ein.

Während Jenny mit Una spielte und sie wiegte, dachte sie wieder an Aulay. Er war eindeutig ein großartiger Anführer und ein freundlicher Mann, und ihr wurde klar, dass sie sich noch nie in ihrem Leben so sehr zu einem Mann hingezogen gefühlt hatte, nicht einmal zu ihrem Ex-Mann.

KAPITEL 16

„SEGEL!“, rief Colum laut.

Obwohl die Sonne über ihnen schien, breitete sich das Meer wie eine große graue Decke um sie herum aus. Der Wind blähte *Tagradhs* Segel auf und rauschte in seinen Ohren. Die Wellen schlugen hart gegen den Rumpf. Der Horizont war klar, das dunkelgraue Blau des Meeres hob sich deutlich vom Blau des Himmels ab. Inmitten dieser Weite lag ein einzelnes Stück Land. Aus der Ferne sah es aus wie ein riesiger Steinkopf, der aus dem Meer ragte. Hier hatte er Jennifer gefunden.

Hinter den grünen Hügeln und kargen Felsen der Insel Achleith, etwa eine Meile entfernt, tauchte ein großes Schiff auf, eine Kogge. Es hatte einen einzelnen Mast mit einem Rahsegel. Ein Handelsschiff?

Der Anblick der Insel Achleith war herzzerreißend gewesen, denn jede Biegung und jede Fuge hatte ihn an die schöne Beute erinnert, die er auf der Insel gefunden und in der Burg zurückgelassen hatte. Selbst jetzt auf dem Meer, wo er in Gefahr schwebte, musste er immerzu an Jennifer denken. Die schöne Jennifer, die absurde Dinge sagte und ihn Dinge fühlen ließ, die er nicht fühlen wollte. Sie weckte Triebe in ihm, denen er nicht nachgehen wollte.

Das Verlangen nach ihrem Körper, das Bedürfnis, in ihrer Gesellschaft zu sein, sie zu berühren, sie in seiner Nähe zu haben.

Am frühen Morgen, noch vor der Mette, hatten sie Beathan und die anderen gefallenen Krieger beerdigt. Dass sie nicht auf dem Schiff waren, vor allem aber Beathan, hinterließ eine schmerzende Leere, ein dunkles Loch in Aulays Herz. Alles, was er jetzt tun konnte, war, ihr Andenken zu ehren, indem er ihre Familien auf Islay beschützte.

Vor allem, indem er Ailis und Una beschützte. Beathan hätte sich das gewünscht.

Nach der Beerdigung waren sie zur See gefahren. *Tagradh* war bereits instand gesetzt und verstärkt worden, und seine Schiffsbauer arbeiteten nun an den restlichen Birlinns. In Dunyvaig übten die Bauern und Handwerker aus dem Dorf sowie die jungen Krieger weiter mit Schwertern, Bögen und Lochaber-Äxten.

Sie segelten mit *Tagradh* um Clachgheur herum – ein guter Platz für ein Schiffswrack, wie Colum vermutet hatte –, aber sie hatten auf beiden Seiten nichts gesichtet. Sie waren seit dem frühen Morgen auf dem offenen Meer unterwegs. Sie fuhren an Rathlin Island und Portrush vorbei, sahen Irland von Weitem, blieben aber weit genug entfernt, um keine unnötige Aufmerksamkeit zu erregen.

Nach dieser erfolglosen Suche kehrten sie zur Insel von Achleith zurück, weil sie die andere Seite noch nicht erkundet hatten. Aulay wollte sie umrunden, um herauszufinden, ob es an der Südküste Anzeichen für das Schiffswrack gab.

Aber von dort war das Schiff gekommen. Als sich die Birlinn der Kogge näherte, erblickte Aulay ein Krähennest auf der Spitze des Mastes mit einer Flagge: ein rotes Quadrat mit drei goldenen Löwen.

Kein Handelsschiff. Ein englisches Kriegsschiff.

„Verdammt noch mal“, murmelte Aulay. Colum war bereits auf dem Weg zu ihm. Auf *Tagradh* befanden sich dreißig Männer. Sie waren alle voll gepanzert, und zehn dieser Krieger waren Bogenschützen.

„Engländer“, sagte Colum, als er neben Aulay stand.

Das Schiff neigte sich durch eine starke Welle, und Aulay hielt sich am Dollbord fest. „Aye.“

„Das Schiff ist groß“, sagte Colum.

„Aye. Es ist eine Kogge. Ursprünglich ein Handelsschiff, kein Zweifel.“

„Das heißt, es ist viel langsamer und weniger manövrierfähig als die *Tagradh*.“

„Stimmt. Es würde mich nicht wundern, wenn da hundert Krieger an Bord sind. Auf einen von uns kommen drei Männer.“

„Verdammt noch mal“, sagte Colum. „Sie haben das Schatzschiff doch nicht gefunden, oder?“

Das andere Schiff kam näher und näher. Aulay strengte seine Augen an, um zu sehen, wer auf dem Schiff war und welche Absichten sie hegten.

„Es gibt nur einen Weg, das herauszufinden“, sagte Aulay. „Sie höflich zu fragen.“

Er umklammerte den Griff seines Claymores. Er lief nicht vor einem Kampf davon, selbst wenn er in der Unterzahl war, vor allem nicht, wenn es darum ging, dem Feind den Schatz zu entreißen. Etwas flog durch die Luft und landete etwa dreihundert Meter von dem englischen Schiff entfernt im Wasser.

„Ein Langbogen“, sagte Colum mit zusammengebissenen Zähnen. „Nur ein Langbogenpfeil kann dreihundert Meter weit fliegen.“

„Aye. Ein Warnschuss. Sie sind bereit zum Angriff.“

„Was sollen wir tun?“, fragte Colum. „Wir sind noch zu weit weg, als dass sie uns erreichen könnten. Diese englischen Langbögen können uns erledigen. Ich habe gesehen, wie die Pfeile einen Mann durch seine Rüstung durchbohrt haben und auf der anderen Seite wieder herauskamen.“

Aulay knirschte mit den Zähnen. „Ja, aber wir sind die Herren der Meere. Wir werden im Nahkampf gewinnen und sind schnell genug, um vor ihnen zu fliehen. Ich sage, wir heißen sie willkommen."

Colum nickte, seine Augen verfinsterten sich und sein Gesicht bekam diesen entschlossenen Ausdruck, den er jedes Mal aufsetzte, wenn die Engländer erwähnt wurden.

„Macht euch bereit zum Kampf!", brüllte Aulay seinen Männern zu. „Macht euch bereit, vor den Pfeilen in Deckung zu gehen. Bogenschützen, auf Position!"

Die Männer brüllten und schlugen ihre Schwerter gegen die Schilde, und *Tagradh* füllte sich mit MacDonalds Kriegsgeschrei. „Clan Domnhnaill! Clan Domnhnaill!" Die Wellen rauschten um sie herum und schlugen gegen das Schiff.

Sie waren etwa vierhundert Meter entfernt, als Aulay die Reihe der Langbogenschützen an der Backbordseite des Schiffes ausmachen konnte, das sich langsam zu drehen begann. Ihre Pfeile flogen wie eine dunkle Regenwolke, aber keiner von ihnen erreichte *Tagradh*. Die beiden Schiffe kamen sich immer näher, und die See trieb sie auf einen unvermeidlichen Zusammenstoß zu. Die Pfeile der Langbogenschützen begannen, die Birlinn zu treffen. Aulay ging mit seinen Männern in die Hocke, und sie hoben die Schilde über ihre Köpfe. Die Pfeile schlugen mit lautem Getöse in die Schilde ein, Splitter flogen.

„Bogenschützen!", brüllte Aulay, als der Angriff für ein paar Augenblicke aufhörte, weil der Feind seine Pfeile einspannte.

Schottische Pfeile flogen durch die Luft und trafen das englische Schiff, aber schon kam ein neuer Ansturm der Pfeile auf sie zu. Diesmal schaffte es einer von Aulays Bogenschützen nicht, sich rechtzeitig zu verstecken. Ein Geräusch von reißendem Stoff und Fleisch, ein schmerzhaftes Stöhnen und ein Platschen ... Verdammt.

„Schießt!", brüllte Aulay, als der Pfeilhagel unterbrochen wurde.

Unter den Schilden kniend, während sich das Deck hob und senkte, näherten sie sich ihrem Feind. Der Geruch des Todes lag in ihrem Schweiß und dem wütenden Pochen ihrer Herzen, aber sie weigerten sich, der Angst zu erliegen.

Und zu früh ... oder nicht früh genug ... kamen sie neben der Kogge an. Aulay vernahm das Gebrüll der feindlichen Krieger und Ritter, er konnte die tödlichen Schneiden ihrer Schwerter glitzern sehen, wenn sie diese in der Luft schüttelten, und das Flattern ihrer Segel hören.

„Ketten!", rief Aulay. Seine Krieger warfen Ketten mit Haken und zogen die Schiffe eng zusammen. Sie waren so nah, dass sie ihren Feinden in die Augen sehen und die Glieder ihrer Kettenhemden zählen konnten.

„Ihr Schweine habt euch geholt, was uns gehört", schrie Aulay, und seine Männer brüllten hinter ihm auf. „Ihr werdet eine Lektion lernen und so etwas nie wieder tun!"

„Ich werde über euer Grab lachen, ihr dreckigen Barbaren!", rief ein Mann, der wohl der Hauptmann war. Er trug einen roten Mantel mit drei goldenen Löwen.

„Wälle!", brüllte Aulay.

Seine Männer warfen hölzerne Wälle, die sich an dem anderen Schiff festhakten, und rannten dann darüber. „Clan Domnhnaill! Clan Domnhnaill!"

Ihre Bogenschützen schossen weiterhin auf den Feind, um die ersten Schotten zu decken, die die Kogge enterten. Aulay eilte mit seinen Männern hinüber, und sobald seine Füße das feindliche Deck berührten, stürzte er sich in den Kampf. Schwerter blitzten auf, ein Schlag nach dem anderen folgte. Seine Männer mit den Lochaber-Äxten waren tödliche Bestien. Mit kraftvollen Schlägen durchtrennten die Äxte der MacDonalds Kettenhemden.

Metall klirrte gegen Metall. Die verwundeten Männer stöhnten und ächzten. Wasser spritzte, als sie über Bord geworfen wurden.

Dann trat der englische Kapitän vor ihn. Er hob sein Schwert und schlug nach Aulay, der den Hieb abwehrte und angriff. Der Stahl klirrte bei jedem Treffer, als sie sich bekämpften.

Der englische Hauptmann war jünger, aber Aulay war stärker und hatte jahrelange Kampferfahrung hinter sich. Er wusste, dass der Mann auf die typisch englische Art trainiert war. Schlag auf

Schlag ließ Aulay ihn in dem Glauben, er würde gewinnen, indem er zurückwich. Als der Bastard dann übermütig wurde, wich Aulay dem Schwert seines Gegners aus und versetzte ihm einen Stoß in die Schulter, der das Kettenhemd zerdrückte und das Fleisch durchbohrte, wenn auch nicht so sehr, wie Aulay es brauchte.

Aber das gab ihm die Möglichkeit, den stöhnenden Engländer gegen die Bordwand zu drücken. „Habt Ihr es gefunden?", fragte Aulay mit zusammengebissenen Zähnen.

„Ah ... gefunden ... was?" Der Engländer war verletzt, aber vielleicht noch nicht schmerzhaft genug.

„Das verdammte Schatzschiff."

Die Oberlippe des Kapitäns kräuselte sich verächtlich. „Fahr zur Hölle, du wildes Tier."

Aulay grinste und lachte auf. „Wildes Tier? Ich werde dir ein wildes Tier zeigen." Er drückte die Schneide seines Schwertes unter das Kinn des Mannes. „Habt Ihr den verlorenen Schatz gefunden?"

Die Augen des Mannes huschten schnell hinter Aulay, was ihm sagte, dass dort jemand war. „Nein." Dann wandelte sich sein Blick von ängstlich zu triumphierend. „Und Ihr werdet es auch nicht."

Aulay packte den Mann an der Rüstung und drehte sich so, dass sein Gegner zu seinem Schild wurde.

Es funktionierte, aber die Bewegung kam zu spät, um ihn vollständig zu schützen, denn sie schlug nur das Schwert des Mannes beiseite. Weißglühende Schmerzen durchfuhren seine linke Schulter, und etwas Nasses floss seinen Arm hinunter.

Der Kapitän fiel auf das Deck, und Colum stieß ihm sein Schwert direkt ins Gesicht. Colum blickte auf Aulays Schulter, und sein Gesicht wurde vor Angst ganz leer.

„Es ist nicht schlimm", sagte Aulay. „Mir geht es gut."

Aber es war keine Kleinigkeit. Er wusste es. Er hatte in genug Schlachten gekämpft, um zu wissen, was eine schwere Wunde war. Und obwohl er den Hauptmann getötet hatte, war die Schlacht nicht zugunsten der MacDonalds ausgegangen. Es waren einfach zu viele englische Krieger.

Mehr als hundert, schätzte er.

„Rückzug!“, brüllte Aulay. „Rückzug!“

Colum und die anderen sammelten ihre verwundeten Clanmitglieder auf und halfen denen, die noch laufen konnten. Während die Engländer versuchten, ihren Kapitän zu retten, kämpften Aulay und seine besten Krieger und ermöglichten es den anderen, die Verwundeten zurück auf ihr Schiff zu bringen.

Sobald die letzten MacDonalds auf dem Deck von *Tagradh* waren, rief Aulay: „Legt die Brücken nieder!“

Obwohl die Engländer ihnen folgten, hoben die MacDonalds die hölzernen Plattformen, die die beiden Schiffe verbanden, hoch. Die englischen Krieger fielen mit lautem Platschen ins Meer.

„Kappt die Taue!“, rief Aulay und machte sich eilig auf den Weg zum Ruder.

Mit ihren Äxten kappten die Männer die Taue mit den Haken. „An die Ruder!“, brüllte Aulay.

Und während dreißig Männer an den Rudern saßen und die Pfeile erneut in ihr Schiff einschlugen, konzentrierte Aulay alle Kraft, die er hatte, auf einen einzigen Befehl.

„Rudern!“

KAPITEL 17

DAS HEIẞE WASSER brannte in Aulays Wunde, als er sich in die Wanne sinken ließ. Er gab ein scharfes Zischen von sich. Die Wanne war groß und sah aus wie ein überdimensionales Weinfass mit drei Stufen zum Hineinsteigen. Er hatte sich geweigert, sich von Bhatair behandeln zu lassen. Sechs seiner Krieger waren schwer verwundet und brauchten den Heiler dringender als er selbst. Von dreißig waren fünf heute nicht nach Hause zurückgekehrt. Fünf seiner starken Männer, die ihre Frauen und Mütter nicht umarmen und küssen würden. Zwei weitere Kinder würden vaterlos sein.

Aulay lehnte sich an die Wand der Badewanne und schloss die Augen. Er ließ sich von der Schuld und der Traurigkeit überwältigen. Er glaubte nicht, dass er sich jemals mit dem Tod der Männer abfinden würde, die er in die Schlacht geführt hatte. Ja, der Tod war immer ein Risiko im Leben eines Kriegers. Aber das machte es nicht leichter. Er hatte unbedingt herausfinden wollen, ob die Engländer das Schatzschiff gefunden hatten, und das um den Preis, dass sie ihnen zahlenmäßig drei zu eins unterlegen gewesen waren.

Aus der Wunde an seiner Schulter sickerte Blut ins Wasser. Er würde sie behandeln lassen, sobald er sicher war, dass die Männer versorgt worden waren. Er hatte bemerkt, dass Jennifer Bhatair saubere Wäsche und Wasser gebracht hatte. Und er hatte in ihren Augen aufrichtige Besorgnis gesehen. Ein Feind würde sich keine Sorgen um seine Männer machen. Als er bemerkt hatte, wie konzentriert, effizient und fürsorglich sie war, hatte er sich besser gefühlt und durchatmen können. Aulay bedauerte, dass er gestern so unfreundlich zu ihr gesprochen hatte.

Er glaubte nicht an den Unsinn mit den Zeitreisen, aber es war möglich, dass sie davon überzeugt war, dass sie die Wahrheit sagte. Vielleicht war sie in Wirklichkeit ein wenig anders ... oder hatte eine zu wilde Fantasie ...

Oder was, wenn sie recht hatte?

Nein. Vielleicht war es sein Verlangen nach ihr, das seinen Verstand benebelte. Sogar während sie auf See gewesen waren, hatte er immer wieder an sie gedacht. Er hatte noch nie jemanden so begehrt wie sie. Die Ehe mit Leitis war arrangiert gewesen, und sie hatten sich sehr geliebt. Aber es hatte nie dieses brennende, unnachgiebige Bedürfnis gegeben, sie zu besitzen. Es war fast wie eine Krankheit.

Es klopfte an der Tür.

„Ja." Er nahm einen Waschlappen und zuckte zusammen, als ein scharfer Schmerz seine Schulter durchbohrte.

Die Tür wurde geöffnet und leise Schritte kamen herein. „Ich wollte nur mal nach dir sehen ..."

Es war ihre Stimme. Ihr süßer, melodischer Akzent, und er drehte den Kopf zu ihr. Ihr rotes Haar lugte aus einem winzigen Kopftuch mit Blutflecken darauf hervor. Auch auf Leitis' Kleid befanden sich Blutflecken, aber ihre Hände waren sauber.

Ihr Blick fühlte sich wie die Bläschen einer heißen Quelle auf seiner Haut an. Zu seiner eigenen Überraschung war er nervös, etwas, das er nicht mehr gefühlt hatte, seit er als halbwüchsiger Junge seine erste Begegnung mit einer Frau gehabt hatte. Er saß nackt vor einer Frau, die er begehrte.

Und spürte ein weiteres Verlangen, neu und seltsam ... Er wollte, dass sie ihn mochte.

„Ich habe gehört, dass du verwundet wurdest“, sagte sie. „Hat Bhatair dich behandelt?“

„Mach dir keine Sorgen um mich. Wenn du helfen willst, geh und hilf stattdessen meinen Männern.“

„Sie sind alle zusammengeflickt und ruhen sich aus. Darf ich mal sehen?“

Er lachte. „Mädchen, du siehst schon alles. Ich habe nichts zu verbergen.“

Zu seiner Zufriedenheit leuchtete ihr Gesicht so rot wie eine Fackel. „Zeig mir deine Wunde, meine ich.“

Er nickte und lehnte sich vor. Sie näherte sich der Wanne. Als sie ihn an der Wunde berührte, fühlte es sich an, als würde ein Messer ihn durchbohren. „Sie ist nicht tief, aber sie muss gesäubert, genäht und mit einem Verband versorgt werden. Die Hauptsache ist, dass sie sich nicht infiziert. Darf ich sie nähen?“

„Kannst du das?“

„Ja, natürlich, ich bin Ärztin ... ähm ... Heilerin.“ Sie lachte. „Ich habe mir von Bhatair etwas Garn und eine Nadel geliehen. Ich dachte, du könntest sie brauchen.“

Er schüttelte den Kopf. „Mädchen, du gibst nicht auf, oder?“

„Nein. Ich habe es dir doch gesagt. Ich habe einen Schwur geleistet.“

Während sie an seiner Schulter arbeitete, biss er die Zähne zusammen, um nicht zu stöhnen und zu schreien. Um sich von den Schmerzen abzulenken, die sich anfühlten, als würden kleine Zähne seine Muskeln zerreißen, rieb er mit dem sauberen Tuch über seinen Körper. Das warme Wasser half, den Schmerz zu dämpfen. Als sie endlich fertig war, seufzte er erleichtert auf.

„Du solltest aus der Wanne steigen“, sagte sie. „Und ich werde die Wunde verbinden. Du solltest die Wunde danach ein paar Tage nicht ins Wasser halten.“

Er sah in ihre funkelnden Augen, und ohne den Blick abzuwenden, stand er auf. All sein bisheriges Zögern schmolz dahin, als ihre Blicke langsam an seinem Körper hinunterwanderten. Ihre Augen weiteten sich überrascht, und sie biss sich auf die Lippe. Als ihr Blick auf seinen Schritt fiel, stand ihr Mund offen.

Ihre Brust hob und senkte sich schneller. Ihre Augen verdunkelten sich, ihre Lippen waren üppig und rot.

Ihr gefiel, was sie sah. Sie wollte ihn.

Und er wollte sie ganz sicher auch.

„Möchtest du mir Gesellschaft leisten, Jenny?"

Sie atmete kaum hörbar scharf ein und sah ihm in die Augen. Ihre Augen waren geweitet, und ihre Wangen rot.

„Nein." Sie riss den Blick von seinem Körper los und atmete schnell. „Ich meine …"

Er streckte seinen Arm aus. „Handtuch."

Sie warf ihm einen glühenden Blick zu, ohne ein Anzeichen von Einschüchterung. „Wie bitte?"

„Gib mir das Handtuch." Er deutete auf das Tuch, das seine Bediensteten ihm überlassen hatten und das über der Stuhllehne hing.

Sie verschränkte die Arme über ihrem üppigen Busen. „Du benimmst dich wie ein Kleinkind. Wie wäre es mit einem ‚Bitte' und einem ‚Danke'?"

Er atmete aus und lachte. Er liebte es, wenn sie so feurig war. „Bitte. Und danke."

Sie streckte die Hand aus und gab es ihm. Als er anfing, sich das Wasser abzureiben, starrte sie sehnsüchtig auf das Wasser. „Ich habe mich seit fünf Tagen nicht mehr geduscht."

Er runzelte die Stirn. „Geduscht? Du warst fünf Tage lang nicht im Regen?"

„Ich meine, ein Bad."

Aulay stieg aus dem Wasser, stellte sich auf den Boden und wickelte das Handtuch um seine Taille. Er war nur zwei Schritte von ihr entfernt und könnte den Abstand zwischen ihnen verringern und sie küssen.

„Du kannst gerne ein Bad nehmen, Jenny."

Sie biss sich auf die Unterlippe und sah seine Wanne so intensiv an, wie er es sich von ihr gewünscht hätte.

„Wirklich?“, fragte sie. „Bist du sicher?“

„Ja, Mädchen.“

Sie sah ihn einige Augenblicke lang an. „Gut. Dann dreh dich um und komm nicht auf dumme Gedanken. Verstanden?“

Er lachte leise, bewegte sich aber nicht. Er würde das hier genießen. Sich umdrehen? Das war das Letzte, was er wollte.

„Dreh dich um“, sagte sie und hob ihr Kinn.

Er neigte den Kopf. „Bist du sicher, dass du das willst?“

Sie hob das Kinn noch höher. „Ja, natürlich will ich das.“

Er nickte und ging an ihr vorbei zu einem eisernen Kessel mit heißem Wasser, den seine Diener zuvor gebracht hatten. Aulay wollte ihr dabei zusehen, wie sie das Kleid auszog. Verdammt, er wollte ihr helfen, das Kleid aufzuschnüren, und beobachten, wie ihre blasse, seidige Haut zum Vorschein kam, und jeden Zentimeter küssen.

Er ignorierte den Schmerz in seiner Wunde, füllte einen Eimer mit heißem Wasser und hörte das leise Rascheln des Stoffes auf Haut. Heißblütige Bilder brannten in seinem Kopf ... ihre großen Brüste, die aus dem Kleid hervorlugten ... ihre schmale Taille und ihre vollen Hüften, mit ihrem herrlichen Hintern, den er streicheln und beißen wollte und ...

Ein Plätschern verriet ihm, dass sie im Wasser war. Er drehte sich um, und das Wasser stand ihr bis zum Kinn. Sie zog die Knie an ihre Brust.

Er näherte sich der Wanne. „Heißes Wasser ist im Anmarsch. Vorsichtig.“

Er schüttete das Wasser in die Ecke und glaubte, ein zufriedenes Stöhnen von ihr zu hören, als das frische Wasser ihren Körper erreichte.

„Noch einen?“, fragte er.

„O Gott, ja, bitte“, sagte sie mit heiserer Stimme. „Das ist himmlisch.“

Der Himmel, dachte er, als er einen weiteren Eimer holte. Er würde ihr den Himmel zeigen. Er würde sie alles andere vergessen lassen, wenn sie nur einwilligte, in seinen Armen zu liegen.

Als der letzte Tropfen in der Wanne war, betrachtete er ihren glitzernden Rücken. Seine Finger brannten darauf, sie zu berühren, ihre Haut zu spüren. Und dann bewegten sich seine Hände, bevor er sich selbst aufhalten konnte. Er strich über ihren Rücken, auf beiden Seiten der Wirbelsäule, auf und ab. Er hatte erwartet, dass sie „Stopp" sagen würde, und er war bereit, damit aufzuhören, sobald sie es tat.

Aber von ihr kam kein Wort.

Er ließ seine Hände über ihre glatte Haut gleiten. Eine Welle von kleinen Blitzen zuckte unter seinen Fingern. Er legte die Hände um ihre Schultern und massierte ihre straffe Muskulatur. Dabei fiel ihr Kopf nach hinten. Er sah, wie sich ihre Augen schlossen und sich ihre Lippen öffneten.

Sie spürte es auch. Egal, wie sehr sie seine Worte mit ihren eigenen ablehnte, ihr Körper genoss seine Berührungen. Er wusste es von ihrem Kuss, und er sah es jetzt. Genauso wie sein eigener Körper es genoss, den ihren zu berühren. Ein Stöhnen kam über ihre Lippen, als er ihre angespannten Muskeln weiter knetete. Sie wurden weicher und wärmer. O ja, das gefiel ihr sehr. Er massierte ihre müden Rückenmuskeln, und als sie sich zu entspannen begann, wanderte er tiefer und tiefer. Im schummrigen Licht des Feuers in seinem Schlafgemach konnte er ihren unteren Rücken in der Wanne nicht sehen.

Aber als er tiefer kam, konnte er die Grübchen über ihrem Becken spüren, und als er die Spitze ihrer Pobacken erreichte und wusste, dass er ihren prallen Hintern berührte, wurde er hart. Sie hielt ihn nicht auf – im Gegenteil. Sie atmete langsamer, und ihre Arme um die Knie wurden schlaffer. Als er tiefer sank und die Ritze ihres prächtigen Hinterns berührte, stöhnte sie erneut auf.

Er war heiß auf sie, bereit, zu ihr ins Wasser zu steigen und sie an genau den richtigen Stellen zu massieren, damit sie sich winden und um mehr betteln würde.

„Mädchen …“, murmelte er. „Bleib heute Nacht bei mir.“

„Ähm …“

„Bleib. Sei mein. Ich will dich, wie ich noch nie jemanden in meinem Leben wollte. Ich werde alles tun, was du von mir willst.“

Sie drehte ihren Kopf zu ihm. Ihre Augen leuchteten dunkel und funkelten vielsagend. „Okay.“

Er runzelte die Stirn. „Okay?“

„Ich werde bleiben, Aulay.“

Dann küsste er sie, ließ von ihrem Rücken ab und eroberte ihren Mund, als wäre er ein gottverdammter Barbar, der nach Nahrung und Beute hungerte.

Ein lautes Klopfen ertönte an der Tür. Er ignorierte es und kam immer wieder zu ihrem Mund zurück, um ihren Geschmack zu kosten. Er umfasste ihre köstlichen Brüste, und ein Feuer loderte in seiner Leistengegend.

Wieder klopfte es, diesmal lauter und eindringlicher.

„Laird!“ Er hörte Colums Stimme. „Wir brauchen dich!“

Er wich einen Moment von ihr zurück und fluchte. Ihr Mund war vom Kuss angeschwollen, die Wangen gerötet und ihre Brüste unter dem Wasser wunderschön und üppig. „Was?“, brüllte er zur Tür.

„Es sind die Engländer. Die Wächter dachten, sie hätten das Schiff gesehen.“

Er stieß ein langes Knurren aus, das Blut in seinen Adern gefror. Das Schiff, das sie zurückgelassen hatten, hatte sie nie erreicht, aber das hieß nicht, dass es ihnen nicht gefolgt war.

„Ich komme“, rief er, während er das Handtuch von seinen Hüften zog und seine Braies anzog. „Warte auf mich, Mädchen …“

Sie nickte. „Das werde ich.“

Er zog sich an, ließ sie in seinem Schlafgemach zurück und ging hinaus. Die Kälte verschwand nicht aus seiner Brust. Im schwindenden Licht des Tages beobachtete er das englische Schiff, das etwa fünf Kilometer entfernt segelte. Bevor die Sonne unterging, drehte es ab und verschwand hinter dem Horizont. Es schien, als würde es nur auskundschaften.

Doch die Kälte in seiner Brust wurde von Sorge verdrängt. Steckte hinter dem Angriff auf das Dorf und der heutigen Begegnung auf dem Meer eine größere Macht? Sie mussten vorsichtig sein.

Als er in sein Schlafgemach zurückkehrte, lag die schöne Füchsin schlafend in seinem Bett. Ihr rotes Haar war wie flüssiger Honig auf seinem Kopfkissen verteilt.

KAPITEL 18

IRGENDETWAS SCHWERES und Heißes war um sie gewickelt. Sie hatte das seltsame Gefühl, von einem Bären umschlungen zu sein. Ihre Augen öffneten sich ruckartig.

Kein Bär. *Huch.*

Aulay.

Sein Duft drang in ihre Nasenlöcher. Sein riesiger Arm schlang sich fest um sie, und sein schweres Bein lag über ihren Hüften. Einen Moment lang bewegte sie sich nicht, atmete seinen männlichen Geruch ein und bewunderte sein attraktives, friedliches Gesicht. Seine langen Wimpern warfen Schatten in das roségoldene Licht, das durch den Fensterschlitz fiel. Er hatte einen blassen blauen Fleck auf dem Wangenknochen, und sie sehnte sich danach, ihre Lippen darauf zu drücken, um den Schmerz zu lindern.

Das tat gut. Jenny seufzte tief und verschmolz mit seiner Wärme. Hatte sie vergangene Nacht wirklich zugestimmt, mit ihm zu schlafen? War sie verrückt?

Sie musste eingeschlafen sein, nachdem er gegangen war, und er hatte sie nicht geweckt, als er zurückgekommen war.

Das war ein Fehler. Ja, der Mann sah aus wie der schottische Zeus – oder was auch immer das Äquivalent von Zeus in Schottland war. MacZeus? Natürlich war es für eine sterbliche Frau schwer, ihm zu widerstehen.

Aber sie musste es tun. Sie musste so tun, als ob dieses Gespräch nie stattgefunden hätte. Als ob seine Hände, die sie in dem heißen Bad massierten, sie nicht fast zum Kommen gebracht hätten. Als ob sie nicht gewollt hätte, dass diese Hände sie massierten ... und zwar überall.

Ihr Intimbereich begann wieder zu vibrieren, vor allem, weil ihr Hintern bequem an seinem Schritt lag. Sie spürte, wie etwas Großes und Warmes gegen ihre Arschbacken drückte ...

Genug. Sie musste verschwinden, bevor er aufwachte. Langsam kroch sie unter seinen Armen hervor und stellte sich neben das Bett. Er atmete lange und tief aus und schlief wieder ein. Ohne seine Arme war ihr kalt ... und sie fühlte sich irgendwie einsam. Aber zum Glück trug sie immer noch ihre Untertunika oder wie auch immer sie genannt wurde. So leise sie konnte, zog sie Kleid, Strümpfe und Schuhe an und verließ das Zimmer.

Als sie aus dem Hauptturm hinauskam, leuchteten die ersten Sonnenstrahlen hinter den Bergen. Sie atmete die frische Luft ein, die nach feuchter Erde und Morgentau roch. Kaffee und ein Croissant ... was würde sie jetzt nicht für einen Cappuccino geben.

Sie vermisste ihr warmes, weiches Bett. Sie vermisste es, Unterwäsche zu tragen. Sie vermisste Schuhe ohne spitze Zehen. Sie vermisste es, sich die Zähne mit einer guten Zahnbürste zu putzen, sie vermisste sogar den Geschmack von Zahnpasta. Seit sie ihr Hotel in Glasgow verlassen hatte, hatte sie sich die Haare an den Beinen und unter den Achseln nicht mehr rasiert. Bald würden ihre ergrauten Wurzeln eine Nachbesserung in ihrem Lieblingsfriseursalon benötigen. Sie vermisste moderne Toiletten. Die winzige Toilette im Schloss mit dem Stuhl und dem Loch, das ins Meer führte, war weder besonders hygienisch noch bequem. Und, o lieber Gott, sie wollte gar nicht daran denken, wann ihre Periode kommen würde. Wie kamen Frauen nur ohne Tampons aus? Und die Schmerzen ... meine Güte. Vielleicht musste sie Bhatair um ein pflanzliches Schmerzmittel bitten. Alles, was sie an solchen Tagen wollte, war, zusammengerollt in ihrem Bett zu liegen und Seifenopern zu gucken.

Und sie vermisste ihre Praxis. Die Kinder ... das morgendliche Ritual, bei dem Amanda und sie gemeinsam einen Kaffee tranken und über komplizierte Fälle sprachen, zu denen sie die Meinung der anderen hören wollten.

Im Mittelalter zu leben, war hart. Alles musste von Hand gemacht werden: Mehl mahlen, Brot backen, Fisch und Geflügel säubern, Feuerholz hacken. Die Menschen im Dorf versorgten die Burg und das Dorf mit Produkten, Holz und jeder Arbeit, die nötig war. Die Kirchenglocke läutete alle drei Stunden, beginnend mit der Matinee, die nach Jennys Meinung gegen sechs Uhr morgens stattfand, und endete mit der Komplet, die nach Sonnenuntergang, wahrscheinlich gegen einundzwanzig Uhr, stattfand.

Aber das Wichtigste ... Acht Tage bis zu ihrem Termin. Sie brauchte mindestens einen Tag, um nach Edinburgh zu kommen, den Flug zu nehmen und zurückzufliegen.

Unbeeindruckt von ihren Anstrengungen zwitscherten die Vögel fröhlich hinter den Mauern. Möwen krächzten über ihr. Das Meer hinter der Burg rauschte. Und dann wurde alles von den freudigen Schreien der Kinder übertönt. Die kleine Schar strömte aus dem Waisenhaus und rannte umher, wobei sie Holzschwerter schwangen. Artur winkte ihr zu, und Jennys Brust entspannte sich. Sie eilte zu den Kindern.

„Wie geht es allen?“, fragte sie, als sie sich in einem Kreis um sie versammelten.

„Gut!“, ertönte ein verzerrter Chor von Stimmen.

Sie strahlte. „Toll! Lasst mich sehen, wie eure Haut aussieht.“

Sie untersuchte einen nach dem anderen. Die Wunden waren besser. Sie waren zwar noch nicht ganz verschwunden, aber sie sahen trockener und kleiner aus, und die Rötung war geringer. Natürlich wäre ein modernes Antibiotikum stärker, aber der Knoblauch wirkte.

„Wir werden noch eine Runde machen“, sagte sie. „Kommt, lasst uns eure Wunden behandeln.“

Als sie das Waisenhaus betraten, bemerkte sie, dass es dort nach Erde und Sauberkeit roch. Die Kinder schliefen zu zweit oder dritt in einem Bett, deshalb war es besonders wichtig, auf gute Hygiene zu achten.

„Ah, Jenny“, sagte Mhairi, als sie eine Decke anhob, um ein Bett zu machen. „Die Kinder sehen besser aus, nicht wahr?“

Jenny hob den Rest der antibiotischen Salbe auf. „Ja, sie sind definitiv auf dem richtigen Weg.“

Mhairi runzelte die Stirn. „Verzeiht mir? Weg?“

„Ähm …“ Jenny lachte unbehaglich, als sie auf die Knie sank und mit einem Löffel die Salbe auf Arturs Wunden verteilte. „Ich meine, auf dem Weg der Besserung.“

Sie verteilte die Salbe auf die Wunden der Kinder, eine nach der anderen, und sprach dabei fröhlich mit ihnen und mit Mhairi.

Als sie fertig war, sagte Mhairi: „Ich wollte mit den Kindern Himbeeren sammeln gehen. Kommt Ihr mit, Jenny?“

Jenny nickte. Der Gedanke an Skorbut im Dorf Dunyvaig und auf der Burg beunruhigte sie, obwohl sie noch keine Anzeichen dafür gesehen hatte. Sie fragte sich, ob das daran lag, dass die Leute im Sommer viel frisches Obst und Gemüse hatten. „Himbeeren wären sehr gut für sie. Ich würde gerne kommen, aber der Herr hat den Wachen befohlen, mich nicht rauszulassen.“

„Ach, das ist schon in Ordnung. Ich werde ihnen sagen, dass Ihr mit mir kommt. Was für ein Unsinn, Euch innerhalb der Mauern festzuhalten.“

In Jennys Brust keimte Hoffnung auf. Wenn sie nur diese Mauern verlassen könnte, würde sie vielleicht in einen anderen Teil der Insel gelangen und ein Boot finden, das sie nach Achleith bringen würde. Natürlich könnte die Frau Ärger mit Aulay bekommen, wenn sie unter Mhairis Aufsicht fliehen würde. Aber sie wusste, dass er mit Seoras’ schwangerer Frau nicht so streng sein würde.

Als sie den Hang zum Tor hinuntergingen, schaute sie über die Schulter auf den Bergfried. Der Turm war ein dunkler, rechteckiger Felsbrocken, der sich genauso bedrohlich gegen den blauen Himmel abhob wie sein Kommandant. Wenn sie heute entkam, würde sie ihn vielleicht nie wiedersehen. Statt Erleichterung machte sich ein Gefühl des Verlusts und der Trauer in ihrer Brust breit. Einen Moment lang wünschte sich Jenny, sie könnte bleiben.

Zu ihrer Überraschung ließ die Wache sie passieren. Vielleicht fürchteten sie Mhairi genauso sehr wie Aulay. Oder vielleicht glaubten die Wachen nicht, dass Jenny es wagen würde, unter Mhairis Aufsicht zu fliehen. Aber einen Moment später ging sie die steile Straße hinunter, die zum Dorf Dunyvaig führte.

Dort gab es einen Bach, der aus einer Felsenansammlung entsprang. Er sammelte sich zuerst in einem ovalen Becken und floss dann weiter den Hang hinunter und ins Meer. Das ovale Becken befand sich neben etwas, das wie eine Abfallgrube aussah. In dem schmutzigen braunen Wasser schwammen Rattenkadaver und Knochen.

„Ist das eine Abfallgrube?", fragte sie Mhairi.

„Ja, das ist sie. Die Nachttöpfe aus dem Dorf müssen irgendwo entleert werden."

„Holen die Leute Wasser aus diesem Bach?"

„Ja, manchmal. Wenn es nicht möglich ist, es aus dem Dorf und den Burgbrunnen zu holen."

Das war ein Garant für alle möglichen bösen Krankheiten. Dagegen musste etwas unternommen werden.

Während die Kinder vor ihnen herumhüpften und fröhlich plapperten, schaute Jenny zu Mhairi, die ihre Hand auf ihren Wassermelonenbauch gelegt hatte. So schwanger, so glücklich. So rund und voller Leben, mit rosigen Wangen. Sie schwankte langsam beim Gehen, fast wie ein Pinguin, das Köpfchen steckte zweifellos schon tief in ihrem Becken, und das Baby bereitete sich auf die Geburt vor. Wenn es ein perfektes Bild für eine Frau voller Leben und Fruchtbarkeit gab, dann war es Mhairi.

Mhairi hatte keine Ahnung, was Jenny dafür gegeben hätte, so zu sein. Sie würde die Krampfadern, die Beckenschmerzen, die Rückenschmerzen und die schmerzenden Brüste in Kauf nehmen. Sie würde alles dafür geben, ihr eigenes Baby in den Armen halten zu können.

Sie sollte nicht eifersüchtig sein. Sie sollte Ärztin sein und diese schwangere Frau beobachten, falls es zu Komplikationen kam. „Seid Ihr sicher, dass Ihr so weit laufen könnt?", fragte Jenny, während sie langsam nebeneinander hergingen.

„Ja." Mhairi lächelte. „Meine Knochen schmerzen, aber meinen Knöcheln und Venen geht es nach den Blutegeln besser. Und Bhatair hat gesagt, dass es gut ist, zu Fuß zu gehen, damit das Kind auf die Welt kommt."

Jenny lachte leise. Es gab Wahrheiten, die über alle Zeiten und Generationen hinweg galten. Auch im einundzwanzigsten Jahrhundert war es ratsam, zu laufen, damit das Baby sich fallen ließ und die Wehen einsetzten.

„Fühlt Ihr Euch sehr unwohl?", fragte Jenny.

„Ein kleines bisschen. Seit drei Tagen spüre ich dieses Ziehen in der Gebärmutter", sagte Mhairi und machte das Gesicht von jemandem, der versuchte, stärker zu wirken, als er war.

„Ihr habt Wehen gehabt?" Jenny schaute sie an. „Solltet Ihr dann wirklich in den Wald gehen?"

Mhairi lächelte. Ihre rosigen Wangen bekamen Grübchen, aber das Lächeln reichte nicht bis zu ihren grauen Augen. „Das Kind ist noch nicht in der richtigen Position. Ein Spaziergang könnte also helfen."

Das beunruhigte Jenny. Das Baby könnte sich zwar noch drehen, aber die Wahrscheinlichkeit, dass es den Kopf nach unten drehte, wurde immer geringer, je näher sie dem Geburtstermin kamen. Sie gingen an dem Haus eines Gerbers vorbei, das eines der letzten Häuser im Dorf war. Der süße und ekelhafte Geruch von altem Urin drang in ihre Nase.

Als sie die Felder betraten, blieb Mhairi stehen, schloss die

Augen, legte ihre Hand auf den unteren Rücken und atmete tief durch.

Jenny blieb stehen und wartete mit ihr. Als Mhairi die Augen öffnete und lächelte, sagte Jenny: „Schatz, vielleicht hast du schon Wehen. Wie schnell kommen deine Wehen, deine Krämpfe?"

Sie setzten ihren Weg fort. „Nein, nicht sehr schnell. Lasst uns weitergehen, ich will, dass sich das Kind dreht. Meine Mutter hatte das gleiche Problem. Und ich habe es Seoras gesagt, bevor er mich geheiratet hat. Egal, wie sehr ich ihn liebe, ich werde vielleicht nie eine gute Ehefrau sein. Ich könnte bei der Geburt sterben." Sie lachte nervös.

Jenny warf ihr einen scharfen Blick zu. Steißgeburten waren nicht genetisch bedingt. „Sagt so etwas nicht."

Das Gras des Feldes kitzelte ihre Knöchel, als sie weitergingen. Die Kinder schrien und kreischten, während sie durch das Haferfeld auf die dunkle Ansammlung von Bäumen am Rand zurannten.

„Es liegt nicht in unserer Hand, du hast recht", sagte Mhairi. „Es ist Gottes Wille, was mit uns passiert."

Jenny wusste, dass jetzt nicht der beste Zeitpunkt war, um jemanden über Medizin aufzuklären. Sie musste an sich selbst denken und an ihr eigenes Baby, das sie vielleicht nie bekommen würde, vor allem, wenn sie zu lange hierblieb. Und doch konnte sie eine Frau, die vielleicht in Lebensgefahr schwebte, nicht einfach im Stich lassen.

Sie pflückte einen Haferhalm. „Wie habt Ihr Seoras kennengelernt?"

Mhairi warf ihr einen seltsamen Blick zu und pflückte selbst einen Halm. „Wir haben uns erst kennengelernt, als wir vor einem Pfarrer standen."

Jenny hob die Brauen. Eine arrangierte Ehe. Ein Schauer lief ihr über den Rücken. Wie würde es sein, vor einem Mann zu stehen, den sie noch nie getroffen hatte, und sich für den Rest ihres Lebens an ihn binden zu müssen?

Das konnte sie sich nicht vorstellen. Sie hatte gedacht, Tom wäre die Liebe ihres Lebens. Sie hatte gedacht, ihre Ehe würde ewig halten. Und doch war sie hier, geschieden, betrogen und verlassen, wegen etwas, das sie Tom nie hatte geben können. Sie fragte sich, ob es genauso gewesen wäre, wenn sie Aulay geheiratet hätte.

Jenny fragte: „Und wie war es für dich? Hat er dir auf Anhieb gefallen, als du ihn gesehen hast?"

Mhairi lachte. „Nein. Unsere Ehe war ein Bündnis. Ich bin vom Clan Ruaidhrí, von der Isle of Skye. Ich musste einen MacDonald heiraten, um die Bande von Somerled, unserem großen nordischen Vorfahren, zwischen uns zu stärken. Colum ist der Älteste, aber meiner Mutter und meinem Vater wurde von ihm abgeraten ... Er habe den Clan verraten, wurde mir gesagt. Also habe ich Seoras, seinen jüngeren Bruder, geheiratet. Und um deine Frage zu beantworten ..." Mhairi rieb den Hafer nachdenklich durch ihre Finger. „Am Anfang habe ich nicht viel von ihm gehalten. Ich sagte Ja, als der Pfarrer fragte, ob ich ihn zum Mann nehmen wolle, aber erst zwei Nächte nach der Hochzeit wusste ich, dass ich ihn liebe."

Sich zwei Nächte nach der Hochzeit in jemanden zu verlieben ... Und was, wenn sich Mhairi nie verliebt hätte? Was wäre, wenn ihr Mann unfreundlich oder ausfallend gewesen wäre? Das war eine ganz andere Realität als die, die Jenny kannte – die Welt der Partnersuche, in der ein Wisch nach links oder rechts nur ein potenzielles Treffen bedeutete und in der es jedem freistand, mit jedem auszugehen, mit dem er wollte.

„Und seid ihr glücklich?", fragte Jenny.

„Ja." Mhairi strahlte, während sie weiter durch das Haferfeld stapften. „Ich hätte nicht gedacht, dass ich mich in meinen Mann verlieben würde. Ihr wisst schon. Ihr wart verheiratet. Liebe ist nie das Ziel. Sie ist auch nie der Grund. Sie ist etwas, das hoffentlich passiert. Die Ehe ist dazu da, die Clans zu stärken, die Bande zwischen den Familien. Aber wir haben uns verliebt. Und jetzt bekommen wir bald ein Kind ..."

Jenny schaute sie an. „Wie sieht denn Euer Leben aus?", fragte sie. „Ihr seid eine schwangere Frau, verheiratet mit dem Mann, den Ihr liebt, und lebt in einem Schloss … Gefällt Euch das?“

Mhairi kicherte und schaute weg, zu den Kindern, die in Richtung Wald rannten. „Aye, Jenny.“ Sie rieb sich den großen Bauch und lächelte fröhlich. „Seoras macht mich so glücklich. Wir sind dankbar, dass wir uns gefunden haben, und ich mag mein Leben auf Islay.“ Sie strich mit der Hand über ihren Bauch. „Ich kann es kaum erwarten, mein Kind zu bekommen und es in meinen Armen zu halten.“ Sie seufzte. „Auch, weil mein Körper schmerzt.“

Jenny schenkte ihr ein mitfühlendes Lächeln. „Ich weiß nicht, wie Ihr das macht. Ihr seid den ganzen Tag auf den Beinen und das mit so einem riesigen Bauch. Läuft Eure Schwangerschaft gut?“

„Ja. Ich kann mich nicht beklagen.“

Während des Spaziergangs stellte Jenny ihr weitere Fragen über ihre Schwangerschaft und das Baby und erfuhr nichts Beunruhigendes, außer dass sich das Kind in Steißlage befand. Trotzdem wollte sie Mhairi im Auge behalten, besonders kurz vor der Geburt. Sie unterhielten sich weiter und Jenny merkte, dass sie Mhairi immer mehr mochte. Sie erinnerte sie an ihre Freundinnen in New York. Sie hielten mehrmals an, als Mhairi Wehen bekam. Jeder Instinkt sagte Jenny, dass sie dafür sorgen sollte, dass Mhairi es nach Hause schaffte. Sie hatte mit Sicherheit vorzeitige Wehen.

Deshalb rannte sie nicht weg und bat Mhairi auch nicht um Hilfe, um zu entkommen. Ein Teil von ihr wollte nicht gehen. Der Gedanke, Aulay, die Kinder, Ailis und die kleine Una im Stich zu lassen, bereitete ihr Bauchschmerzen. Sie fühlte sich gebraucht. Sie hatte angefangen, es hier zu mögen.

Sie hatte noch Zeit, um zurückzukehren. Sie brauchte nicht heute gehen.

Im Wald war es nach der grellen Sonne still und dunkel. Überall war Moos – auf Baumstämmen, auf Steinen, auf dem Boden. Jenny atmete den reichen Duft von Grün und Erde ein. Die Kinder liefen in verschiedene Richtungen. Einige von ihnen versammelten sich um die Himbeersträucher und wurden zum ersten Mal ruhig, als sie die Beeren pflückten und in den Mund steckten. Die meisten Beeren landeten nicht in ihren Körben, aber Jenny pflückte alle Beeren, die sie finden konnte, für Una und Ailis. Das Vitamin C würde ihrem Immunsystem sehr guttun und helfen, die Grippe zu bekämpfen.

Auf dem Weg zurück zum Schloss sah sie Kinder im Alter von sieben Jahren, die mit ihren Eltern auf den Haferfeldern arbeiteten. Einige von ihnen sammelten hinuntergefallene Äste für Feuerholz und trugen sie in einem Korb auf dem Rücken. An den Rändern der Felder standen kleine Höfe. Hinter ihnen weideten Schafe an den Hängen der Hügel.

Als sie das Dorf passierten, musste Mhairi immer öfter und länger anhalten. Sie hielt sich an Jennys Armen fest, während sie gegen die Wehen anatmete.

„Ihr habt definitiv Wehen, Mhairi", sagte Jenny, als die nächste Wehe vorbei war. „Wir müssen sofort zu Euch nach Hause. Wenn Ihr mich lasst, bleibe ich bei Euch."

Mhairi schüttelte den Kopf. „Nein, danke. Bhatair wird bei mir sein."

Jenny schickte Artur los, um Bhatair so schnell wie möglich zu finden. Als sie an der Kirche vorbeikamen, verließen die Menschen die Messe. Viele von ihnen husteten, und Jenny sah Blut auf einem Taschentuch.

„Tuberkulose?", murmelte sie.

Der BCG-Impfstoff war erst zu Beginn des zwanzigsten Jahrhunderts erfunden worden. Tuberkulosebakterien wurden über die Luft verbreitet und konnten sich jahrelang in der Kirche ansammeln. Während Tuberkulose in den USA nicht mehr sehr verbreitet war, stellte sie in anderen Teilen der Welt immer noch ein großes Problem dar. Ohne eine lange und komplexe Behandlung war sie tödlich. Sie musste mit dem Priester sprechen und eine gründliche Reinigung vorschlagen, wie sie sie im Waisenhaus durchgeführt hatte.

Es gab so viel, was sie tun konnte, um zu helfen.

Jenny musste mit Aulay darüber sprechen. Sie half Mhairi in den Hauptturm, wo Bhatair bereits auf sie wartete. Er warf Jenny einen finsteren Blick zu, nahm Mhairi am Ellbogen und half ihr hinein.

„Kann ich helfen?“, fragte Jenny.

„Nein. Ihr werdet meiner Patientin nicht zu nahe kommen.“ Mit diesen Worten schloss er die Tür.

Jenny war besorgt. Wenn sich das Baby nicht drehte, drohten alle möglichen Komplikationen, die ohne moderne Medizin den Tod für das Baby und die Mutter bedeuten konnten.

Sie konnte jetzt nicht viel tun, um zu helfen, aber was sie tun konnte, war, mit Aulay zu sprechen. Sie suchte überall nach ihm, aber man sagte ihr, er sei unten im Dorf. Während sie auf seine Rückkehr wartete, ging sie ins Waisenhaus, um mehr von der Impetigo-Salbe herzustellen und aufzuräumen. Die Kinder unterhielten sich und spielten um sie herum, während sie arbeitete.

Als sie das Waisenhaus verließ, mussten bereits Stunden vergangen sein. Es war noch hell am Himmel, aber es war eindeutig Abend, und der Innenhof war erfüllt von den Gerüchen der gekochten Mahlzeiten. Sie würde Ailis und Una ein paar Himbeeren bringen und dann wieder nach Aulay suchen.

Aber sie brauchte nicht zu suchen. MacZeus stand etwa hundert Meter entfernt und brüllte den Kriegern, die mit ihren Schwertern in einer Reihe standen, Befehle zu. Er sah wütend aus.

Ihr wurde flau im Magen, als sie sich ihm näherte.

Sie nahm einige Himbeeren aus ihrem Korb. „Himbeere?“, fragte sie.

Er drehte sich zu ihr um, und seine stählernen Augen leuchteten.

KAPITEL 19

AULAYS FÄUSTE BALLTEN sich und entspannten sich wieder. Er wäre fast gestorben, als er in dem leeren Bett aufgewacht war. Dann wäre er wieder fast gestorben, nachdem er jeden Winkel des Schlosses durchsucht hatte, von der Wache erfahren hatte, dass Jennifer, Mhairi und die Waisenkinder Himbeeren sammeln gegangen waren. Er war noch nie so kurz davor gewesen, einem seiner Männer den Hintern zu versohlen. Die Engländer hatten von diesem Wald aus angegriffen.

„Ich habe doch gesagt, dass sie die Burg nicht verlassen darf", hatte er dem blassen Mann ins Gesicht gebrüllt.

Dann hatte er einen weiteren Mann zu Pferd losgeschickt, um sie zu finden und zurückzubringen, denn so gern er auch selbst ausgeritten wäre, er wurde beim Schwerttraining gebraucht. Der Angriff vom Wald hatte deutlich gemacht, dass auch die Arbeiter, die im Dorf lebten, besser ausgebildet werden mussten.

Er musste immer noch zum Hafen hinuntergehen und die Reparatur und Verstärkung anderer Birlinns beaufsichtigen, um sie auf die kommenden Schlachten vorzubereiten. Einige der Leute, die auf der anderen Seite der Insel lebten, hatten ein englisches Schiff nicht weit vor ihrer Küste gemeldet.

Aber noch bevor der Mann, den er geschickt hatte, zur Burg zurückgekehrt war, waren Jenny, Mhairi und die Kinder wieder eingetroffen. Doch kurz nachdem Jenny Mhairi zum Arzt gebracht hatte, war sie erneut verschwunden.

Er steckte sein Schwert zurück in die Scheide. Er war so verdammt wütend auf sie. Nach der vergangenen Nacht ... Er hatte gedacht, sie hätten etwas gemeinsam. Sieben Jahre lang hatte er keine Frau mehr an sich herangelassen. Er hatte Angst davor, sich zu verlieben und noch eine Frau zu verlieren, so wie er Leitis verloren hatte.

Aber bei Jennifer konnte er nicht widerstehen. Sie zog ihn an sich und ließ ihn Dinge fühlen, von denen er dachte, dass er sie nie wieder empfinden würde.

Aulay hatte gedacht, dass mit Leitis die große Liebe seines Lebens gestorben wäre. Dass es ihm bestimmt war, für den Rest seines Lebens allein zu sein.

Er war also nicht wütend auf Jenny, weil sie das Schloss gegen sein Wissen verlassen hatte.

Er hatte Angst, dass ihr etwas zustoßen könnte. Was, wenn die Engländer beschlossen, wieder auf Islay zu landen? Oder Banditen ohne sein Wissen auftauchten?

Was, wenn sie ihr etwas antun würden? Bei diesem Gedanken zerbrach etwas in ihm. Ob er wollte oder nicht, er empfand so viel mehr für Jenny, als er zugeben wollte.

Er betrachtete die Himbeeren in ihrer offenen Handfläche und warf einen vorsichtigen Blick in die Runde. Einige neugierige Blicke richteten sich auf sie. Die Wunde in seiner linken Schulter tat ihm schrecklich weh, als er sie am Oberarm packte, etwas grober, als er es beabsichtigt hatte, und sie hinter die Ställe wegzog, weit weg von neugierigen Blicken.

„Was ist los mit dir?“, rief Jenny und riss ihren Arm weg. Die Beeren landeten auf dem Boden, und sie beugte sich hinunter, um eine nach der anderen aufzulesen. „Du verdirbst die guten Himbeeren. Sie sind übrigens köstlich.“

„Die Himbeeren sind mir scheißegal. Du bist verschwunden."

Sie starrte ihn an. Haarsträhnen umrahmten ihr Gesicht. Ihre warmen braunen Augen funkelten finster. „Und du benimmst dich wie ein Höhlenmensch."

„Ich bin heute Morgen aufgewacht, und du warst weg", knirschte er mit zusammengebissenen Zähnen.

Ihre Wangen glühten. „Finde dich damit ab. Ich gehöre dir nicht."

Sie gehörte ihm nicht ... Aber wie sehr wünschte er sich, dass sie es täte.

Er machte einen Schritt auf sie zu. Sie war klein und jetzt in seiner unmittelbarer Nähe. Er konnte den Duft der Sonne und der Blumen auf ihrem Kopf riechen. Er wollte ihren femininen Geruch einatmen und ein Teil seines Körpers und seiner Seele werden.

„Vielleicht solltest du das", sagte er. „Ich habe gestern Abend meine Absichten deutlich gemacht. Und ich habe sie nicht auf die leichte Schulter genommen."

Sie klimperte mit den Wimpern, öffnete ihren Mund und schloss ihn wieder. Dann trat sie von ihm weg und winkte mit der Hand in Richtung des Dorfes. „Wie kannst du mir ständig hinterherlaufen, wenn du in deinem kleinen Königreich so viele Probleme hast, die dringend Aufmerksamkeit brauchen?"

Er runzelte die Stirn. „Probleme?"

„Das Waisenhaus war eine Katastrophe. Eine Brutstätte für Bakterien ... Miasma, meine ich."

„Ich habe bereits einen Mann beauftragt, der sich darum kümmert."

„Ja, aber was ist mit der Kirche? Der Abwassergrube?"

Er blinzelte. „Was stimmt mit der Kirche nicht?"

„Sie muss gereinigt und gelüftet werden. Viele der Menschen, die dort rauskommen, haben Tuberkulose."

Er blinzelte. „Tuberku... Was?"

„Ähm. Schwindsucht, so nannte man das früher, glaube ich."

„Aye. Es gibt Schwindsucht im Dorf."

„Das Trinkwasser liegt direkt neben der Abwassergrube. Das führt zu Krankheiten. Die Leute trinken praktisch ihre eigenen Exkremente."

Sein Gesicht wurde blass. „Die ist doch weit genug weg."

„Nein, ist sie nicht. Nicht mehr."

Er nickte. „Ich werde es mir ansehen. Und was ist mit Skorbut?"

„Die Menschen müssen rohes Obst und Gemüse essen. Selbst wenn sie nur auf rohen Blättern kauen, die essbar sind, wie Kohl ... stimmt, der hat gerade keine Saison ... aber auch Löwenzahnblätter. Ich kann deiner Köchin einen wunderbaren Salat zeigen ..."

Sie war sehr bestimmend. Das gefiel ihm. „Du sagst mir, ich benehme mich wie ein Höhlenmensch. Du benimmst dich wie die Herrin des Hauses."

Ihre Blicke trafen sich. Die Vorstellung, dass die kleine Füchsin die Herrin seines Hauses war, war seltsam süß und schön.

Er atmete tief aus, nahm ihre Hand in seine und wunderte sich über das Kribbeln, das ihn durchfuhr, als ihre Haut seine berührte. Sanft führte er ihre Handfläche an seine Lippen, dann öffnete er den Mund und legte die Himbeeren hinein. Er beobachtete, wie sich ihre Augen weiteten und ihre Pupillen vergrößerten, als er dabei über ihre Handfläche leckte und ihre Haut küsste. Der süße Geschmack der Himbeeren explodierte in seinem Mund, aber das war nichts im Vergleich zu dem Gefühl ihrer Haut auf seiner.

Als er ihre Hand losließ, sah sie enttäuscht aus. Er war es auch.

„Wie bist du in der Zeit gereist, Mädchen?", fragte er.

„Was? Du glaubst mir jetzt plötzlich?"

Er verschränkte die Arme vor der Brust. „Ich weiß es nicht. Aber wenn du in der Zeit gereist bist, würde das deine unverschämten Ideen erklären. Nichts anderes ist möglich."

„Ich sagte doch, ich war bei dem Stein mit dem Handabdruck und den seltsamen Symbolen, die in ihn geritzt waren. Dann kam eine Frau, Sìneag, die mir sagte, sie sei eine Fee. Sie erzählte mir, dass sie in der Zeit reist. Und dass du der Mann bist, der für mich bestimmt ist. Und dann legte ich meine Hand auf den Handabdruck

... und puff. Ich war weg. Ich fiel durch den Stein, als wäre er aus Luft."

Das hörte sich alles wie Unsinn an. Wie die wilde Fantasie eines Kindes. Und doch schien sie so überzeugt, so sicher. Und er wusste genau, von welchem Felsen sie sprach. Auf dem Hügel bei Dunyvaig, dem alten piktischen Fort, gab es genau so einen Stein. Die Leute mieden ihn, als ob er besessen wäre. Es hieß, dass dort Feen lebten, und wenn ihnen ein Mensch nicht gefiel, nahmen sie ihn mit in ihr Feenreich, um ihn als Sklaven zu halten.

Sollte er ihr von diesem Felsen erzählen? Allmächtiger Gott, was, wenn ihr Weg zurück nach Hause genau dort war und sie es nicht wusste? Dann würde sie auf der Stelle gehen. Er war zwar ein egoistischer, sündiger Mann, aber er konnte sich noch nicht von ihr trennen.

Bei Gott, noch nicht.

„Liebst du deinen Mann?" Seine Stimme klang brüchig.

„Ex-Ehemann", sagte sie. „Er ist nicht mehr mein Mann. Und nein, ich liebe ihn nicht."

„Bist du sicher, dass du nicht deshalb zurückkehren willst?", fragte er.

„Ich habe ihn geliebt, aber er hat mir das Herz gebrochen. Immer wieder hat er andere Frauen über mich gestellt."

Aulays Herz schlug schneller. Wenn sie nur zurückkehren wollte, um ein Kind zu bekommen, könnte er sie schwängern ... Er könnte ihr das geben. Er wusste nichts über weibliche Eizellen und so was, aber er wusste, dass die traditionelle Art, Babys zu machen, sehr gut funktionierte. Würde das reichen, um sie zum Bleiben zu bewegen?

„Nur ein Narr würde so etwas tun. Ich habe in meinem ganzen Leben noch nie jemanden wie dich getroffen. Ich habe meine Frau geliebt. Ich war glücklich mit ihr. Ich habe viel erreicht, habe die Welt durch meine Arbeit und durch den Krieg kennengelernt. Und doch habe ich in all meinen Jahren noch nie jemanden getroffen, der so wertvoll und schön ist wie du. Wenn ich dich hätte, Jenny, würde ich dich nie wieder gehen lassen."

Sie sagte nichts, sondern starrte ihn einfach nur mit funkelnden Augen an.

„Vielleicht hatte die Fee recht, Jenny, und wir beide sind füreinander bestimmt. Vielleicht war es richtig, dass sie dich durch die Zeit hierhergeschickt hat. Vielleicht musst du nicht in deine Zeit zurückkehren. Ich kann dich schwängern. Lass mich dir ein Kind schenken. Ich will auch eins."

„Aulay, so funktioniert das nicht ...", sagte sie schließlich.

Aber er erlaubte ihr nicht, diese Zurückweisung auszusprechen.

Er drückte sie mit dem Rücken gegen die Stallwand, legte seine Hände auf beide Seiten ihres Gesichts und drückte seinen Mund auf den ihren. Sie schmeckte und roch nach Himbeeren, und er wollte sie am liebsten ganz einatmen. Ihr Mund war so zart, als würde er in eine Wolke fallen. Sie war so seidig, glatt, warm und weich. Er liebte ihre Kurven, das weibliche Fleisch, das er küssen, beißen, greifen und halten wollte. Sein Blut kochte, denn das Bedürfnis, sie zu erobern, sie zu besitzen, brachte sein Herz zum Rasen, und die Lust pulsierte in seiner Leistengegend.

„Herrin ...", ertönte eine schüchterne Stimme hinter ihm.

Aulay stöhnte an ihrem Mund. Vielleicht war der Platz hinter den Ställen kein so guter Ort, um eine Frau zu küssen. Unwillkürlich löste er seine Lippen von ihren und schaute über seine Schulter.

Es war Artur. Er sah schon viel besser aus – seine Wunden waren kleiner, und er war eindeutig auf dem Weg der Besserung. Sein Mund war mit Himbeersaft verschmiert.

„Es geht um Mhairi. Es steht nicht gut um sie. Bhatair wird Euch nicht dabei haben wollen, aber Ihr habt uns so sehr geholfen. Vielleicht könnt Ihr ihr helfen. Bitte kommt."

KAPITEL 20

SEORAS SCHRITT auf dem fensterlosen Treppenabsatz vor dem Schlafgemach, das er mit Mhairi im Hauptturm teilte, auf und ab. Das Licht der Fackeln reflektierte die rauen Steinwände und beleuchtete kaum die Treppen, die nach oben und unten führten. Aulays Brust verkrampfte sich, als er sich daran erinnerte, wie er das bei jeder einzelnen von Leitis Wehen getan hatte.

Wie beim letzten Mal ertönten hinter der Tür die schmerzhaften Schreie und das Stöhnen einer Frau. Seoras sah älter aus. Nicht wie ein Bursche von achtundzwanzig Jahren. Als Jenny in das Schlafgemach eilte, drückte Aulay die Schulter seines Neffen und richtete Worte an ihn, an die er zwar nicht unbedingt glaubte, die Seoras aber brauchte. „Hab Vertrauen, Junge", sagte er.

„Onkel ... Aber was ist, wenn ..."

Was, wenn es ihr wie Leitis erging und sie kein lebendiges, gesundes Kind zur Welt bringen konnte? Was, wenn sie heute Nacht sterben würde, genau wie Leitis? Was, wenn es Seoras wie Aulay ergehen würde.

Er wäre nach diesem Tag Witwer. Ein Mann, dessen Herz für immer gebrochen sein würde.

„Ich weiß", sagte Aulay. „Aber hab Vertrauen."

Seoras nickte. Aulay öffnete den Mund, um zu sagen, dass er bei ihm bleiben und ihm Gesellschaft leisten würde, aber Bhatairs wütende Schreie ertönten durch die Tür.

„... geht! Wagt es nicht, mit Eurem seltsamen Geschwätz zu mir zu kommen."

„Sie wird sterben, wenn wir nicht handeln!", erklang Jennys wütende Stimme.

Aulay wollte das nicht tun. Er wollte Seoras nicht mit seinen Ängsten allein lassen, und er wollte nicht ein weiteres Augenpaar sein, das Zeuge von Mhairis Wehen wurde und sie noch unruhiger machte, als sie es ohnehin schon war.

Aber Bhatair und Jenny brauchten jemanden, der eingriff.

Er öffnete die Tür. „Was ist hier los?", blaffte er.

Bhatair hockte neben dem Bett, wo Mhairi auf allen vieren kniete und vor Schmerzen stöhnte. Jenny stand neben dem Bett, und Bhatair versperrte ihr mit seinem Arm den Weg. Sein Gesicht war voller Empörung, seine Augenbrauen zusammengezogen und sein Mund ein angewiderter Schlund.

„Aulay, er will nicht, dass ich sie untersuche", sagte Jenny.

„Sie ist eine Betrügerin", brüllte Bhatair. „Ich habe ihr gesagt, dass sie sich fernhalten soll. Kein Patient von mir wird ..."

„Bhatair, du musst Jenny helfen lassen. Sie ist fähig, das versichere ich dir."

„Das werde ich selbst beurteilen."

Mhairi stöhnte gequält auf. „Bei allem Respekt, Bhatair, ich sollte das selbst beurteilen. Ich presse schon seit Stunden. Es tut sich nichts. Vielleicht weiß die Heilerin mehr ... Ich vertraue Jenny."

„Aber Mhairi", widersprach Bhatair.

„Ihr konntet nicht helfen", beharrte Mhairi. „Ich hätte sie von vornherein bitten sollen, bei mir zu bleiben."

Jenny tauschte einen dankbaren Blick mit Aulay und setzte sich auf das Bett. Bhatair versperrte ihr nicht mehr den Weg, sondern stand nur noch da und öffnete und schloss hilflos seinen Mund, das Gesicht zu einer besorgten Grimasse verzogen.

Seoras kam herein, woraufhin Aulay das Zimmer betrat und die Tür hinter sich schloss. Seoras war blass, und es schien, als könnte er nicht atmen. Beide Männer standen mit verschränkten Armen an der Tür. Aulay wollte nicht hier sein, aber er musste eingreifen, wenn Bhatair und Jenny wieder Streit bekamen, was, so wie Bhatair aussah, jeden Moment passieren konnte.

Jenny bat Mhairi, sich auf den Rücken zu legen und untersuchte sie.

„Sie ist voll geweitet", sagte sie. „Aber das Baby ist noch in Steißlage."

„Ja, das weiß ich schon", sagte Bhatair. „Mhairi, Ihr könnt nur gebären, wenn Ihr presst."

„Ich kann nicht", sagte Mhairi schwach.

Seoras wandte sich an Aulay und fragte: „Onkel. Sag mir, wie konntest du weiterleben?"

Wie, in der Tat? Aulay war ratlos. Normalerweise wusste er immer, was er zu tun und zu sagen hatte. Dies war seine Achillesferse. „Du existierst einfach weiter, Junge. Aber das Leben ist mit ihr zu Ende."

Und mit Jenny hatte es vielleicht wieder angefangen.

Mhairi, die sonst so lieb, freundlich und gesprächig war, war blass und schwach. Auf dem Bett um sie herum waren Blutflecken zu sehen. Ihr blondes Haar klebte wie nasses Seegras an ihrem Gesicht. Seoras und sie waren seit einem Jahr verheiratet, und dieses Kind würde das erste Kind der nächsten Generation sein. Wenn es ein Junge war, könnte er einer der nächsten Lords des MacDonald-Clans werden.

Seoras war Aulays Neffe, aber da er selbst keine Kinder hatte, waren sie seine nächststehenden Angehörigen, die eigenen Enkelkindern gleichkamen.

„Schatz, seid Ihr sicher, dass Ihr nicht pressen könnt?", fragte Jenny.

„Ahhhh!", ertönte ein schrecklicher Schrei von Mhairi. „Mhairi stieß einen schrecklichen Schrei aus.

Bhatair marschierte zu Aulay, stellte sich neben ihn und schüttelte den Kopf. Er flüsterte: „Sie wird es nicht schaffen, Herr. Das Kind könnte bereits tot sein. Bereitet Euren Neffen vor."

Jenny stand auf und ging zu Bhatair. Sie senkte die Stimme, als sie mit ihm sprach, und hatte diesen Blick, den er bereits kannte, wenn sie konzentriert und effizient war und Menschen half. „Okay", sagte sie. „Ich habe da eine Idee. Sie ist riskant. Aber ich glaube, ich kann helfen. Ich könnte einen Kaiserschnitt machen. Er ist zwar extrem gefährlich, und ich habe ihn erst zweimal gemacht, aber ich habe ihn schon viele Male bei Gynäkologen beobachtet. Es ist die einzige Chance für sie und das Baby."

„Ein Kaiserschnitt?", fragte Bhatair.

„Kaiserschnitt. Habt Ihr schon mal davon gehört?"

Seine Augen weiteten sich. „Ich habe davon gehört, wenn das Kind leben muss, die Mutter aber nicht. Das wird sie umbringen."

Schock schoss durch Aulay wie kaltes Gift direkt in sein Blut. „Jenny, das kann doch nicht dein Ernst sein ..."

„Vielleicht kann ich sie retten ... Ich hoffe es", sagte Jenny. „Aber, Bhatair, Ihr müsst alles tun, was ich sage. Wir müssen alles sauber machen. Steril. Viel Licht, Alkohol, und alle Instrumente müssen vorher mit Alkohol behandelt werden. Und zwar schnell. Ich kann Euch nicht versprechen, dass sie das überleben wird. Ohne Betäubung wird es extrem schmerzhaft für sie sein. Aber es ist ihre einzige Chance. Könnt Ihr mir helfen? Könnt Ihr jede meiner Anweisungen befolgen? Um ihretwillen und um des Babys willen?"

Bhatair schüttelte den Kopf. „Das ist Wahnsinn."

„Ist das ein Nein?", fragte sie. „Sagt es mir jetzt. Wir haben keine Zeit mehr."

„Aye. Ich werde helfen. Aber nur, wenn sie und Seoras wissen, was das bedeutet."

„Gut. Ich werde mit ihnen reden. Bitte bringt so viel *Uisge* mit, wie Ihr finden könnt, und Eure chirurgischen Instrumente. Aulay, säubere den Tisch und stelle ihn neben das Fenster. Wisch ihn mit *Uisge* ab. Hast du welchen dabei?"

Aulay nickte und war wie betäubt. Wollte sie wirklich die Frau aufschneiden, um das Kind zu holen, und erwartete dann, dass Mhairi überleben würde? Würde er ihr genug vertrauen, um sie das tun zu lassen?

Als Jenny zu Seoras und Mhairi ging und leise mit ihnen zu reden begann, ging Aulay zum Tisch. Er wusste nicht, was er tat, denn er war immer noch schockiert, dass er Jenny, die er noch vor ein paar Tagen für eine Betrügerin gehalten hatte, so etwas erlauben würde.

Er räumte die Sachen vom Tisch. Seine Schulter schmerzte stark, als er den Tisch näher an das Fenster schob, durch das zum Glück noch immer das Sonnenlicht fiel. Dann nahm er seine Hornflasche mit *Uisge* und ein sauberes Tuch, das in Bhatairs Korb lag, und goss großzügig *Uisge* über den Tisch, dann wischte er ihn mit dem Tuch ab, bis er trocken war. Der Raum füllte sich mit dem scharfen Geruch von Alkohol. Warum er das tun musste, wusste er nicht.

„Ich habe Euch nicht die Erlaubnis gegeben, meine Frau zu töten", rief Seoras aus.

„Ich sage ja nur, dass es riskant ist", sagte Jenny. „Aber deshalb tun wir es ja auch. Wenn wir nichts tun, wird sie wahrscheinlich sterben, und Euer Kind auch. Wenn Ihr mir erlaubt, die Operation durchzuführen, haben sie und das Baby eine Chance zu leben."

„Ich gebe Euch meine Erlaubnis", sagte Mhairi. „Tut alles, um mein Kind zu retten. Selbst wenn ich sterben muss, tut es."

„Nein!", schrie Seoras.

Es war, als würde ein Messer in Aulays Seele schneiden. Diese Unterhaltung war für Aulay nie eine Option gewesen.

„Ja", sagte Mhairi, während sie Jennys Hand drückte. „Tut es."

Bhatair stürmte mit einem weiteren Korb in den Raum.

Jenny nickte ihm zu. „Bitte wischt alle Instrumente schnell mit *Uisge* ab und legt sie hierhin." Sie zeigte auf einen anderen kleinen Tisch. „Aulay, stell diesen kleinen Tisch bitte hierher." Sie zeigte neben den großen Tisch.

Während er tat, was sie verlangte, fand Jenny sauberes Bettzeug und legte es auf den großen, sauberen Tisch.

„Und jetzt, Seoras, nehmt bitte Mhairi und legt sie hierher." Während Seoras Mhairi auf den Tisch brachte, schaute Jenny zu Bhatair, der die Messer mit einem Tuch abwischte. „Bhatair, habt Ihr zufälligerweise Opium?"

„Noch nie davon gehört", sagte Bhatair.

„Das ist aber schade", murmelte Jenny und kratzte sich am Kopf. „Es ist das einzige Betäubungsmittel, das dem Baby nicht schaden würde."

„Betäubungsmittel?", fragte Bhatair.

„Um sie bewusstlos zu machen. Gegen die Schmerzen. Sie wird so große Schmerzen haben."

Bhatair nickte auf das Fass, das er mitgebracht hatte. „*Uisge*."

„Ja, das ist vielleicht unsere einzige Möglichkeit. Alkohol sollte natürlich vermieden werden, ich will nicht, dass das Baby betrunken zur Welt kommt, aber es sollte seine Entwicklung nicht zu sehr beeinträchtigen. Und ich nehme an, Kräuter könnten Nebenwirkungen auf das Baby haben."

Sie nickte. „Okay. Ich schätze, das ist unsere einzige Möglichkeit. Mhairi, Schätzchen, Ihr müsst ganz viel *Uisge* trinken."

Während Seoras der erschöpften Mhairi das Fass reichte und sie fleißig die Menge trank, die zwei erwachsene Männer vertragen konnten, goss Jenny noch mehr *Uisge* direkt auf den runden Bauch der Frau. Dann kippte sie es über ihre eigenen Hände und über die von Bhatair. Er murmelte etwas Verärgertes, ließ sie aber gewähren.

„Skalpell, Bhatair", sagte sie, während sie die Hand ausstreckte.

„Was?"

„Das Messer, bitte. Das schärfste, das Ihr habt."

Er reichte es ihr.

„Bereitet jetzt bitte die Nadel und den Faden auf die gleiche Weise vor. Viel *Uisge*. Weicht sie darin ein, wenn es sein muss."

Er nickte und begann, die Hakennadeln und den Faden zu reinigen, dann steckte er den Faden in eine der Nadeln. Während er das tat, wurden Mhairis Schreie immer schwächer, und schließlich schlief sie ein.

Jenny atmete aus und sah alle im Raum an. „Haltet euch alle bereit", sagte sie. „Sie wird wahrscheinlich vor lauter Schmerzen aufwachen, also Aulay und Seoras, ihr müsst beide stark sein und sie festhalten. Ihr Leben wird davon abhängen, dass ihr sie festhaltet. Wenn ihr das nicht tut, könnte ich das Baby versehentlich verletzen ... Seid ihr bereit?"

„Aye", sagte Seoras.

Aulay nickte.

„Ich mache den Schnitt." Sie nickte und führte das Messer an den Bauch und schnitt ihn auf. Aulay konnte nicht zusehen. Es war ein Gemetzel, und es floss so viel Blut, wie er es nur auf Schlachtfeldern gesehen hatte. Mhairi öffnete die Augen und stieß einen so gequälten Schrei aus, dass es Aulay das Herz zerriss. Seoras und er drückten sie auf den Tisch. Sie hatten beide gesehen, wie Männer auf dem Schlachtfeld und danach schrien, als ihre Wunden verätzt, Gliedmaßen amputiert und Pfeile aus ihren Körpern gezogen worden waren.

Aber es war etwas anderes, wenn eine Frau so weinte, die Frau, die man liebte.

Er hielt sie fest, um ihr eigenes Leben zu retten.

Dann ertönte ein weiterer Schrei.

Der eines Neugeborenen.

Aulay und Seoras hoben die Köpfe. Jenny brachte Bhatair ein Baby. Es war blutig, zappelte und weinte wie verrückt.

Bhatair nahm das Kind und sah Seoras an. „Ihr müsst Euren Sohn nehmen, ich muss mich um Eure Frau kümmern."

Als Seoras sie verließ und das Baby in ein sauberes Tuch wickelte, tränten Aulay die Augen. „Haltet durch, Mädchen", flüsterte er Mhairi zu, die immer fahler aussah, aber aufgehört hatte zu schreien und ihren Sohn unter Tränen beobachtete. „Haltet noch ein kleines bisschen durch."

Das Kind war immer noch durch die Nabelschnur mit seiner

Mutter verbunden. Bhatair band sie an zwei Stellen mit Schnüren fest, und Jenny schnitt sie mit einer Schere durch. Dann arbeiteten sie weiter und benutzten Leinen und andere Dinge – für Aulay war alles verschwommen. Er drückte Mhairi immer wieder an sich und sagte beruhigende Dinge. Sie wimmerte und stöhnte weiter, aber sie klang immer schwächer und schwächer.

Nach einer Weile kam die Nachgeburt zur Welt, und Jenny und Bhatair wurden unruhig.

„Hämorrhagie!", murmelte Jenny. „Bhatair! Klammer!"

Mhairi fing erneut an zu wimmern und zu schreien.

Jenny gab weiterhin Befehle wie ein kleiner General.

„Mehr Leinen. Wir müssen die Blutung kontrollieren. Okay, das ist gut. Das sollte halten. Fühlt ihren Puls."

„Ihren was?", fragte Bhatair.

„Ob ihr Puls an ihrem Handgelenk schlägt."

„Warum ist das überhaupt ..."

„Tut es einfach."

Während er es tat, arbeitete Jenny mit der Nadel an der blutigen Öffnung im Körper der Frau. Aulay murmelte Mhairi immer wieder zu, dass es ihr gut gehen werde, und drückte ihre Schultern nach unten. Während der Kleine schrie und sein Vater Freudentränen seinetwegen vergoss, beobachtete Aulay fasziniert Jennys präzise, schnelle Bewegungen.

Bald war die Lücke geschlossen, und sie verband die Wunde. „Schatz, Ihr dürft Euch nicht bewegen ..." Aber Mhairi war wieder eingeschlafen.

Sie wischte sich mit der Hand über die Stirn und sah Bhatair an, der fasziniert die versorgte Wunde und die Patientin betrachtete. Er lauschte auf ihr Herz und nickte verwirrt. „Sie lebt noch."

Jenny bat ihn, Wasser über ihre Hände zu gießen, und während Bhatair ihre Bitte erfüllte, forderte sie Aulay auf, ein sauberes Laken über Mhairis Bett zu legen und sie zurück ins Bett zu tragen. Während Aulay das tat, reinigte sie ihre Hände noch einmal mit *Uisge* und ging zu Seoras.

„Darf ich das Baby sehen?“, fragte sie. „Ich möchte mich vergewissern, dass es ihm gut geht.“

Seoras nickte mit Tränen in den Augen. Aulay legte Mhairi in ihr Bett, deckte sie mit einer sauberen Decke zu und ging zu Jenny. Als sie das Neugeborene nahm, das jetzt ruhig war und sie mit interessierten dunkelblauen Augen beobachtete, schlug Aulay das Herz bis zum Hals. Sie gurrte und sprach mit dem Kind, während sie es sorgfältig betrachtete und die Finger und Zehen zählte.

Sie schaute sie mit leuchtenden Augen an. „Er ist perfekt. Glückwunsch, Seoras, du hast einen wunderschönen, gesunden Sohn. Und deine Frau lebt.“

Seoras nickte, als er das Baby aus ihren Armen nahm, mit Tränen in den Augen. „Wird es Mhairi gut gehen?“

Sie tauschte einen Blick mit Bhatair aus, der Mhairi immer noch anstarrte, als wäre sie die nächste Himmelfahrt Christi. „Wir werden sehen. Es ist wichtig, ein Auge auf ihre Wunde zu werfen. Sie hatte eine schwierige Operation. Wenn Ihr eine Amme zur Hand habt, wäre es am besten, wenn sie das Baby füttert. Ich werde regelmäßig nach Mhairi sehen.“

Aulays Herz tat etwas Seltsames ... es wurde warm und leicht, als er diese wunderbare Frau beobachtete. Aber es tat auch weh, als würde eine Nadel immer wieder in sein Herz stechen und sich tiefer und tiefer eingraben.

„Kann ich Euch kurz sprechen, Jenny?“, fragte Aulay, als er ihre Hand in seine nahm.

Jenny lächelte ihn an und nickte. „Nur ganz kurz. Ich muss noch aufräumen und mich vergewissern, dass es Mhairi gut geht.“

Er führte sie aus dem Zimmer auf den Treppenabsatz und schloss dann die Tür. In dem schummrigen Licht wirkte sie wie ein geheimnisvolles Wesen aus einer anderen Welt.

„Ich ... ich wollte mich nur bei Euch bedanken.“ Er spürte, wie ihm die Tränen in die Augen stiegen. „Ich leide Höllenqualen ... und Ihr ... Wärt Ihr vor sieben Jahren hier gewesen, hättet Ihr meine Frau und mein Kind retten können.“

Ihre Augen füllten sich mit Tränen, und sie drückte seine Hand. „Es tut mir so leid, Aulay. Es tut mir leid, dass ich Leitis und dein Baby nicht retten konnte."

Er nickte und zog sie in seine Arme. Ein göttlicher Segen floss durch seine Adern. Aber warum Gott sie erst so spät zu ihm geschickt hatte, verstand er nicht.

KAPITEL 21

Aulay öffnete vor Jenny die Tür zu seinem Schlafgemach und ließ sie eintreten. Der Duft von Rosen und Mädesüß strömte ihr in die Nase. In der Mitte seines Zimmers stand eine Badewanne, in der die Flammen der umstehenden Talglichter auf dem Wasser tanzten. Dampf stieg davon auf, und Jennys müde Muskeln brannten darauf, hineinzusteigen.

„Ein Bad ...", murmelte Jenny verträumt und drehte sich zu ihm um. Ihre Lippen verzogen sich zu einem breiten Grinsen, und er erwiderte es, wobei sich Fältchen um seine Augen bildeten.

„Für dich, Weib", sagte er.

Sie keuchte und ging trotz ihrer erschöpften Muskeln zu dem großen Fass, stieg die Treppe hinauf und tauchte ihre Hand in das Wasser. Es duftete nach Blumen und Kräutern. Die heiße Flüssigkeit brannte angenehm an ihren Fingern.

„Oh, es ist, als ob du meine Gedanken lesen könntest, Aulay ..."

Etwas in ihrer Brust wurde leichter und kribbelte. Er war ein freundlicher Mann. Herrisch, ja, aber jetzt verstand sie, warum sein gesamter Clan ihn verehrte. Er war für sie über sich hinausgewachsen.

„Ich dachte mir, dass du nach so einem Tag wie heute vielleicht eins möchtest“, sagte er, als er näher kam. „Du musst nach der Geburt und dem Putzen ganz schön erschöpft sein.“

„Das ist sehr rücksichtsvoll von dir. Ich bin schmutzig, und ich bin sicher, dass meine Hände noch einmal gründlich geschrubbt werden müssen, um das Blut vollständig abzubekommen. Aber die Hauptsache ist, dass es Mhairi und dem Baby gut geht.“

Mhairi war mit einem gewaltigen Kater aufgewacht. Aber jetzt, wo sie nicht mehr schwanger war, konnte sie eine Weidenrindentinktur einnehmen, die ihre Schmerzen etwas linderte. Natürlich hatte sie immer noch starke Schmerzen und stand unter Schock, da sie eine große Operation überstanden hatte, aber Aulay hatte eine der Frauen aus dem Dorf gebeten, als Krankenschwester und Helferin für sie einzuspringen, und mit der Zeit würde die arme Frau wieder gesund werden.

„Ich bin immer noch geschockt, dass wir es geschafft haben“, sagte Jenny.

Sie wollte es nicht laut aussprechen, aber sie war keine Chirurgin. Und obwohl ihre Technik unter den gegebenen Umständen das Beste war, was sie tun konnten, hatte sie große Angst gehabt. Sie hatte keine Ahnung gehabt, wie sie ihrem Körper hatte befehlen können, sich zu bewegen und zu schneiden und das Richtige zu tun, während eine Stimme in ihrem Kopf sie die ganze Zeit angeschrien hatte.

„Warum gehst du nicht rein, Mädchen?“, sagte Aulay sanft.

Dieser Mann ... Sie bewunderte seine schönen, gemeißelten Gesichtszüge. Den markanten Kiefer unter seinem kurzen Bart und die dunklen Augen, die Löcher in ihre Haut brannten.

„Ähm ...“ Sie räusperte sich. „Dreh dich weg.“

„Nein.“

Sie hob die Brauen. „Dreh dich weg, Aulay.“

„Nein, Mädchen. Ich werde dich beobachten, weil ich dich in deiner ganzen Pracht sehen will. Du wirst heute Nacht mir gehören, und es wird keine Geheimnisse mehr geben, keine unausgesprochenen Gedanken und kein Verstecken. Jeden Zentimeter. Jede Falte. Jede Kurve.“

Ihre Wangen glühten vor Hitze. Seine Worte entfachten ihr Verlangen. Ihre Muskeln spannten sich an, und sie merkte, dass sie nicht wusste, was sie sagen sollte. Dass sie sich eigentlich genau so ausziehen wollte, wie er es gesagt hatte.

Ohne ein weiteres Wort löste sie die Schnüre ihres Kleides und ließ es auf die Stufen des Bades fallen. Sie schob die Schuhe von ihren Füßen. Seine Brust hob und senkte sich immer schneller, während er sie langsam in ihrem Unterhemd betrachtete. Sie nahm die Ränder des Chemise-Rocks und zog ihn hoch und über den Kopf, dann stand sie nackt vor ihm, bis auf die Wollstrümpfe, die unter dem Knie festgebunden waren.

Da stand sie nun vor ihm, mit all ihren Kurven, den schlaffen Brüsten und den Speckröllchen an ihrem Hintern und an ihrer Taille. Aber auf seinem Gesicht war keine Spur von Ekel zu sehen. Als sein Blick langsam an ihrem Körper auf und ab wanderte, war da ein Gefühl der Ehrfurcht. Es fühlte sich an, als würde er sie ganz leicht mit einer Feder berühren.

„Allein dein Anblick macht mich so geil wie ein junger Stier, Mädchen“, sagte er.

Seine Stimme war ein glühendes, rauchiges Krächzen, das ihre Knie weich werden ließ.

Er ließ sich vor ihr auf die Knie fallen und löste sanft die Strumpfbänder, die die Strümpfe an ihrem Platz hielten. Dann zog er ihr die Strümpfe langsam, einen nach dem anderen, die Beine hinunter. Seine Liebkosungen waren wie ein Kuss, der ihre Beine hinauf und direkt in ihre Leistengegend drang. Brennend und schmerzend sah sie ihm zu, wie er langsam ihr Bein küsste, immer höher und höher, bis er den Scheitelpunkt ihrer Oberschenkel erreichte.

An diesem Punkt verbrannte sie förmlich. Tom hatte das noch nie getan. Niemand hatte das je getan. Niemand hatte sie dieses

Verlangen, diese Freiheit, dieses alles verzehrende Bedürfnis nach einem einzigen Mann spüren lassen.

Aulay.

Er spreizte ihre Falten und bedeckte ihre Scheide mit seinem Mund. Als er sie berührte, schoss die Lust wie ein Blitz durch sie hindurch: scharf und kraftvoll. Er begann langsam, ihre Falten zu erforschen, rückte näher an sie heran und legte eines ihrer Beine über seine Schulter. Sie hielt sich mit den Händen am Badewannenrand fest und war wie erstarrt, als die intensive Glückseligkeit in ihr brodelte und wuchs.

„Gefällt dir das?", murmelte er und küsste sie dort.

„Ja", flüsterte sie.

„Und das?" Er tauchte seine Zunge ein und umkreiste ihre Klitoris. Sie zuckte zusammen, als die Lust sie übermannte.

„Gott, ja ..."

Er bearbeitete sie weiter, fragte von Zeit zu Zeit, was ihr gefiel und tat genau das. Jede Streicheleinheit, jede Berührung, jede Liebkosung wurde noch heißer, und als er einen Finger in sie einführte, keuchte sie auf. Als er in sie eindrang, stockte ihr der Atem. Dieses Eindringen fühlte sich süß und wunderbar an. Er dehnte sie mit seinen Fingern, bewegte sich in sie hinein und wieder heraus und rundherum. Seit Tom hatte sie keinen Sex mehr mit einem Mann gehabt – seit drei Jahren nicht mehr. Und es war noch nie so gut gewesen, nicht einmal in den glücklichsten Momenten ihrer Ehe. Ihr Kopf drehte sich. Sie wusste gar nicht mehr, wo sie war. Sie wusste nur noch, dass er hier war, bei ihr, und dass sie ihm gehörte. Ganz und gar ihm. Sie wollte, dass er in sie eindrang ... dass er sie eroberte.

Ein Orgasmus schoss durch ihren Körper, die Wellen waren intensiv und süß. Sie fühlte sich, als würde sie fliegen, aber er hielt sie, und sie krallte sich an ihm fest.

Als sie sich gegen ihn sinken ließ, stand er auf und nahm sie in die Arme. „Mein süßes Mädchen", sagte er. „Du schmeckst besser als Honig."

Sie biss sich auf die Lippe und verbarg ihr Gesicht an seiner Schulter. „Komm jetzt“, sagte er. „Geh ins Bad.“

„Aber was ist mit dir?“

„Wir haben alle Zeit der Welt. Du musst erst dein Bad genießen.“

Sie nickte, und er half ihr beim Einsteigen. Als sie sich langsam in das heiße Wasser fallen ließ, kribbelte es angenehm auf ihrer Haut.

„Es riecht so gut“, sagte sie, während sie sich mit dem Rücken an die Wand lehnte. „Was ist das?“

„Seife mit Rosen-, Rosmarin-, Mädesüß- und Lavendelöl.“ Er reichte ihr ein Stück weiße Seife mit eingebetteten Blüten und Blättern. „Ich habe sie vor ein paar Jahren im Königreich Galizien eingetauscht. Sie wird allerdings in Neapel hergestellt, glaube ich.“

„Hm ...“, murmelte sie, als sie den Duft einatmete. Sie schäumte die Seife auf und reichte sie ihm zurück. Zuerst wusch sie sich gründlich die Hände, wobei sich der Schaum durch die Blutreste an ihren Fingern braun färbte. Zu ihrer Überraschung nahm Aulay eine Schale und goss heißes Wasser über ihr Haar. Dann schäumte er seine Hände ein und begann, ihr Haar zu waschen. Sie schmolz dahin, als seine geschickten Finger die Kopfhaut massierten, ihr Haar anhoben und die Seifenlauge durch das Haar strichen.

„Oh, Aulay ... das ist fast so gut wie Sex ...“

Er lachte und küsste ihre Schulter. „Du verdienst es, jeden Tag so behandelt zu werden, Mädchen.“

Etwas versetzte ihr einen Stich in die Brust. Das hatte ihr noch nie jemand gesagt. Vielleicht hat Sìneag recht. Aulay könnte der Mann sein, der für sie bestimmt war. Ein Mann, der in einer anderen Zeit geboren wurde.

~

Jenny wachte mitten in der Nacht an Aulays heißem, harten Rücken gepresst auf. Sein fester Hintern drückte gegen ihren

Schritt. Sie war nach dem Bad eingeschlafen, weil sie von dem ereignisreichen Tag erschöpft war.

Aulays Rücken war wie ein warmer Fels, und seine Haut fühlte sich unter ihren Handflächen glatt und seidig an, abgesehen von der Wunde, die sie vor ein paar Tagen genäht hatte. Er schlief, seine Rippen hoben und senkten sich gleichmäßig beim Atmen. Jenny fühlte sich sauber, ruhig und umsorgt. Sie atmete tief ein und sog seinen männlichen Duft ein. Der Raum war ruhig und dunkel, der Nachthimmel durch das Fenster zu sehen. Die Luft roch noch immer nach Seife und Kräutern aus dem Bad, und die Leinenbettwäsche lag weich auf ihrer Haut.

Sie fuhr mit der Handfläche über Aulays breite, muskulöse Brust und über seinen Bauch. Er hatte so einen schönen, harten Bauch. Sie erreichte den Scheitelpunkt seiner Oberschenkel und die Haare, die seinen Schwanz umgaben. Ihre Brustwarzen verhärteten sich, als sie an seinen langen und großen Schwanz dachte, den sie gestern Abend vor dem Schlafengehen gesehen hatte. Sie biss sich auf die Lippe. Ihr Atem beschleunigte sich, als sie ihre Hand senkte und sie auf seinen Schwanz legte. Er war dick und samtweich, und als sie ihn mit ihrer Handfläche umkreiste, zuckte er und wurde hart.

„Frau …“, kam Aulays grollende Stimme. „Was treibst du da?“

Sie lachte leise und drückte ihm einen Kuss auf den Rücken. Sie erkannte sich selbst nicht wieder. Wer war diese geile Frau, die Sex mit einem Mann hatte, der nicht ihr Ehemann oder Freund war … der ihr Entführer war?

„Tut mir leid, dass ich dich geweckt habe“, murmelte sie. „Ich weiß nicht, was ich hier treibe. Gefällt es dir?“

Sie begann, ihre Hand auf seiner Erektion auf und ab zu bewegen, und das Knurren, das aus seiner Brust kam, hallte in ihrem Körper wider.

„Dafür kannst du mich jederzeit aufwecken“, sagte er mit heiserer Stimme. „Och, Frau …“

Jenny liebte den freudigen Klang in seiner Stimme. Sie wollte ihm mehr davon geben, so wie er es ihr in der vergangenen Nacht gegeben hatte. Er wurde immer härter in ihrer Handfläche. Sein Schwanz war ein glatter, geschmeidiger Fels. Er sog die Luft ein, als sie schneller wurde und begann, seinen Rücken zu küssen. So ein großer Rücken, ein Meer von Muskeln, die sich bewegten und anspannten, als er seine Wirbelsäule krümmte.

Dann drehte er sich um, drückte sie auf den Rücken und überragte sie, seine Arme auf der Matratze neben ihrem Kopf.

„Füchsin ...“, murmelte er und betrachtete sie, als wäre sie ein köstlicher Snack, und setzte ihr Inneres in Flammen.. „Bei Gott, ich lechze nach dir. Ich muss dich haben.“

Ihr Atem kam stockend ... Aulay würde der erste Mann sein, mit dem sie nach Tom schlafen würde.

„Das ist das erste Mal für mich seit Leitis ...“, sagte er und erwiderte ihre Gedanken.

In ihrer Brust krampfte sich etwas zusammen, und ihr fehlten die Worte. Stattdessen zog sie ihn näher an sich heran, um ihm zu antworten. „Auch mir tut alles weh deinetwegen“, brachte sie hervor.

Er positionierte sich an ihrem Eingang und massierte ihre Scheide mit seinem harten Schwanz. Sie wölbte den Rücken, und ihre Finger krallten sich in die Laken, als süße Lust sie durchströmte. Wie würde er in sie hineinpassen? Hoffentlich war sie nicht wieder zusammengewachsen wie eine Jungfrau.

Dann stieß er in sie hinein, drang in ihren Raum ein wie ein Eroberer, wie ein König, der neues Land beanspruchte. Der tiefe, ursprüngliche Teil von ihr freute sich über die Invasion, und als er sie bis an die Grenze dehnte, keuchte sie. Er lag auf ihr, und sein Gewicht war angenehm. Er zog ihre Unterwäsche hoch und entblößte ihre Brüste.

„Hm“, murmelte er, fasste eine an und ließ den Daumen um ihre Brustwarze kreisen. „So prall. So schön.“

Er nahm eine Brustwarze in den Mund und saugte daran, während er begann, sich in sie hinein- und wieder herauszubewegen.

Angesichts der intensiven Süße, die ihren Körper durchdrang, schrie Jenny auf, und alle Gedanken verschwanden aus ihrem Kopf.

„Sieh mich an, Mädchen“, sagte er, und sie öffnete die Augen und begegnete seinem dunklen, intensiven Blick. „Ich will dein Gesicht sehen, wenn du um meinen Schwanz kommst.“

Aber es war noch mehr als das. Als seine Stöße stärker und schneller wurden, konnte sie nicht mehr wegsehen. Es war mehr als nur Lust, was sie verband. Etwas Intensives, Wunderbares und Tiefes. Sie wusste, dass sie einen gemeinsamen Schmerz teilten. Vielleicht war ein Teil ihrer Seele in ihm.

Ihre Lust steigerte sich, als er sich so drehte, dass seine Stöße ihre Klitoris massierten, und sie erschauderte und öffnete sich ihm. So etwas hatte sie noch nie zuvor mit jemandem gefühlt.

Und dann brachte er sie zum Höhepunkt. Sie fiel, fiel und zerfiel in Millionen Stücke. Er zuckte und stöhnte wie ein gequälter Wolf, und auch er kam. Sie spürte die Zuckungen seiner Erektion in ihr.

Und als sie in seinen Armen wie Wachs dahinschmolz, wusste sie, dass es ein Problem gab. Sie gehörte nicht in diese Zeit. Sie wollte ein Baby, und der einzige Weg, dieses Baby zu bekommen, lag in ihrer Zeit. Acht Tage.

Und doch wollte sie zum ersten Mal nicht an diesen Termin denken, an ihre zehn verbliebenen Eizellen, an ihre Klinik und ihre leere Wohnung.

Zum ersten Mal in ihrem Erwachsenenleben spürte sie in Aulays Armen nicht den Schmerz in ihrer Brust, weil sie kein eigenes Kind hatte.

Es war neu und schön …

Und beängstigend.

Denn eines Tages würde sie trotzdem gehen müssen. Und was würde von ihr übrig bleiben, wenn ihr all dieses Glück genommen würde?

KAPITEL 22

ALS ER AM nächsten Morgen mit Jenny in den Armen aufwachte, hatte Aulay das Gefühl, einen Schatz gefunden zu haben. Er hatte nach einem Schatzschiff gesucht, aber stattdessen hatte er diese Frau gefunden.

Sie verstand ihn und war eine Herausforderung zugleich. Sie passte zu ihm. Sie war perfekt.

Sie war unersättlich. Sie hatten sich in der Nacht viermal geliebt, wie ein Paar heißblütiger Jugendlicher. Als er ihre enge Scheide um seine Erektion gespürt hatte und immer wieder in sie eingedrungen war, hatte er das Gefühl gehabt, dass sie sich beide in der Gegenwart des Göttlichen befunden hatten.

Jenny regte sich in seinen Armen und öffnete die Augen. „Guten Morgen." Sie streckte sich und drückte sich fest an ihn. Er küsste sie, trotz ihres morgendlichen Atems.

„Guten Morgen", murmelte er. „Mein süßes, zartes, schönes Mädchen."

Sie hatte ihm erzählt, die Fee Sìneag habe sie durch die Zeit zu ihm geschickt, weil sie füreinander bestimmt seien. Und er fing an zu glauben, dass das wahr sein könnte. Es war immer noch schwer zu glauben, dass er zwei so große Lieben in seinem Leben bekommen hatte. Wie glücklich und gesegnet er doch war.

Sie schmiegte sich an seine Schulter. „Ich muss nach Mhairi und dem Baby sehen."

„Nein." Er zog sie zu sich heran. „Noch nicht, Mädchen."

„Ich muss, Aulay."

„Wie wäre es, wenn du zuerst nach mir siehst?"

„Richtig, ich muss mir deine Wunde ansehen ..."

„Nicht die." Er zog sie auf sich, und als seine Erektion sie berührte, lachte sie.

„Das muss warten, fürchte ich."

Trotz seiner Proteste stieg sie aus dem Bett und zog sich an. Sie band die langen Haare zu einem einfachen Zopf zusammen, der ihr über den Rücken hing, und grinste ihn an. „Wir sehen uns später."

Aulay stand auf und begann sich ebenfalls anzuziehen. Gestern war Colum von einer weiteren Seereise zurückgekehrt und hatte keine Spuren des Schiffswracks gefunden. Vielleicht war es doch gesunken. Sie würden heute noch einmal suchen, und wenn sie nichts finden würden, müssten sie morgen zur Isle of Man fahren, die von den Engländern besetzt worden war. Wenn das Schiffswrack dort lag, war Aulay bereit, um den Schatz zu kämpfen.

Als er seine Braies hochzog, wurde ihm klar, dass er nicht von Jenny getrennt sein wollte. Sie hatte ihn um den Finger gewickelt.

Als er angezogen war, ging er in Seoras' Zimmer. Jenny war dort, hielt den kleinen Sìomon und sprach mit Mhairi. Sowohl der frischgebackenen Mutter als auch dem hübschen Kind ging es gut. Bhatair war ebenfalls da und betrachtete die Wunde an Mhairis Bauch.

Bhatair beschwerte sich nicht und fing auch keinen Streit mit Jenny an. Es schien, als hätte sich seine Einstellung ihr gegenüber seit gestern Abend komplett geändert.

„Wie geht es dir, Mädchen?", fragte Aulay Mhairi.

„Mir geht es gut", sagte sie, während sie zusammenzuckte.

„Sie hat Schmerzen“, sagte Jenny. „Aber die Wunde sieht gut aus.“

„Ich werde dir noch mehr Weidenrinde geben“, sagte Bhatair, während er Mhairis Bauch bedeckte. „Es überrascht mich wirklich, wie gut sie aussieht.“

Jenny lächelte, und Bhatair nickte ihr zu. Für einen stolzen Mann wie ihn war das eine große Anerkennung des Respekts. Eine Amme kam zusammen mit der Frau, die Aulay gebeten hatte, sich um Mhairi zu kümmern, ins Zimmer. Jenny übergab den Jungen behutsam an die Amme.

Frieden umhüllte Aulay wie eine warme Decke. Die Geburt von Sìomon und das Überleben von Mhairi hatten etwas in ihm geheilt. Sie gaben ihm Hoffnung und Freude. Die Erinnerungen an den schrecklichen Verlust und den Herzschmerz, den er bei jeder missglückten Geburt und Leitis' Tod empfunden hatte, verblassten.

„Wir werden heute Abend ein Fest feiern“, sagte Aulay. „Zu Ehren von Sìomon. Und dir zu Ehren, Mhairi.“

Jenny sah ihn stirnrunzelnd an. „Sie kann sich nicht bewegen oder aufstehen.“

„Aye, ich verstehe. Wir werden dir das beste Essen bringen, Mhairi, aber ich habe das Gefühl, dass dies ein großer Segen ist. Und Gott weiß, dass wir in diesen Tagen alle einen Segen in unserem Leben brauchen. Darf ich den Jungen heute Abend dem Clan zeigen, Mhairi?“

„Die Idee gefällt mir“, sagte Seoras. „Ich werde dafür sorgen, dass es ihm gut geht, Mhairi.“

Mhairi lächelte. „Ja, du hast recht, Onkel. Sìomon ist ein Segen. Ein Segen, den es ohne Jennifer nicht gegeben hätte.“

Alle sahen sie an, und in Aulays Brust loderte der Stolz auf seine Frau.

„So soll es sein“, sagte Aulay.

Während Jenny und Bhatair nach Una und Ailis sahen, ging Aulay los, um das Festmahl für den Abend zu arrangieren. Vielleicht war er ja verrückt. Obwohl er den Schatz nicht gefunden hatte, trotz des möglichen Angriffs der Engländer, der jeden Moment erfolgen konnte, trotz der Kranken und Verwundeten im Dorf, hatte Aulay das Gefühl, dass das Glück endlich zum Greifen nahe war.

Sìomon hatte das Licht der Welt erblickt. Und Jenny ... sie machte alles besser.

Später in der Nacht wurde die große Halle von vielen Kerzen und Kohlenbecken erleuchtet. Sie beleuchteten die MacDonald-Wappen, die an den Wänden hingen. Die Stickerei, die Aulays Mutter angefertigt hatte, zeigte eine große Flotte von Birlinns, die zu einem neuen Ufer kamen. Auf weißen Tischdecken schimmerten silberne und goldene Teller mit gebratenem Wild und Fisch, Obst und Brot, Käse, Torten und Gebäck. Die Clanmusiker standen auf einer kleinen Bühne und spielten fröhliche Musik, der Raum war erfüllt von den Klängen von Flöte, Tamburin und Dudelsack. Clanmitglieder und Frauen zogen ihre besten Kleider an und saßen lachend, essend, trinkend und singend zusammen. Aulay geizte nicht mit Getränken. Er öffnete die wertvollsten Fässer mit französischem Wein und schenkte allen das beste Bier aus, das sonst nur wichtigen Gästen vorbehalten war.

Neben Aulay, an seinem Ehrentisch, saß Jenny. Der Schein des Feuers ließ ihr rotes Haar wie blank poliertes Kupfer glänzen. Ihre Haut war alabasterfarben und glatt. Ihre Lippen, voll und köstlich, lächelten ihn an. Allmächtiger, wie sehr er es liebte, wenn sie lächelte. Mhairi hatte Jenny ihr bestes Kleid für Feste und Feiern geliehen. Sie sah wunderschön aus in dem prächtigen Kleid, das die Farbe des tiefen Meeres an einem sonnigen Tag hatte.

Seoras saß an seiner anderen Hand, das Kind in den Armen. Colum war an Seoras' Seite, was für ihn ungewöhnlich war, und liebkoste seinen neuen Neffen. Hier zeigte sich erstmals der Colum, den Aulay gekannt hatte, bevor er entführt worden war. Der goldene Junge, den alle geliebt haben. Der Junge, der sich mit jedem noch so versteinerten Menschen anfreunden und sogar die Stimmung eines

Geizhalses heben konnte, der voller Optimismus, Charme und Zuversicht gewesen war.

Vielleicht gab es ja noch Hoffnung für ihn. Aulay wusste, dass Colum, sobald er seine Loyalität gegenüber dem Clan bewiesen hatte, nicht mehr von den Zweifeln und der Ablehnung seines Volkes geplagt werden würde.

Aulay stand auf, und obwohl er nichts sagte, wurde es still in der großen Halle.

Er hob seinen Kelch. „Heute haben wir ein großes Wunder zu feiern. Mein erster Neffe wurde geboren, Sìomon MacDonald, der Sohn von Seoras." Die Leute hoben ebenfalls ihre Becher und Kelche und stießen mit lautem Jubel an. „Aber es hätte ganz anders kommen können, wenn Jennifer und Bhatair nicht gewesen wären. Jennifer bewies Mut und Geschick, und Bhatair war offen für neue Methoden. Dank Jennifer sind Sìomon und Mhairi am Leben. Ihr wisst alle, wie sehr ich mir wünsche, dass jemand wie Jennifer das Gleiche für Leitis und meine Kinder hätte tun können."

Seine Stimme zitterte, als er die letzten Worte sagte, und der Clan war still. Er sah, wie sich die Frauen über die Augen wischten und die Männer traurig in ihre Becher starrten.

„Auf Sìomon und Mhairi! Und auf eine gute Frau, die ihnen das Leben gerettet hat", rief er, und alle stimmten ihm zu.

Nachdem sie ausgetrunken hatten, wurde die Musik wieder aufgenommen. Aulay wandte sich an Jennifer und bot ihr seine offene Handfläche an. Sie hob die Augenbrauen. „Wollt Ihr mit mir tanzen, meine Herrin?"

Sie blinzelte. „Ich weiß nicht, wie man einen mittelalterlichen Tanz tanzt."

„Das schaffst du schon. Komm."

Sie seufzte auf und legte die Hand in seine. „Ich fürchte, ich werde dich in Verlegenheit bringen, Aulay."

„Niemals."

Die Musik war fröhlich und schnell. Er führte sie, und bald hatte sie die Schritte und Sprünge und das Drehen und Wenden gelernt. Ein strahlendes Lächeln breitete sich von Ohr zu Ohr auf ihrem Gesicht aus. Ihre Augen funkelten vor Aufregung und Freude. Seine Brust wurde leichter, und Freude breitete sich in ihm aus wie Sonnenlicht.

In diesem Moment war das alles, was er wollte. In diesem Moment war er glücklich.

Er wollte sie nie wieder gehen lassen. Er wollte sie für immer bei sich haben.

Denn er wusste in seinem Herzen, dass er sie liebte. Dass das, was er für Jennifer empfand, keine Verliebtheit oder reine Lust war. Es war etwas Tieferes – sogar noch tiefer als das, was er mit Leitis erlebt hatte. Es war, als wäre Jennifer für ihn geschaffen worden.

Und er war auf diese Erde gekommen, um sie zu lieben.

Er spürte, wie sein eigenes Lächeln schwand, als sie den nächsten Sprung machte. Unbehagen überkam ihn wie die Flosse eines Hais, der sich einem Schwimmer näherte. Sie musste zurückkehren. Er wollte, dass sie blieb, aber sie hatte noch diese Eiersache, die sie erledigen musste. Sie wollte ein eigenes Kind.

Er musste mit ihr reden und sich vergewissern. Er musste wissen, was sie fühlte, ob sie immer noch in ihre Zeit zurückkehren wollte.

Wenn das ihr Wunsch war, würde er ihr helfen. Er würde dafür sorgen, dass sie bekam, was sie im Leben wollte und brauchte. Selbst wenn er dafür sein eigenes Glück aufgeben müsste.

Er blieb stehen und zog sie zu sich. „Komm mit mir, Jenny. Ich muss mit dir sprechen.“

KAPITEL 23

DIE MEERESBRISE LIEß ihren Rock flattern und spielte mit ihrem Haar. Jenny hatte das Gefühl zu fliegen, als sie an Aulays Seite auf den Klippen vor der Burg spazieren ging. Der westliche Himmel war von der untergehenden Sonne erleuchtet. Orange, rosafarbene und rote Farbtöne schimmerten auf dem Meer. Die zerklüfteten Klippen und die Küste von Islay, die sich im Westen erstreckten, waren dunkel.

Der Duft des Meeres und das Rauschen der Wellen am Ufer waren schön und beruhigend.

Aber nicht so schön wie der Mann, neben dem sie ging.

Ihre Haut kribbelte angenehm in seiner Hand. Und ihre Brust ... Ihre Brust fühlte sich so eng an, dass sie platzen könnte. Oder sie könnte über dem Meer schweben und ins All abdriften.

Sie wusste, was es war.

Sie war dabei, sich in ihn zu verlieben. Unsterblich. Sie verliebte sich in den Mann, der sie gefangen hielt. Sie verliebte sich in den Mann aus der falschen Zeit.

All diese Gefühle waren schön. Und richtig. Der Mann war es auch.

Aber das Zeitalter war völlig falsch.

Sie hielten an einem Aussichtspunkt auf das Meer an. Aulay stellte sich hinter sie und schlang seine Arme um ihre Schultern. Er war so warm. Warm, hart und männlich. Aber ihre Gedanken kehrten immer wieder zu dem zurück, was sie zurückgelassen hatte. Ihre Freunde. Ihre Familie. Hielten ihre Eltern und ihre Schwestern sie für tot? Sie mussten alle so besorgt sein. Und was war mit Amanda und der Klinik? Ihre arme Freundin hatte alle Patienten von Jenny übernehmen und sich vorübergehend Hilfe suchen müssen.

Und ihr verdammter Termin. Nur noch eine Woche. Eine Woche, und das wäre es dann. Nur hatte sie nicht mehr das dringende Bedürfnis, nach Hause zu gehen. Es war, als würde das Loch in ihrer Brust, das die Abwesenheit des Babys hinterlassen hatte, heilen.

Es füllte sich.

Warum war das so? Lenkten ihre Gefühle für Aulay sie lediglich ab? Verheimlichte sie eine Wahrheit, die sie nicht sehen wollte?

„Warum willst du ein Kind, Aulay?", fragte sie.

Er küsste sie auf den Kopf, und sein kurzer Bart kratzte kurz an ihrer Kopfhaut.

„Darüber habe ich in letzter Zeit nicht viel nachgedacht", antwortete er. „Ich will jemanden, für den ich sorgen, den ich aufziehen und den ich lehren kann. Außerdem habe ich immer gedacht, dass es meine Pflicht gegenüber meinem Volk und Gott ist, ein Erbe zu hinterlassen. Einen Erben zu haben, ist meine Verpflichtung gegenüber meinem Clan und den kommenden Generationen. Und in gewisser Weise auch gegenüber Schottland."

„Verpflichtung ...", murmelte sie. „Ein Kind ist keine Schuld, die bezahlt werden muss, Aulay. Es ist eine Person, ein menschliches Wesen. Ein Kind sollte aus Liebe geboren werden."

„Aye, du hast recht." Er schwieg eine Weile, dann sagte er: „Irgendetwas muss mit mir nicht stimmen, Jenny. Ich kann kaum glauben, dass ich das laut sage, und das zu einer Frau, die ich sehr mag ... Aber ich frage mich, ob ein Fluch auf mir lastet, der es der armen Leitis nicht erlaubt hat, ein Kind zu gebären ... und zu überleben. Wenn ich im Bett liege und einzuschlafen versuche, gehen mir manchmal all diese schrecklichen Dinge durch den Kopf ... Was wäre, wenn ich Leitis in meinem egoistischen Streben nach einem Erben getötet habe, weil ich mich so verpflichtet fühlte?“

Es war, als hätte sein Schmerz ihr selbst in die Brust gestochen. Sie drehte sich zu ihm um und nahm sein liebes Gesicht in beide Hände. Seine Augen waren tränenüberströmt, und seine dicken Brauen zogen sich zu einem schmerzhaften Ausdruck zusammen.

„Nein“, sagte sie fest. „Es war nicht deine Schuld. Es war niemandes Schuld. Wie viele Frauen sterben bei der Geburt, weil die Medizin in diesen Zeiten so unterentwickelt ist?“

Er schluckte und küsste ihre Hand. „Du bist vielleicht die beste Heilerin der Welt in dieser Zeit. Mein Clan kann sich glücklich schätzen, dich zu haben.“

Sie küsste ihn sanft. „Danke, dass du das sagst. Du hast keine Ahnung, was das bedeutet.“

Der Himmel wurde nun dunkler. Die Sonne war gerade untergegangen, und das goldorangefarbene Licht ließ ihn noch gottgleicher erscheinen.

„Erzähl mir von ihr. Von Leitis. Die Frau, deren Kleider ich trage. Die Frau, die du geliebt hast ...“

Die Frau, die er geliebt hatte. Ja, er hatte sie geliebt. Sonst hätte er ihre Kleider nicht aufbewahrt und würde nicht immer noch so sehr um sie trauern. Guter Gott, Jenny war eifersüchtig auf eine tote Frau. Das war kleinlich von ihr. Sie sollte nicht so empfinden.

„Leitis war eine erstaunliche Frau. Sie war hübsch. Sie war freundlich und intelligent. Sie war selbstbewusst und kannte ihren eigenen Wert. Unsere Ehe wurde von unseren Clans arrangiert, und sie sagte mir gleich bei unserer Hochzeit, dass sie mich nicht in ihr Bett lassen würde, bis sie wüsste, dass ich ein guter, würdiger Mann sei." Er schmunzelte. „Also musste ich sie erst einmal für mich gewinnen. Und schon da wusste ich, dass sie die Richtige für mich war. Ich dachte, Leitis wäre meine einzig wahre Liebe. Bis ich dich traf."

Bis er sie getroffen hatte ... Ihr Herz schlug wie wild in ihrer Brust. Sie schmolz dahin, verdampfte. Glück erfüllte sie bis ins Mark. Aber obwohl sie sich wie auf einer Wolke aus rosa Zuckerwatte fühlte und mit MacZeus, einem gottgleichen Highlander, umherflog – trotz der Tatsache, dass sie sich heftig in ihn verliebte –, gehörte sie in eine andere Zeit. Und er gehörte hierher. Und sie konnte ihm niemals die Erben schenken, die er sich so sehr wünschte.

„Warum hast du nicht versucht, eine jüngere Frau zu heiraten, um Erben zu haben?", fragte sie.

Er lachte leise und betrachtete den Himmel. Das violette Licht spiegelte sich in seinen dunklen Augen, und sie glitzerten. „Ich hätte nicht gedacht, dass ich weiterleben könnte, wenn ich wieder verletzt würde, wenn eine andere Frau meinetwegen stirbt." Er schaute sie an. „Warum hast du nicht nach deinem Mann geheiratet?"

Sie schaute auf den Boden. Ihre Schuhe waren dunkel auf dem harten, gelblichen Moos. „Ich konnte mir nicht vorstellen, noch einmal betrogen und verletzt zu werden. Als mein Mann mir sagte, er wolle sich scheiden lassen, weil er eine andere liebte, fühlte ich mich ... wie in zwei Hälften gerissen. Ich weiß, dass ein Kind so etwas nie tun würde. Ich habe das in meiner eigenen Familie erlebt, als ich aufwuchs. Meine Eltern lieben uns. Meine Schwestern haben ihre eigenen Familien. Sie sehen alle glücklich aus. Ich dachte, ich würde auch glücklich sein. Ich wollte immer das perfekte Bild einer glücklichen Familie – eine Mutter, einen Vater und ein oder zwei Kinder ... oder drei. Und er hat mir das weggenommen. Aber ein Kind würde das nie tun. Also dachte ich, auch wenn ich keinen Mann habe, möchte ich trotzdem ein Baby haben."

Er lachte. „Ein Kind wird dich eines Tages auch verlassen. Es wird heiraten und den Partner über dich stellen."

Sie biss sich auf die Lippe. „So habe ich das noch nie gesehen. Du bist weiser als deine Jahre, Aulay."

Er starrte sie an. „Solange ‚weise' nicht ‚alt' bedeutet."

Sie schmunzelte. „Aber was ist mit dir? Kann nicht Colum der nächste Lord sein? Er wird ein großartiger Anführer sein. Nein, er ist nicht dein eigener Sohn, aber er ist dein Neffe, also ist er immer noch dein Blut. Und Seoras. Und Sìomon nach ihnen."

„Ja, genau das habe ich auch gedacht. Aber genau wie du, wollte ich immer mein eigenes Kind. Ich wollte mein eigenes Kind auf mein Knie setzen und nach Hause zu meiner eigenen kleinen Familie kommen. Ich wollte wissen, dass ich ihnen alles gegeben habe, was sie brauchen, und dass man sich um sie kümmert, auch wenn ich nicht mehr da bin."

Sie legte die Arme um seinen Hals und sah zu ihm auf. Er war so groß, dass sie ihren Kopf fast ganz nach hinten neigen musste. „Da sind wir also. Zwei alte Leute, die sich über das beschweren, was niemals sein kann."

Er knurrte, und sein Blick verfinsterte sich. „Wenn du mich noch einmal alt nennst, werde ich es dir zeigen."

Er küsste sie, und seine Lippen waren warm, hungrig und fordernd. Und so vergaß sie alles.

~

Ihre Lippen fühlten sich an wie Samt, und Aulay konnte nicht genug davon bekommen. Er kostete sie immer wieder, spürte, wie er hart wurde und für sie brannte. Eine Berührung von ihr, und er stand in Flammen.

Diese Frau war sein Ein und Alles. Er liebte es, mit ihr zu reden, er liebte es, mit ihr zu schlafen, er liebte es, einfach nur in ihrer Gegenwart zu sein.

Er atmete sie förmlich ein und versuchte, sie in seinen Blutkreislauf aufzunehmen. Ihre Zunge schmeckte heiß und süß: nach Himbeeren und Wein.

Er hatte das seltsame Gefühl, dass sie vor ihm verschwand, als sie auf das Meer hinausschaute. Sie war wie eine Vision aus einer anderen Welt zu ihm auf die Insel gekommen. Sie rief ihn, wie eine Sirene einen Seemann in den Untergang rief. Und er war zu ihr gekommen, hatte sie mit zu sich nach Hause genommen.

Und jetzt wollte er sie zu seiner Frau machen. Aber das war sie nicht. Sie hatte ihm ihren Körper gegeben, aber ihr Herz ... er war sich nicht sicher, ob sie ihm ihr Herz geben konnte.

Doch er wollte alles von ihr, sonst würde er sie gehen lassen müssen.

Er streichelte ihren Rücken, fuhr mit seinen Händen ihren schönen Körper auf und ab, ihren vollen Hintern. Er berührte ihre Brust durch das Kleid hindurch und spielte mit ihrer Brustwarze, bis sie hart wurde und sich Jennifer stöhnend gegen ihn wölbte.

Dann schlang er seine Arme um sie und hob sie hoch, sodass sich ihre Beine um seine Taille wickeln konnten. Seine Schulter schmerzte, aber er ignorierte es. Was war schon ein bisschen Schmerz, wenn er sie haben konnte?

„Ich werde es dir zeigen, alte Frau", knurrte er in ihren Mund. „Glaubst du etwa, dass ein alter Mann das nicht kann?"

Während er sie mit einem Arm festhielt, löste er den Hüftgürtel, der seine Braies hielt, hob ihren Rock hoch und war mit einer schnellen Bewegung in ihr. Ihre enge, geschmeidige Hitze nahm ihn auf, und sie keuchten beide.

„Aulay ...", murmelte sie. „Jeder kann uns sehen ..."

„Sollen sie doch", knurrte er. „Lass sie alle wissen, dass du mir gehörst."

Er begann, sich in ihr zu bewegen. In Gottes Namen, sie hielt ihn fest umschlungen wie eine Faust. Sie bewegten sich im gleichen Rhythmus. Ihre prallen Brüste hüpften durch das Kleid gegen seine Brust. Er beugte sich hinunter und saugte durch den Stoff an ihrer Brustwarze. Sie war so weich, schön und lag so perfekt an ihm. Er war ganz heiß, angespannt und brannte.

Sie hielt sich an seinen Schultern fest. Hinter ihr färbten sich die letzten Sonnenstrahlen des Tages, das Rosa und Orange wurde zu Lila, das Meer und der Himmel im Osten schwarz. Er beanspruchte sie vor der ganzen Welt. Vor Gott, dem Himmel, dem Meer und seinem eigenen Land beanspruchte er sie.

Und sie liebte es. Wie ein Handschuh und eine Hand passten sie zusammen. Sie stöhnte diese kehligen Laute, die er so gern von ihr hörte. Die ihn noch härter machten. Sie schmiegte sich immer enger an ihn, und während er sie mit einem Arm festhielt, fand er mit der anderen Hand ihre glatten Falten und rieb sanft das Zentrum ihrer Lust.

„Oh, Aulay", stöhnte sie auf, und er wusste, dass sie nicht lange durchhalten würde.

„Sag mir, ob ein Jüngling so mit dir Liebe machen kann. Deinen Körper so verwöhnen. Dich so zum Singen bringen."

„Niemand ...", sagte sie. „Verdammt, Aulay ... O Gott ..."

Sie schrie laut auf vor Lust. Und dann war sie so weit, dass sie sich bei ihrer süßen Erlösung um ihn herum zusammenzog und ihn aussog. Dies war sein eigenes Verhängnis. Im nächsten Moment spürte er, wie er sich ebenfalls zusammenzog und sich in ihr ergoss.

„Mein, Jenny. Du gehörst mir", knurrte er.

Als er sie in seinen Armen hielt und sie sich zitternd an ihn schmiegte, wurde Aulay klar, dass dies vielleicht eines der letzten Male war, dass sie dies tun würden. Sie wollte gehen und in ihre Zeit zurückkehren. Und wenn er sie liebte, konnte er sie nicht länger gegen ihren Willen hier festhalten. Der Gedanke, sie zu verlieren, war wie ein Messer in seiner Seele.

Aber es gab so viel, was er ihr bieten konnte. Er konnte sie glücklich machen, ihr alles geben, was sie sich jemals gewünscht hatte.

Vielleicht sogar ein Kind.

Sie hatte etwas von Eiern gesagt, dass sie moderne Medizin brauche, um ein Kind zu bekommen, aber vielleicht gab es ja eine Chance. Er wusste gut genug, wie man ein Kind zeugte ...

Und so ließ er seinen Entschluss fallen, den er nach Leitis' Tod gefasst hatte, indem er sie ansah und sagte: „Jenny, heirate mich, Mädchen."

Sie starrte ihn sprachlos an, dann löste sie sich langsam aus seiner Umarmung und stellte sich auf den Boden. Ihre Augen wurden traurig und tränenreich. Dann sprach sie ein Wort aus, das seine ganze Welt in tausend Stücke zerriss. „Nein."

KAPITEL 24

Aulays Herz zerriss und schmerzte, als Jenny so vor ihm stand und hastig ihren Rock richtete.

„Nein", wiederholte er.

Eigentlich sollte er nicht überrascht sein. Oder sich so verletzt fühlen. Sie hatte ihm nicht gesagt, dass sie bei ihm bleiben würde. Sie hatte nichts versprochen. Sie hatte darum gebeten zu gehen, sie hatte versucht zu gehen, und er hatte sie nicht gelassen.

„Ich kann nicht, Aulay", sagte sie, immer noch, ohne ihn anzuschauen. „Ich habe dir nie gesagt, dass ich überhaupt in Erwägung ziehe zu bleiben."

Er wandte sich ab. Der Himmel war inzwischen dunkel. Im Westen leuchtete eine dünne Linie aus Orange und Rosa am Horizont, das letzte Licht des Tages, das bald verschwinden würde. Im Osten waren die Burg und das Dorf eine kleine Ansammlung von Feuern, die in der großen Dunkelheit der Nacht flackerten. Wie seine letzte Hoffnung, sein Glück zu finden.

Wenn er nicht mit Jenny zusammen sein konnte, würde er niemals mit jemand anderem zusammen sein. Das war es dann für ihn.

„Ich weiß, dass du es nicht getan hast. Ich schätze, ich habe es gehofft. Ich habe dir gesagt, dass ich dir alles geben kann, was du willst."

„Was weißt du denn schon von dem, was ich will?", fragte sie, während sie ihr zerzaustes Haar richtete. „Was ich will, ist zurückgehen. Und das lässt du nicht zu."

Er ergriff ihre Hände und drückte sie gegen seine Brust. „Sieh mich an, Jenny." Als sie ihm endlich in die Augen sah, waren ihre Augen groß, geweitet und suchend. „Hier bin ich, ein Mann aus Fleisch und Blut. Spürst du das? Mein Herz schlägt für dich. Ich will für den Rest meiner Tage mit dir zusammen sein. Dich lieben, verehren und glücklich machen. Sag mir, dass das, was hinter dem zeitreisenden Felsen liegt, besser ist. Sag mir, dass die Welt der von selbst fahrenden Kutschen und ein Haus, in dem du allein lebst und in einem leeren Bett schläfst, dich glücklicher machen wird als ich."

Sie atmete schwer. Er sah die Tränen in ihren Augen.

„Nein, das wird es nicht. Aber es gibt noch mehr zu bedenken. Egal, wie sehr wir beide es wollen, du wirst mir niemals ein Baby schenken können. Und ich kann dir auch keins schenken."

Sie zog sanft die Hände unter den seinen weg und trat einen Schritt zurück.

„Was ist dir wichtiger, Jenny? Ich weiß, was für mich richtig ist. Ein Erbe, den ich vielleicht nie haben werde? Oder mit der Frau zusammen zu sein, die mir den Rest meiner Tage verschönern wird? Bist du sicher, dass du weißt, was das Richtige für dich ist?"

Sie beobachtete ihn eine Weile schweigend. Ihre Kehle bewegte sich, doch die Worte blieben unausgesprochen. Es schien, als wollte sie etwas sagen, aber sie hielt sich den Mund zu. Sie bückte sich, um ihren Absatz tiefer in den Schuh zu schieben, und ein Gegenstand fiel aus ihrem Kleid. Etwas Metallisches klirrte gegen den Stein und rollte gegen Aulays Fuß. Er bückte sich und hob es auf. In dem schwachen Licht war es schwer zu erkennen, aber er konnte sehen, dass es rund und mit Schmutz bedeckt war. Er schrubbte den Schmutz mit dem Daumen ab und darunter glitzerte Gold. Er rieb es an seiner Tunika, bis ein Bild durchschien – ein König, der auf dem Thron saß und einen Reichsapfel und ein Zepter in den Händen hielt.

Er kannte diese Münze. Es war ein Goldpfennig, der von König Heinrich III. geprägt worden war. Aber woher sollte Jenny eine solche Münze haben?

Das englische Schatzschiff.

Seine Welt wurde eiskalt und dunkel. Die kleine Münze in seiner Hand wog wie ein Felsbrocken und brannte an seinen Fingern wie Brennnessel. Er sah sie an. Völlig unschuldig lehnte sie ihn ab, weil sie an eine andere Zeit gebunden war. Und doch war dies die ganze Zeit in ihren Kleidern gewesen.

„Wo hast du das gefunden, Mädchen?“, fragte er. Seine eigene Stimme klang für ihn völlig leblos.

„Die Münze?“, fragte sie. „Auf der Isle of Achleith.“

Auf der Isle of Achleith? Seine Männer und er hatten seit über zwei Sennächten jeden Tag nach dem Schatz gesucht. War das Schiffswrack die ganze Zeit über auf Achleith gewesen?

„Habt Ihr dort ein Schiffswrack gesehen?“, fragte er.

Sie runzelte die Stirn und schaute auf die Münze. „Nein.“

„Warum hast du das vor mir versteckt?“, brüllte er und schüttelte die Faust mit der Münze.

Sein Herz wurde in Stücke gerissen. Ein Teil von ihm erkannte, dass sie ihn mit ihrer Ablehnung verletzt hatte, und vielleicht wusste er nicht, wo dieser Schmerz endete und die Überraschung über die Münze in ihrem Kleid begann. Die ganze Zeit über hatte er vermutet, dass sie auf der englischen Seite stand. Er hatte vermutet, dass sie eine Betrügerin war. Sie hatte beide Vermutungen zurückgewiesen und ihm eine verrückte Geschichte über Zeitreisen erzählt.

Konnte das alles eine Lüge sein? Wie hatte er ihr überhaupt glauben können?

Jetzt ergab alles einen Sinn. Wenn sie die ganze Zeit für die Engländer war, hatte sie ihn erfolgreich verführt und sein Vertrauen gewonnen. Natürlich war sie keine Zeitreisende. Sie war eine Frau aus seiner Zeit, tapfer und mutig genug, eine Geschichte zu erfinden, um ihre wahre Mission zu verbergen. Außerdem war die Vorstellung eines Feindes aus seiner Zeit besser als eine Zeitreisende, die gar nicht hierhergehörte.

Denn selbst wenn sie sein Feind wäre, könnte er aufatmen, wenn er wüsste, dass sie irgendwo auf der gleichen Welt wie er war.

Sie trat einen Schritt zurück, und der Abstand zwischen ihnen fühlte sich an wie eine kilometerlange, unüberwindbare Kluft.

„Ich habe nichts vor dir verheimlicht", sagte sie. „Zuerst habe ich mir nichts dabei gedacht. Dann habe ich sie aufbewahrt, um mir vielleicht eine Passage zurück nach Achleith zu kaufen."

„Du wusstest, dass ich die ganze Zeit nach dem Schiffswrack gesucht habe."

„Woher soll ich wissen, dass das Schiffswrack etwas mit der Münze zu tun hat?"

Er lachte und schüttelte den Kopf. „Lügen."

Ein Wort, und die Kluft zwischen ihnen wurde nur noch größer.

„Ich hatte die ganze Zeit vermutet, dass ich verletzt werden würde, wenn ich mich wieder verliebe. Niemals hätte ich gedacht, dass mich jemand nicht nur verletzen, sondern erst mein Vertrauen gewinnen und mich dann betrügen würde."

Er spürte, wie er sich zurückzog und sein Herz vor ihr und allen anderen verschloss.

„Ich gratuliere dir, dass du mich zum Narren gehalten hast und mich dazu gebracht hast, mich in dich zu verlieben, meine Vorsätze für dich zu brechen. Dass du mich dazu gebracht hast, mich zu öffnen und zu hoffen und mir vorzustellen, dass ich noch einmal das Glück finde. Meine Leute haben mich die ganze Zeit vor dir gewarnt. Sie hatten recht."

KAPITEL 25

„Der Schnitt sieht gut aus“, sagte Jenny, als sie am nächsten Morgen Mhairis Bauch mit dem Verband versorgte. Dann zog sie Mhairis Untertunika hinunter und legte die Decke über sie. „Wie sind die Schmerzen?“

Ein leichtes Stirnrunzeln zeichnete sich auf Mhairis Gesicht ab. „Es tut ein bisschen weh, das muss ich zugeben. Aber der Trank von Bhatair hilft. Der Schmerz ist nur noch schwach.“

Wie von Jenny gewünscht, hatten die Diener das Schlafgemach geputzt und die Bettlaken gewechselt. Der Raum roch jetzt leicht nach Essig, denn Jenny hatte sie gebeten, die Böden und Oberflächen damit zu waschen. Seoras stand mit Sìomon am Fenster und schaukelte ihn sanft hin und her.

Jenny drückte die Hand von Mhairi. „Ihr seid eine Heldin. Ihr habt eine enorme Tortur durchgestanden.“

„Ich würde alles für dieses Kind tun.“ Sie warf einen liebevollen Blick auf ihren Mann und ihr Baby.

„Hier ist noch mehr von dem Trank aus Weidenrinde und Alraunwurzel.“ Bhatair schüttete eine Flüssigkeit aus einer matten Glasflasche und stellte sie auf die Kommode neben Mhairis Bett. „Nehmt das mittags ein.“

„Aye“, sagte Mhairi.

Bhatair und Jenny sahen Sìomon an. Sein Nabelschnurstumpf hatte begonnen, sich zu verdunkeln und war nicht entzündet. Er sah ein wenig gelb aus, aber nicht in einem alarmierenden Ausmaß. Eine leichte Gelbsucht war bei Neugeborenen normal und würde wahrscheinlich von selbst wieder verschwinden. Die Menge an Urin und Stuhl zeigte, dass er genug Milch bekam. Jenny war mit seiner Verfassung zufrieden.

Bald verließen sie Mhairis Schlafgemach, damit sie sich ausruhen konnte, und liefen die Treppe zum Hauptturm hinunter. Als sie den Hang des inneren Burghofs hinuntergingen, fragte Bhatair sie: „Stimmt etwas nicht, Lady Jennifer?“

Gestern Abend hatte Aulay ihr einen Heiratsantrag gemacht, und sie hatte ihn abgewiesen. Er hatte die Goldmünze gefunden. Und jetzt hielt er sie für eine Feindin und eine Lügnerin.

Ihr Herz war in tausend Stücke zerbrochen.

Ihn zu verlieren, sein Vertrauen, seine Zuneigung, fühlte sich schlimmer an als ihre Scheidung. Es fühlte sich sogar schlimmer an als der Tag, an dem sie erfahren hatte, dass sie vielleicht nie ein eigenes Kind bekommen würde.

Jenny blickte zu Bhatair auf und bemerkte vage, dass er ihr eine Frage gestellt hatte.

„Es ist alles in Ordnung.“

Außer, dass ihr Herz ein verdammtes Wrack war. Wie konnte das sein, wenn um sie herum in der Vorburg alles wie immer war? Krieger trainierten, Kinder liefen umher, Diener putzten und Bauern brachten Waren zur Burg. Pferde wieherten, Metall schlug auf Metall, es gab Schreie und Rufe, während die Menschen arbeiteten. Die Brise, die vom Meer kam, blies kühl über ihre Wangen, aber Leitis' Kleid schützte sie vor dem Frösteln. Der Gedanke an die Frau und wie Aulay um sie getrauert hatte, erinnerte Jenny daran, dass sie einen großen Mann zurückgewiesen hatte. Sie hatte Aulay heute noch nicht gesehen, aber sie konnte nicht aufhören, an ihn zu denken, selbst als sie Mhairi untersuchte.

„Ihr seht nicht gut aus, Mädchen“, sagte Bhatair.

Sie runzelte die Stirn und musterte ihn. Seine blauen Augen waren auf sie gerichtet und musterten sie sorgfältig. Machte er sich Sorgen um sie? Was war mit ihm geschehen, dass er sich um ihr Wohlbefinden sorgte? Hatte sie ihn wirklich für sich gewonnen?

Sogar ihn ... aber nicht Aulay.

Die verdammte Münze. Sie hatte keine Ahnung, dass sie etwas mit dem Schiffswrack zu tun hatte, hinter dem er her war. Und er hat ihr nicht geglaubt. War es, weil sie seinen Heiratsantrag abgelehnt hatte?

War das die richtige Entscheidung gewesen? In einer perfekten Welt wäre sie in der Lage gewesen, ein Baby auf die altmodische Art zu bekommen, also hätte sie Ja zu ihm gesagt. Sie hätte bleiben und mit ihm glücklich werden wollen. Sie würde in dieser Gemeinschaft Gutes tun. Sie wäre sogar bereit, ihre Haare nicht mehr zu färben und zu ergrauen.

„Ich schätze Eure Fürsorge, Bhatair“, sagte sie. „Ich bin nur müde, das ist alles. Ich habe viel um die Ohren. Aber danke, dass Ihr gefragt habt. Nett von Euch.“

„Aye ...“, sagte Bhatair. „Sagt mir, wenn Ihr krank werdet. Ich habe immer noch Blutegel.“

Jenny fragte sich, ob sie jemals zulassen würde, dass man ihr diese kleinen Biester auf den Körper setzte. Wahrscheinlich, wenn es um die Frage Tod oder Blutegel ginge. Aber ansonsten ...

Als Bhatair und Jenny nur noch wenige Meter von Ailis’ Haus entfernt waren, ertönte das Weinen eines Babys. Sie tauschten einen Blick aus und rannten auf das Haus zu. Bhatair ging zuerst hinein, und als er die Tür öffnete, schmerzten Jennys Ohren von Unas verzweifeltem Weinen. Sie lag in ihrem Bettchen auf dem Rücken und bewegte Füße und Hände ruckartig auf und ab. Ihre Decke war hinuntergefallen, und sie trug ihr verschmutztes Babykleid, der Geruch von Exkrementen lag im Raum. Ihr Gesicht war rot, der Mund weit aufgerissen und die Augen zusammengekniffen, als sie weinte.

Ohne einen Blick auf Ailis' Bett zu werfen, eilte Jenny zu Una, wickelte das Baby und hob es hoch. „Ailis, was ist passiert?“ Sie drehte sich zum Bett um und erstarrte eiskalt.

Bhatair beugte sich über die regungslose Ailis, die zwischen schmutzigen Laken lag. Er hielt ihr einen Spiegel vor den Mund und wartete. Ihre Augen waren geschlossen, und sie war blass ... so, so blass ...

Als sich Jenny aus ihrer Benommenheit riss und Una auf ihrer Hüfte schaukelte, wurde sie leiser und schmiegte sich an Jenny. Sie suchte mit ihrem Köpfchen und der kleinen Hand nach einer Brust.

„Du bist hungrig, du armes Ding ...“, murmelte Jenny. „Bhatair?“

Er richtete sich auf und sah sie an. Seine Augen waren so unendlich traurig.

Sie begriff es erst, als sie hörte, wie er es sagte. „Sie ist tot.“

Tot.

Da war der Beweis. Blutige Schleimflecken um ihren Mund herum. Blasse Haut. Unbewegliche Brust.

Sie musste Blut gehustet haben. Ihre Grippe musste sich zu einer Lungenentzündung entwickelt haben, die sich ohne angemessene Behandlung verschlimmert hatte.

Bhatairs und ihre Patientin war tot. Sie sah, wie Schuldgefühle und Traurigkeit seine Züge zerfraßen, so wie sie auch ihre eigenen verzerrten. Wehmütig schüttelte Jenny den Kopf. „Es tut mir leid, dass ich Euch im Stich gelassen habe, Ailis“, flüsterte sie und drückte Unas kleinen Körper an sich.

Was würde jetzt mit dem Baby geschehen? Sie würde eine Amme und viel Pflege brauchen. Sie brauchte eine Mutter. Tränen trübten Jennys Sicht. Was hätte sie nicht dafür gegeben, das Leben von Ailis zu retten? Härter für sie zu kämpfen? Zu versuchen, sie davon zu überzeugen, dass Jenny sie richtig behandeln wollte?

„Es ist meine Schuld“, sagte Bhatair.

Es war auch Jennys Schuld. Aber sie musste professionell sein und ihren Kollegen unterstützen. Er hatte alles getan, was er in dieser mittelalterlichen Welt und mit den begrenzten Mitteln, die ihm zur Verfügung standen, für richtig hielt.

„Nein, Bhatair", sagte sie und wiegte Una. „Ist es nicht. Es kommt vor. Wir können nicht jeden Einzelnen von ihnen retten."

Bhatair nickte nachdenklich. „Ich werde den Pfarrer holen gehen."

„Ich danke Euch. Ich werde Una säubern und versuchen, eine Amme für sie zu finden. Sie ist nass und hungrig."

Sie brachte Una zu derselben Amme, die auch Sìomon gestillt hatte, und fragte sie, ob sie Una füttern könne. Die Frau sagte natürlich zu. Jenny war erstaunt über den Zusammenhalt und die Hilfsbereitschaft im Dorf. Aber sie konnte nicht bleiben und dem kleinen Waisenkind beim Stillen zusehen.

Ihr Herz brach, zerbrach in Millionen Stücke wegen Una. Und für sich selbst. Sie konnte die Tränen nicht zurückhalten. Der Kummer strömte in dunklen, unkontrollierbaren Schüben aus ihr heraus. Sie stieß einen lauten, röchelnden Schluchzer aus, der Una und die Amme aufschreckte, die sie beide überrascht ansahen.

„Tut mir leid", murmelte sie und eilte nach draußen, mit dem Gefühl, sich gleich übergeben zu müssen, und auf der Suche nach einem sicheren Ort, an dem sie den Inhalt ihres Magens entleeren konnte.

Sie lief um die Ecke und setzte sich auf den Boden, an die Hauswand gelehnt. Sie zog die Knie an die Stirn und schluchzte. Für die Mutter, die zu früh gegangen war. Für das Kind, das eine brauchte.

Für sich selbst und für Aulay.

Für eine Liebe, die so süß war und die sie schon verloren zu haben schien.

„Jenny", ertönte seine Stimme, und sie richtete sich ruckartig auf und wischte sich hastig das nasse Gesicht ab. Aulay stand an der Ecke und sah sie mit zusammengezogenen Augenbrauen an. Seine Augen musterten sie schnell von oben bis unten und suchten nach Anzeichen von Verletzungen. „Was ist denn los?"

Sie räusperte sich und wischte sich die Nase mit ihrem Ärmel ab. „Es geht um Ailis“, sagte sie mit rauer und fester Stimme. „Sie ist tot.“

„Nae …“ Aulay machte fünf große Schritte auf sie zu. Im nächsten Moment lag sie in seinen Armen. Er umarmte sie mit seinen harten Muskeln und dem maskulinen Geruch von Meer, Leder und seinem eigenen Geruch. „Es tut mir leid“, flüsterte er gegen ihren Kopf. „Es tut mir so leid.“

Sie schluchzte an seiner Brust und zitterte, als der heiße Kummer aus ihr hinausströmte. Aulay hielt sie fest, und sie klammerte sich an ihn, als ob ihr Leben davon abhinge, als ob er die ganze Welt wäre. Und irgendwie wusste sie, dass er sie immer so halten würde, wenn sie ihn brauchte.

Plötzlich war sie erschöpft und stand nur noch an ihn gepresst da, umgeben von ihm, und fühlte sich so leer.

„Kannst du etwas für Una tun?“, fragte sie schließlich und löste sich aus seiner Umarmung.

Als er sie losließ, umhüllte sie statt seiner Arme kalte, leere Luft. Es fühlte sich falsch an. So falsch.

„Ja, natürlich kümmere ich mich um sie. Das Waisenhaus ist für sie da, ich werde sie bitten, ein weiteres Bett zu bauen, wenn sie alt genug ist. Bis dahin werde ich eine Pflegefamilie für sie finden. Mach dich nicht verrückt, Jenny. Es wird gut für sie gesorgt sein.“

„Das ist gut“, sagte sie und wischte sich die noch feuchten Augen. „Danke.“

Ihre Blicke trafen sich, und er öffnete den Mund, um etwas zu sagen. Doch da war diese Distanz, diese Unbeholfenheit zwischen ihnen. Hielt er sie immer noch für seine Feindin? Sie wollte ihm noch einmal sagen, dass er sich irrte, dass sie nicht sein Feind war und es auch nie sein würde. Dass sie ihren Streit von gestern Abend bedauerte.

Aber Colum tauchte hinter Aulay auf, sein dunkles Haar klebte ihm an der Stirn. Er blickte zwischen ihnen hin und her und räusperte sich.

„Das Schiff ist bereit, Onkel“, sagte Colum.

Aulay nickte. „Aye. Gut. Wir segeln sofort los."

Er nickte ihr zu, so höflich, so distanziert, und drehte sich um, um mit Colum zum Tor hinunterzugehen.

„Warte!", rief Jenny, und er drehte sich um. „Nimm mich mit. Bitte!"

Aulay lachte spöttisch und schüttelte den Kopf. „Es tut mir leid, dass Ailis gestorben ist, Mädchen. Aber ich werde mich nicht noch einmal manipulieren lassen. Du hast mir gestern Abend dein wahres Ich gezeigt. Ich werde denselben Fehler nicht noch einmal machen. Ich werde England über dich informieren. Du wirst die Insel nicht verlassen, bis das Lösegeld für dich eintrifft."

Schock traf sie, als wäre sie gerade mit Höchstgeschwindigkeit gegen eine Betonwand gerannt. Dann kam die Wut, eine glühende Wand aus Feuer. Er hielt sie jetzt als Geisel fest. Weshalb? Weil sie eine dumme Münze gefunden hatte?

„Das ist Blödsinn!", schrie sie seinem Rücken entgegen. „Du bist wahnsinnig!"

Aber er ging weiter und ignorierte sie völlig.

Sie rannte ihm hinterher. „Was ist aus deinen schönen Reden von gestern geworden? Haben sie dir nichts bedeutet? Was ist damit, dass du mir glaubst und vertraust? Habe ich dir nicht bewiesen, dass ich eine gute Heilerin bin? Habe ich Sìomon nicht gerettet?"

Seine Lippen verzogen sich zu einer schmalen Linie. „Ich bin dankbar für das, was du für mein Volk getan hast, aber ich werde mich nicht noch einmal täuschen lassen."

Sie näherten sich dem Eingangstor, und Jennys Herz hämmerte. Wenn sie jetzt aufbrachen und das Schiff auf der Insel entdeckten, war es das letzte Mal, dass sie dorthin gehen würden. Das letzte Mal, dass sie entkommen konnte.

„Laird! Laird!", rief eine der Wachen, und Aulay und Colum traten zur Seite. „Komm, sieh dir das an."

Sechs Männer, darunter zwei Wachen, standen im Kreis und betrachteten etwas. Jenny bemerkte nicht einmal, was es war. Zur gleichen Zeit wurde ein Wagen mit Schafswolle den Hang von der Burg zum Dorf hinuntergezogen. Weil ihre Beine schwach waren, wurde sie langsamer, bis der Karren sie vor Aulays Blicken und den seiner Krieger abschirmte. Sie ging im gleichen Tempo wie der Karren, und zu ihrer Überraschung passierten sie die Tore, und sie schritt den Abhang hinunter.

Sie erwartete Geschrei, einen wütenden Aufruhr, weil sie die Burg verlassen hatte, aber es kam keiner, und alles blieb ruhig. Als sie ein gutes Stück entfernt war, beschleunigte sie und eilte durch das Dorf und hinunter zur Anlegestelle. Sie entdeckte *Tagradh*, Aulays Schiff. Mehrere Männer saßen vorn, aber niemand saß hinten. Während sie sich unterhielten und in Richtung des Dorfes schauten, schlich sie auf Zehenspitzen über den Wall auf das Schiff und versteckte sich zwischen einigen Säcken am Heck.

Sie könnte jeden Moment entdeckt werden, aber wenn nicht, würde sie vielleicht endlich auf dem Weg nach Hause sein.

Nur war sie sich nicht sicher, ob ihr Zuhause für sie noch dieselbe Bedeutung hatte wie noch vor ein paar Tagen.

KAPITEL 26

Das Schiff schaukelte, als einer der letzten Schotten von Bord ging. Jenny spähte hinter dem Sack hervor und beobachtete, wie etwa zwanzig MacDonald-Krieger den Hügel der Insel erklommen, die sie schließlich nach Hause bringen würde. Die Insel Achleith war immer noch die gleiche riesige Ansammlung von Felsen und Moos, die sie in Erinnerung hatte. Die Klippen und Felsen wölbten sich wie das verzerrte Gesicht eines Riesen.

Während sie beobachtete, wie die letzten Männer die Spitze der Insel erreichten und dann hinter der Kurve des Abhangs verschwanden, machte sie sich auf den Weg zur Seite des Schiffes. Es lag nahe genug vor Anker, dass die Männer von Bord gehen und durch die Wellen zum Ufer marschieren konnten, und weit genug, dass der Rumpf nicht am Boden scheuerte.

Sie hatte keine andere Wahl, als ebenfalls ins Wasser zu springen. Als sie das tat, raubte ihr die eisige Kälte der Irischen See den Atem. Sie eilte frierend durch das Wasser und war von der Taille abwärts durchnässt. Nun, all das würde sich lohnen, solange sie in ihre eigene Zeit zurückkehren konnte. Sie hatte nur noch sechs Tage bis zu ihrem Termin.

Als sie am Kiesstrand stand und begann, den Hügel zu erklimmen, durchbohrte ein Schmerz ihre Brust. Sie dachte an Amanda, Kyla und Natalie, an ihre Eltern, ihre Schwestern, ihre Neffen und Nichten und ihre beiden Schwäger.

Sie fragte sich, ob sie immer noch nach ihr suchten oder ob sie dachten, dass sie ins Meer gefallen und ertrunken sein musste. Würden sie eine Beerdigung für sie abhalten? Wenn sie in ihre Zeit zurückkehrte, wie um alles in der Welt sollte sie dann ihr Verschwinden erklären? Wenn sie ihnen von Zeitreisen erzählte, würden sie sie bestimmt in die Psychiatrie einweisen.

Während sie höher und höher kletterte und kleine Kieselsteine unter ihren Schuhen den Hang hinunterrutschten, dachte sie an all die guten Dinge in ihrem Leben, zu denen sie zurückkehren würde. Ihre Kinderarztpraxis. Ihre Familie. Ihre Freunde. Ihre Wohnung in New York mit Heizung, Strom und einem Kühlschrank. Antibiotika und andere Medikamente, die das Leben von Menschen retten konnten.

Es gäbe keine Una, und es gäbe keinen Aulay.

Sie würde wieder eine von vielen Ärztinnen und Ärzten sein, die Patienten im einundzwanzigsten Jahrhundert helfen konnten. Aber hier hätten die Menschen niemanden, der wüsste, wie wichtig Antiseptika, die Reinigung von Tischen und Instrumenten und gute Hygiene waren.

Wie Aulay gesagt hatte, es gab niemanden wie sie in dieser Zeit.

Der Gedanke daran, wie viel Gutes sie für die Menschen in dieser Zeit tun könnte, ließ sie innehalten. Ihre Beine wollten sich einfach nicht bewegen und sie den Hügel hinaufführen. Und Una ... armes Mädchen ... sie brauchte eine Mutter, und Jenny wollte ein Baby.

Aber was war mit einem eigenen Baby?

Ja, ihr eigenes Baby. Sie würde das, was ihr am wichtigsten war, nicht für Aulay aufgeben. Ein Mann, der sie, wie sie es die ganze Zeit befürchtet und vermutet hatte, mit Leichtigkeit verraten würde, wenn er die Chance dazu hätte. Eine Zeit lang hatte er an sie geglaubt. Dann plötzlich tat er es nicht mehr. Wie konnte sie ihm vertrauen, dass er sie nicht abermals verletzen würde?

Sie konnte es nicht.

Das gab ihr die Kraft, weiterzugehen. Sie blickte zurück zum Schiff. Die Aussicht von hier war spektakulär. Die weite Irische See erschien durch die grauen Wolken am Himmel dunkel. Der Wind brachte den Geruch des Meeres und der Algen mit sich. Er ließ ihren nassen Rock flattern und durchbohrte ihre Beine mit kalten Nadeln. Sie fröstelte. Es war kein anderes Land in Sicht. Das würde problematisch werden, wenn sie in ihre eigene Zeit zurückkehrte. Wie sollte sie jemanden anrufen, der sie von einer unbewohnten Insel abholen würde?

Nun, darüber würde sie nachdenken, wenn sie zurück war. Vielleicht könnte sie ein vorbeifahrendes Schiff anhalten. Sie hatte es in dieser Zeit geschafft.

Endlich war sie oben auf der Insel, deren Oberfläche mit Gras und Moos bedeckt war. Vereinzelte Kleeblüten zeigten sich weiß zwischen dem Gras. Möwen flogen hoch am Himmel und kreischten.

Sie musste sich beeilen. Sie hatte keine Ahnung, wo die Highlander waren. Als sich Jenny jedoch auf die Stelle zubewegte, an der früher der Leuchtturm gestanden hatte und von der sie wusste, dass der Stein dort lag, fiel es ihr schwer zu gehen. Sicherlich, weil ihr kalt war. Nicht, weil der Gedanke, Aulay zu verlassen, in einer Welt ohne ihn zu leben, ihre Brust mit Furcht erfüllte.

Da war er, der Stein, dunkel gegen das Moos und das Gras. Vielleicht zwanzig Schritte entfernt.

Etwas Dunkles bewegte sich am Rande ihres Blickfelds. Sie hörte das Stampfen vieler Füße auf dem Boden und das rhythmische Klirren von Metall auf Holz. Hinter der Kurve auf der anderen Seite der Insel tauchten die Schotten auf. Sie stürmten den Hügel hinauf, erst ein paar, dann alle. Sie trugen Truhen, Schwerter und Rüstungen in den Händen und rannten, leise, effizient.

Als ihre Blicke auf ihr landeten, runzelten sie die Stirn, wurden langsamer und atmeten schwer. „Was macht Ihr hier, Mädchen?“, fragte einer von ihnen, während sich Schweißperlen auf seiner Stirn sammelten.

„Verschwinde von hier, Mädchen“, sagte ein anderer.

Jenny starrte sie an und war überrascht, dass die Männer sie nicht packten und mitnahmen.

Bis eine riesige Gestalt vor ihr zum Stehen kam und die Sonne abschirmte, die gerade noch hinter den bleiernen Wolken hervorlugte. Aulays Gesicht war wütend. Seine Nasenlöcher blähten sich vor Zorn, und er zog die Augenbrauen zusammen. In seinen Armen steckten bestimmt ein Dutzend Schwerter.

Sie hatten ihr Schatzschiff gefunden.

„Was, um Himmels willen, macht Ihr hier?“, donnerte er.

Sie starrte ihn an, und ihr fehlten die Worte. Sie fühlte sich wie angewurzelt, unfähig, sich zu bewegen, unfähig, etwas zu sagen.

Sein Blick fiel auf den Felsen, und sein Gesicht wurde vollkommen ausdruckslos. Dann sah sie etwas hinter ihm, aus dem Süden – drei Schiffe kamen, auf den roten Segeln erkannte sie drei goldene Löwen.

Diese waren so viel größer als Aulays Schiff.

Sie sah ihn erneut an. Die Drohung in seinen Augen ließ sie zurückschrecken. Er war ein Raubtier, das auf der Jagd war, und sie war seine Beute. Die Wut in seinen Augen, die Bereitschaft, sich zu holen, was er wollte, sorgte dafür, dass sie wie festgenagelt auf dem Boden stand. Er würde sie nicht entkommen lassen.

Aber sie würde nicht so leicht aufgeben.

Jenny rannte zu dem Stein. Sie musste nur einmal den Handabdruck berühren, und schon würde sie in der Zeit zurückreisen. Sie würde nicht zulassen, dass er sie noch einmal erwischte. Sie würde nicht zulassen, dass er sie einsperrte, nicht, wenn sie nur noch zwanzig Meter von ihrem Zuhause entfernt war.

Das Klirren von Metall verriet ihr, dass er die Schwerter auf den Boden geworfen hatte. Schnelle, schwere Schritte ertönten hinter ihr.

Sie bewegte sich schneller. Das durchnässte Kleid hing kalt und schwer an ihren Beinen. Noch drei Meter bis zum Stein.

„Stopp!“, rief Aulay irgendwo dicht hinter ihr. „Du wirst nicht entkommen!“

Fünf Meter. Fast geschafft.

Ihr Fuß rutschte auf einem glatten Stein aus. Ihr Knöchel verdrehte sich in einem unnatürlichen Winkel, und ein schmerzhaftes Reißen durchzuckte ihren Muskel. Sie schrie vor Schmerz auf, als sie fiel und der Aufprall auf den harten Boden ihr die Luft raubte. Sie konnte den Stein fast berühren. Sie streckte die Hand danach aus und ignorierte den Schmerz und das Unbehagen.

Starke Arme hoben sie hoch und drückten sie gegen eine harte Brust. „Wir müssen rennen, Mädchen“, sagte er, als er sich bewegte. „Wir haben keine Zeit mehr. Du bist verletzt, und ich werde dich nicht zurücklassen.“

„Lass mich los, verdammt!“ Sie zappelte und schlug gegen seine Brust, aber er hielt sie so fest, als würde sie gegen einen Baum kämpfen. „Lass mich los! Ich war fast zu Hause!“

„Nein.“

Wie ein Wahnsinniger rannte er den Hang hinunter. Jenny hüpfte und schaukelte, während er sich bewegte. Als sie den Strand erreichten, war *Tagradh* bereit zum Ablegen. Das Segel war ausgerollt und die Anker eingeholt. Die Männer standen an den Rudern und signalisierten Aulay mit den Armen, dass er zum Schiff eilen sollte. „Komm schon, Laird! Beeil dich!“

Doch die Engländer kamen bereits hinter der Klippe hervor. Pfeile flogen von ihren Schiffen und trafen einen von Aulays Männern. Er schrie auf, als er den Pfeil abbrach, der seine Schulter durchbohrte. Ein anderer Mann ersetzte ihn am Ruder.

„Los!“, brüllte Aulay. „Lauft! Beeilt euch!“

Seine Männer begannen, die Ruder zu bewegen, und Colum rief rasche Befehle, während er das Schiff steuerte.

„Sie werden nicht überleben, wenn die Engländer sie einholen“, murmelte Aulay. „Wir müssen uns verstecken, bevor der Feind uns sieht."

Während Aulay den Hang hinaufkletterte, dankte Jenny dem Herrn für die kleine Gnade. Obwohl sie wieder in seiner Gefangenschaft war, befand sie sich immer noch auf der Insel und hatte noch eine Chance, nach Hause zurückzukehren.

KAPITEL 27

IN DER HÖHLE roch es nach Algen und Fisch. Das Wrack des englischen Schiffes glich einem gestrandeten Wal: dunkel und ausgeweidet. Das zerrissene Segel hing flatternd im Wind. Im Sand funkelten immer noch englische Münzen, Schwerter und Rüstungen waren wie Steine in den Boden gegraben.

Eine große Klippe schirmte die Höhle vom Meer ab, und irgendwie war das Schiff durch die Öffnung zwischen Klippe und Insel an diesen Ort gelangt. Die ganze Zeit über waren sowohl die Engländer als auch Aulay auf der Suche nach dem Schiff herumgefahren, ohne zu wissen, dass es hier eine versteckte Höhle gab.

Aulay kümmerte sich einen Moment lang nicht um die Überreste des englischen Schatzes. Jenny saß auf einem großen Felsbrocken vor ihm, während er im nassen Sand kniete. Ihr verletztes Bein lag auf seinem Knie. An ihrem Knöchel klaffte eine Wunde, die behandelt werden musste, wahrscheinlich von dem Sturz, den sie erlitten hatte. Er war kaum in der Lage, seine Wut zu beherrschen. Nein, das stimmte nicht einmal. Er war mehr als nur wütend.

Sie hatte sich ihm erneut widersetzt. Sie hatte sich rausgeschlichen und ihn ausgetrickst. Dabei hatte er nicht einmal gewusst, wie nah er daran war, sie für immer zu verlieren und nie wiederzusehen. Nachdem er sie in seinen Armen gehalten hatte und nun ihren Knöchel in den Händen hielt, fühlte er sich, als wäre sie eine Verlängerung von ihm, seine zweite Hälfte, der verlorene Teil seiner Seele.

„Wie konntest du dich nur in solche Gefahr begeben, Jenny?", murmelte er verhalten, während er ihren Fuß langsam im Kreis bewegte. „Du hast mich erneut verraten."

„Wie genau habe ich dich verraten? Ich habe dir von Anfang an gesagt, dass ich gehen will, und dich gebeten, mich mitzunehmen. Du hast es mir verboten, und ich habe nie zugestimmt, dir zu gehorchen."

Sie zog ihr Bein von seiner Hand weg. „Ich kann mich selbst um meinen Knöchel kümmern, vielen Dank."

Er setzte sich und sah sie an. Sie war so wütend und gleichzeitig so schön im Halbdunkel der Höhle. Die Wellen rauschten sanft gegen den Sand. Auf der anderen Seite der Klippe tobte das Meer.

„Du hast ihn dir wahrscheinlich verstaucht", sagte Aulay und betrachtete ihren Knöchel. Vor nicht allzu langer Zeit hatte er ihn geküsst, als er sich mit Zunge und Mund den Weg über ihr Innenbein und ihren Oberschenkel bis hin zu ihrer Scheide gebahnt hatte. Damals hatte sie sich nach seinen Berührungen gesehnt, ihn nach mehr angefleht, weil sie so erregt und feucht gewesen war. Sie hatte ihm gehörte. Jetzt zog sie sich zurück. „Aber deine Wunde macht mir Sorgen. Ich habe nichts, um sie zu nähen."

Er zog seine Tunika aus und reichte sie ihr. Seine Wunde schmerzte, als er sich bewegte. „Damit kannst du die Blutung stoppen", sagte er.

Auch wenn sie wütend aufeinander waren, streifte ihr Blick über seinen nackten Oberkörper, und er wusste, dass ihr gefiel, was sie sah. Vielleicht dachte sie, genau wie er, an die Momente, in denen sie vereint und verbunden gewesen waren, sich gemeinsam bewegt und gemeinsam geatmet hatten. Er konnte sich nicht erinnern, jemals zuvor so guten Sex gehabt zu haben.

„Ich brauche nicht die ganze Tunika", sagte sie. „Wenn du etwas abreißt, reicht das schon."

Er nickte, riss einen Fetzen aus dem unteren Teil und reichte ihn ihr. Sie drückte ihn fest gegen den Schnitt.

Er zog seine Tunika wieder an und gab ihr den Beutel mit Trinkwasser, den er immer an seinem Gürtel trug.

„Wir können noch kein Feuer machen. Ich will ihre Aufmerksamkeit nicht erregen." Er schaute sich um. „Es gibt aber noch trockenes Treibholz vom Schiffswrack. Wir können es anzünden, wenn die Engländer weit genug weg sind. Ich habe immer meinen Feuerstahl dabei. Auch wenn wir gestrandet sind, werden wir überleben."

Sie verdrehte die Augen. „Toll. Ich brauche nicht zu überleben. Ich brauche weder Feuer noch Treibholz. Ich muss auf den Hügel, den Stein berühren und nach Hause gehen."

Aulay schluckte schwer. Er hatte in dem Moment, als er ihr Gesicht und den Felsen gesehen hatte, die Wahrheit erkannt. Und dann hatte sie die Hand ausgestreckt und versucht, den Stein zu berühren ...

„Es ist also wahr?", fragte er, ohne seine eigene Stimme zu erkennen. Die Kälte des Sandes sickerte in sein Blut und wanderte zu seiner Seele. „Bist du wirklich durch die Zeit gereist? Hatte ich unrecht, als ich dich beschuldigte, der Feind zu sein?"

Jennifer schaute unter das Tuch. Die Blutung hatte aufgehört, und sie wickelte den Lappen um ihren Knöchel und band ihn gut fest. „Ich bin in der Zeit gereist, Aulay."

Er schluckte und nickte. Das war schlimmer, als wenn sie ein englischer Feind gewesen wäre.

„Dann zeig es mir. Ich will es mit eigenen Augen sehen. Ich will nicht, dass es noch Zweifel gibt."

Sie schaute ihn an. „Wenn du versuchst, mich aufzuhalten ..."

„Du bist ein Teil meiner Seele, Jenny. Und wenn du wirklich in eine andere Zeit gehörst, werde ich dich gehen lassen. Ich will mir erst sicher sein."

Sie sah ihn lange Zeit an. „Okay."

Er nickte, hob sie hoch und trug sie den Hügel hinauf zu dem Felsen.

KAPITEL 28

JENNY HATTE GROẞE SCHMERZEN – nicht nur wegen ihres Knöchels. Das Gefühl von Aulays hartem Körper, seine Arme, die sie hielten, als wäre sie ein Schatz, ließ ihr Herz schmerzen. Denn er brachte sie zu ihrem Ausweg. In eine Zukunft, in der es ihn nicht gab.

„Wie geht es deinem Knöchel?“, murmelte er.

Seine Augen wichen nur kurz von ihren, um den Weg den Hügel hinaufzufinden. Ansonsten spürte sie das Gewicht seiner Blicke und die Wärme, die sich wie ein Rausch in ihrem Körper ausbreitete.

Als sie die Spitze des Hügels erreichten, konnte sie die englischen Schiffe fast am Horizont sehen.

„Sie fahren nach Norden. Nach Islay“, sagte Aulay mit zusammengebissenen Zähnen. Sie spürte, wie sein Herz schneller schlug. Sein Kiefer war angespannt, und er war eindeutig besorgt. Das war sie auch. Irgendwie hatte sie in nur acht Tagen angefangen, Islay als ihre zweite Heimat zu betrachten.

„Ach du meine Güte“, flüsterte sie. „Mhairi und Sìomon ... und Artur ... und all die anderen Waisenkinder! Una ...“

„Colum wird wissen, was zu tun ist.“

Aber sie wusste, dass er sich Sorgen machte.

„Es liegt jetzt nicht mehr in deiner Hand, Aulay“, flüsterte sie. „Du kannst nichts tun, um zu helfen. Du musst Colum und den Vorbereitungen, die du getroffen hast, vertrauen.“

Er nickte, aber seine Kiefermuskeln spannten sich an. „Ja, du hast recht, Mädchen.“

Seine dunklen Augen füllten sich mit Traurigkeit, als er sie ansah und schließlich hinter sie blickte. Dann, ohne ein weiteres Wort zu sagen, ging er zu dem Stein.

Sanft legte er sie auf den Boden neben dem Felsen, und Jenny konnte die Kraft der Magie spüren. Die Gravuren begannen zu leuchten, und unvermittelt überfiel sie das Bedürfnis, den Stein unter keinen Umständen zu berühren, Aulay festzuhalten und ihn nicht mehr loszulassen. Als sie in seine Augen blickte, waren sie so klar, wie sie sie noch nie gesehen hatte.

„Es ist wahr ...“, murmelte er.

„Ja, es ist wahr. Wenn ich ihn berühre, bin ich weg.“

Aulays Gesicht war aschfahl. Sein Adamsapfel wippte. „Ich glaube dir.“

Sie starrte auf den Stein. Dort, nur eine Berührung entfernt, war ihre Welt. Sie konnte es zu dem Termin schaffen. Sie konnte zu ihren Patienten zurückkehren. Sie konnte in einer Welt voller Annehmlichkeiten leben, in der Licht nur ein Fingerschnippen entfernt war, das Essen perfekt verpackt und in einem nahen gelegenen Lebensmittelgeschäft verkauft wurde und ihre Wohnung warm und sauber war. Eine Welt, in der man ihr nicht sagen würde, dass sie einen Patienten nicht behandeln durfte, weil sie eine Frau war und keine Ahnung hatte.

Eine Welt, in der die medizinische Technologie ihr helfen könnte, ein eigenes Baby zu bekommen, das sie halten und lieben konnte.

„Du kannst gehen“, sagte Aulay. „Und ich werde dich nie wieder sehen. Und mein Herz wird für immer mit dir verloren sein.“

Sie stellte sich ihr Leben ohne ihn vor. Genauso wie vorher. Lange Arbeitszeiten in der Klinik. Eine leere Wohnung. Hoffentlich würde sie ein Baby bekommen, aber das würde vielleicht auch mit medizinischer Hilfe nicht passieren. Und in diesem Fall wäre die Leere in der Mitte ihrer Seele immer noch da.

Bei Aulay war sie das nicht. Sìneag hatte recht. Er war die Liebe ihres Lebens.

„Du hast mir nicht geglaubt", sagte sie. „Du dachtest, ich hätte dich betrogen. Wie kann ich dir jemals wieder vertrauen?"

„Es tut mir leid, dass ich dir nicht vertraut habe, Mädchen. Ich liebe dich. Die Jahre, die mir noch bleiben, möchte ich mit dir verbringen. Ich hätte dir nicht misstrauen dürfen. Ein Teil von mir wusste, dass du nicht mein Feind sein konntest. Aber es war einfacher, dich wegzustoßen, weil ich nicht wieder verletzt werden wollte, wenn ich dich verliere. So wie ich jetzt in Gefahr bin, dich zu verlieren."

Sie zitterte. Vielleicht lag es daran, dass sie auf dem kalten Boden saß, ihr Rock noch immer durchnässt war und der Wind kalt. Vielleicht lag es aber auch daran, dass er gesagt hatte, dass er sie liebte. So sehr wie er Angst hatte, dass sie ihm wehtun würde, hatte sie Angst, dass er ihr wehtun würde. Das hatte er bereits getan, als er sich gegen sie gewandt hatte und sie plötzlich für einen Feind hielt. Aber sie wusste, dass ihre Zurückweisung auch ihn verletzt hatte.

Er ließ sich vor ihr auf die Knie fallen. Ein stattlicher Riese, in dessen langen silbrigen Haaren der Wind wehte. Seine Augen waren dunkel und schimmerten unter den dicken Augenbrauen. „Ich weiß, dass ich kein Recht habe, aber ich bitte dich. Geh nicht. Sei meine Frau. Ich liebe dich, und ich gebe dir das Wort eines Schotten, dass ich lieber sterben würde, als dich zu verraten, wie es dein Mann getan hat. Du bist eine Heilerin. Ich hätte nie gedacht, dass meine Seele geheilt werden könnte, aber du hast mich geheilt. Sei meine Frau und bleib für den Rest unseres Lebens bei mir."

Ihre Sicht verschwamm, und ihre Augen brannten vor Tränen. Ein Abgrund riss an ihr. Ein Abgrund zwischen ihrer größten Hoffnung und ihrer größten Angst. „Ich möchte dir glauben."

Er rückte näher an sie heran. Der Wind brachte den Duft des Meeres und der Freiheit und der Hoffnung ... und seinen ureigenen Geruch. „Liebst du mich, Mädchen? Bitte sag mir, liebst du mich so, wie ich dich liebe?“

Sie nickte, außerstande, etwas vorzubringen.

„Dann gib mir noch einen Tag. Lass mich dir zeigen, wie unser Leben aussehen würde. Und sag mir am Ende, ob du denkst, dass dein Leben in deiner Zeit die Einsamkeit wert ist, die du ohne mich fühlen wirst.“

Vielleicht war sie wahnsinnig. Nach so vielen Tagen und so vielen Hindernissen war sie endlich hier. Am Felsen. Trotzdem war sie nicht bereit, ihn zu verlassen. Der Gedanke, sich von ihm zu trennen, war, als würde sie sich ins eigene Fleisch schneiden.

Was war schon ein weiterer Tag im Vergleich zum Rest ihres Lebens ohne ihn? Wie ein Junkie brauchte sie einen weiteren Schuss von ihm, eine weitere Dosis Aulay.

Sie würde den Rest ihres Lebens damit verbringen, sich daran zu erinnern, wie gut er war.

„Okay“, sagte sie. „Einen Tag noch.“

DER REST DES TAGES WAR GLORREICH, FAND JENNY. SIE TRANKEN aus Aulays Wasserflasche und aßen die Bannocks, die er für die Reise eingepackt hatte. In der versteckten Höhle machte er ein Feuer aus Treibholz und dem trockenen Holz des Schiffes.

Sie unterhielten sich, kuschelten und küssten sich ... Sie knutschten so viel, dass es schien, als wären sie Teenager.

Am Abend trug er sie hinauf zu einem schönen Platz, der nach Westen gerichtet war. Sie saßen am Rande der Klippe, sahen auf das Meer und redeten. Sie sprachen über alles. Über ihre Familien, Freunde und Beziehungen. Sie stellte fest, dass es keinen großen Unterschied zwischen den Beziehungen im vierzehnten und einundzwanzigsten Jahrhundert gab. Wenn überhaupt, schien es, dass dieses Leben einfacher war.

Aulay fragte sie über ihre Klinik aus, und nachdem sie ihm ausführlich erzählt hatte, was sie tat, sagte er, dass sie hier die gleiche Klinik haben könnte. Er könnte ihr die gleiche Kinderarztpraxis errichten.

„Vielleicht könntest du sogar Heiler und Mediziner aus ganz Schottland unterrichten. Ist dir klar, was für einen positiven Einfluss du hier haben könntest, Mädchen?"

Sie lächelte, während sie auf das Meer blickte. Der Wind wehte sanft, und es war inzwischen warm. Die See war fast spiegelglatt. Die Sonne stand tief, und ihr Widerschein –orange, gelb und rot – leuchtete im Wasser. Der Boden unter ihren Händen war kühl, und das Moos stach ein wenig durch den Stoff des Kleides auf ihre Haut. Sie liebte den Geruch hier, den des Meeres, des Mooses und der Erde. Die Wellen rauschten leise unter ihr.

„Du hast recht. Das wäre fantastisch. Ich würde die Geschichte ein bisschen durcheinanderbringen, schätze ich ... Ich bin mir nicht sicher, ob ich so viel tun sollte, um den Lauf der Dinge weltweit zu verändern ... Aber ich könnte definitiv etwas Gutes tun."

„Aye." Er rieb ihr die Schulter. „Das könntest du."

„Wie leicht kannst du seltene Dinge aus dem Mittelmeerraum und dem Nahen Osten bekommen?"

„Für dich, alles, Mädchen. Was brauchst du?"

„Nun, Schlafmohn ... Daraus würde ich Laudanum herstellen, das beste Betäubungsmittel, das es in dieser Zeit gibt. Außerdem Knoblauchzwiebeln aus dem Mittelmeerraum, Ingwer und andere Kräuter und Heilpflanzen."

„Aye, Mädchen, natürlich. Alles, was du willst."

Jenny lächelte. Sie konnte sich vorstellen, wie sie alles anpflanzte und pflegte.

Alles, was sie wollte ... Sie wusste, dass er es ernst meinte. Sie sah es in seinen Augen, hörte es in seiner Stimme und spürte es. Er fühlte sich wie ein Teil von ihr an, der ehemals verlorene Teil.

„Was ist mit der Tatsache, dass du nie Kinder mit mir haben kannst?"

„Ich lebe schon lange mit dem Gedanken, und ich habe akzeptiert, dass ich keinen Erben haben werde. Ich hätte lieber ein Leben mit dir. Ich werde vielleicht nie einen Bluterben haben, aber ich möchte auch wissen, dass ihr nicht bei der Geburt sterben werdet. Colum wird der Erbe sein. Wenn der Clan ihn annimmt und ihm vergibt."

„Das ist gut." Sie lächelte.

Das gefiel ihr auch. Aber konnte sie wirklich auf die Möglichkeit eines eigenen Kindes verzichten, etwas, wovon sie ihr ganzes Leben lang geträumt hatte? Der Gedanke, kein eigenes Kind zu haben, war nicht mehr so schmerzhaft, wenn sie sich das Leben vorstellte, das sie mit Aulay haben könnte.

„Du bedeutest mir alles", sagte er. „Mein Glück. Meine Liebe. Meine Seele. Du bist die Liebe meines Lebens und mein Schicksal."

In Jennys Augen standen die Tränen. Sie empfand dasselbe für ihn.

Sie könnte für Una eine Mutter sein. Der Gedanke daran war für sie genauso aufregend wie der Gedanke, bei Aulay zu bleiben.

„Okay, Aulay", sagte sie. „Ich werde deine Frau sein. Ich werde für immer bei dir bleiben."

Er strahlte und schien in einem Augenblick um zwanzig Jahre jünger geworden zu sein. Er küsste sie, und als er sie näher an sich zog und ihr Blut in Wallung geriet, fragte sich ein kleiner Teil von ihr, ob sie das wirklich durchdacht hatte.

Aber dieser Stein würde nirgendwo hingehen.

KAPITEL 29

Ein Schrei weckte Aulay auf. Er hob den Kopf und sah sich in der Höhle um. Seine Hand umklammerte den Griff seines Schwertes, das neben seinem Kopf lag. Doch die Wellen bewegten sich kaum in der geschützten Bucht der Insel Achleith. Die Höhle um sie herum war dunkel; der Himmel war zwischen den Felswänden zu sehen, die die Höhle vom Meer abschirmten. Das englische Schiffswrack lag noch immer da. Es war halb im Wasser versunken: dunkel und tot.

Er hörte keine Schreie mehr. Stattdessen zog er die warme, weiche Jenny fester an sich. Sie schmiegte sich mit dem Rücken an seine Brust. Ihr weicher, unglaublicher Hintern drückte gegen seinen Unterleib. Er bewegte das Becken, um sich an ihren Hintern zu schmiegen und war sofort hart. In der Nacht hatten sie sich auf seinem *Léine-Croich* geliebt, den er auf den Sand gelegt hatte, und sich mit seinem Mantel zugedeckt.

Seine zukünftige Frau ... Er vergrub das Gesicht in ihrem roten Haar und atmete ihren Duft ein. Ihr eigener süßer, köstlicher Duft vermischte sich mit dem Geruch von nassem Sand und Sonne.

Er hatte sie für sich erobert, und sie hatte sich für ihn entschieden. Sie würde bei ihm bleiben. Die kleine, süße Füchsin würde seine Frau werden. Jennifer würde ihn zum glücklichsten Mann der Welt machen. Seine Brust war so voll und leicht, dass sie zu platzen drohte wie ein aufgeblasener Wassersack.

Die einzige Sorge, die er jetzt hatte, war Islay und die drei englischen Schiffe, die dorthin fuhren.

Wie ein Echo seiner Gedanken drang ein weiterer Schrei an seine Ohren. Diesmal wusste er, dass er ihn sich nicht eingebildet hatte. Er war schwach und weit entfernt, aber er war echt. Auf den ersten Schrei folgte ein weiterer stöhnender Ruf.

Er nahm sein Claymore in die Hand und richtete sich auf. Jenny wachte auf und setzte sich neben ihn. „Was ist das?", fragte sie und rieb sich die Augen.

Ein Stöhnen drang von irgendwo oben zu ihnen hinunter. Es kam näher.

„Jemand ist auf der Insel", sagte er. „Bleib hier."

Er stand auf und zog eilig seinen *Léine-Croich* an.

Aulay sah sie an und legte die Hand auf ihre Schulter. „Versprich mir, dass du hier bleibst und dich versteckst, Mädchen. Dort, in den Tiefen der Höhle. Aye?"

„Aber, Aulay, wenn jemand verletzt ist ..."

Er drückte ihre Schulter fester. Angst bohrte sich in seine Brust. „Versprich es mir!"

„Ich verspreche es ..."

„Tatsächlich ..." Er schluckte schwer. „Hast du die Erlaubnis, die Höhle nur aus einem Grund zu verlassen. Du darfst wieder durch deinen Stein gehen, wenn das bedeutet, dass du dein Leben retten musst. Aye?"

Ihre schönen Augen waren so groß und schimmernd. Und sie waren voller Furcht. „Aulay, du machst mir Angst ..."

„Mädchen, versprich es mir einfach."

Sie presste die Lippen kurz aufeinander. „Ich verspreche es."

Er atmete erleichtert aus und küsste sie. Es war ein harter Kuss, kein zärtlicher. Ein Kuss, der sagte: *Ich liebe dich, und ich würde lieber sterben, als dass dir etwas zustößt.*

Dann ging er los und kletterte den steilen Hang hinauf auf den Hügel. Als er hoch genug war, um über die Kurve des Abhangs zu blicken, rutschte ihm das Herz in die Hose. Seine Schotten kämpften. Er sah Colum und Seoras und zwanzig weitere Männer gegen die Engländer kämpfen. Schwerter und Lochaber-Äxte wurden geschwungen und klirrten.

Die Engländer trugen Kettenhemden und Kettenmäntel, die Schotten nur ihre *Léine-Croich*. Es waren doppelt so viele Engländer wie Highlander. Warum waren sie zurückgekommen? Was war geschehen?

Mit einem Brüllen stürzte er sich direkt in den nächsten Kampf. Colum schwang sein Schwert gegen zwei englische Ritter, beide in langen Kettenhemden und roten Mänteln mit drei goldenen Löwen. Mit einem Stöhnen schlug Colum diagonal zu, aber sein größerer Gegner holte mit seinem Schwert aus und blockte Colums Schlag ab, während der zweite Mann sein Schwert hieb und auf Colums Seite zielte.

Aulay gelang es, die beiden zu erreichen, bevor die Klinge den *Léine-Croich* seines Neffen durchschneiden und Colums Niere aufschlitzen konnte. Aulays Claymore traf das Schwert des Engländers und drückte gegen ihn.

Colum warf einen kurzen Blick auf Aulay, bevor er zurück in den Kampf gezogen wurde. In Aulays Adern erklang das Lied von vergossenem Blut und zu schnellem Tod. Die Insel war voll von kämpfenden Kriegern. Aulay traf den Schild des Mannes und schlug ihn ihm aus den Händen. Er hob sein Schwert über den Kopf und griff erneut an. Aulay sah die Angst in den Augen des Feindes. Er stand zu ungeschickt, die Hand, die sein Schwert hielt, war zu weit hinten, und er hatte keine Zeit, sich vor dem zu schützen, was von Aulay kam.

Aulay schwang sein Schwert nach unten und schnitt durch die Seite des Helms des Mannes und direkt in den Knochen der Stirn. Der Mann stöhnte, seine Augen rollten zurück, und er fiel. Aulay befreite sein Schwert.

Colums Gegner lag ebenfalls tot da, und Aulay packte seinen Neffen an der Schulter. Keuchend fragte er: „Geht es dir gut, Junge?"

„Ja, Onkel. Und du?"

„In Ordnung. Wie bist du hierhergekommen?"

„Die Sassenachs haben uns angegriffen, aber wir haben uns gewehrt und eines ihrer Schiffe versenkt. Sie zogen ab. Dann warteten wir, aber sie waren nirgends zu sehen. Ich beschloss, dass wir euch holen sollten, aber als wir uns Achleith näherten und das Schiff verließen, griffen sie uns aus dem Hinterhalt an."

„Verdammt noch mal ...", sagte Aulay mit zusammengebissenen Zähnen. „Sie wissen, dass sie hier eine bessere Chance haben, uns zu schlagen als auf Islay. Die Bastarde brauchen mehr als drei Schiffe, um Dunyvaig zu stürmen."

Colum runzelte die Stirn. „Wo ist Jenny?"

„Sie ist ..." Aulay drehte sich zu der Stelle um, an der der Hang nach unten führte, und blieb ganz still.

Zweihundert Meter entfernt gingen drei englische Krieger den Abhang hinunter zum versteckten Strand.

Jenny ...

Aus seinen Augenwinkeln sah Aulay die dunkle Gestalt eines weiteren englischen Kriegers, der Colum mit einem Schwert angriff. Aber Aulay achtete nicht auf das Klirren von Metall.

Sein ganzes Wesen war in Alarmbereitschaft; die Haare auf seinen Armen stellten sich auf wie die Nackenhaare eines Wolfes. Alles, woran er denken konnte, war Jenny ... Das Herz schlug ihm bis zum Hals, als er vorsichtig hinter den Kriegern herlief. Als er den oberen Teil des Weges erreichte, waren zwei von ihnen bereits unten am Strand und sahen sich um. Der dritte kletterte noch den Abhang hinunter.

„Halt, ihr Bastarde!", brüllte er, während er den Hang hinuntereilte.

Kieselsteine und Erde rollten unter seinen Füßen weg. r verlor das Gleichgewicht und wäre beinahe eine neunzig Meter hohe

Klippe hinunter in die nun wütende See gestürzt, die gegen die schroffen Felsen prallte. Die drei Männer sahen zu ihm auf. Einer der Männer, der sich noch auf dem Weg befand, drehte sich um und rannte den Hügel hinauf zu Aulay.

Jeder Schritt, den Aulay machte, hallte in seiner Brust wider, während er rannte. Er schrie nach Jenny. Sie sollte ihn in der Nähe hören und sich ein besseres Versteck suchen. Sein Claymore prallte wie ein Blitz auf das Schwert des Feindes. Er schlug mit seinem Schwert zu, immer und immer wieder, und traf auf Stahl. Die Füße des Mannes rutschten ab und versprühten Staub, Sand und Kieselsteine. Aulay blickte auf die tosenden Wellen hinunter. Dann ein Stoß, und der Feind stürzte in den Tod; nur ein Schrei folgte.

Als er den Abhang hinuntereilte, wartete einer der Männer am Strand auf ihn.

Ein Frauenschrei durchdrang die Luft, und Aulay gefror das Blut in den Adern. Der zweite Feind zerrte Jenny hinter sich her, die sich wehrte und gegen ihn stieß.

„Lasst sie los!“ Aulay trat einen Schritt auf sie zu, aber der vordere Mann stieß sein Schwert nach ihm. Er wich aus, war jedoch zu sehr abgelenkt, und er befand sich zudem in einer ungünstigen Position, die seine Seite entblößte.

Ein glühender Schmerz durchzuckte ihn, als die Klinge durch den *Léine-Croich* und sein Fleisch schnitt. Er stöhnte, geriet ins Taumeln und verlor das Gleichgewicht, während er versuchte, gegen den Schmerz der Wunde anzuatmen.

Es war schlimm. Aulay wusste, dass die Verletzung schlimm war, viel schlimmer als seine Schulterwunde.

Außerdem hatte der Mann jetzt einen Vorteil. Er schlug mit seinem Schwert zu, und Aulay stöhnte, als er sein Schwert gegen die Attacke hochhob. Die beiden Klingen prallten aufeinander. Der Engländer drückte sein Schwert nach unten, bis sich Aulays Claymore in seinen Wangenknochen grub.

Der Schmerz schoss durch seinen Körper, als er zurückschlug. Seine Seite fühlte sich heiß an, so unglaublich heiß und feucht.

Aulay warf einen Blick auf Jennifer, und seine Haut kribbelte. Sie hatte einen Holzklotz in der Hand und schwang ihn, um den englischen Krieger zu treffen. Der Mann schlug ihn weg wie eine Fliege und verpasste ihr einen harten Schlag gegen die Wange.

Sie beschützen ...

Er hatte nichts tun können, als Leitis in seinen Armen im Sterben gelegen hatte.

Aber er konnte diese Frau vor seinem Feind beschützen.

Er brüllte und schlug zu. Ohne auf den Schmerz zu achten, stieß er das Schwert des Engländers zurück. Dann, während er zurücktaumelte, rammte er dem Mann das Schwert mit einem einzigen Schlag ins Gesicht.

Der Feind stöhnte, fiel auf die Knie und rutschte auf die Seite am Strand, wobei sich der Sand mit seinem Blut färbte.

Schwindelig und müde schritt Aulay über den Strand auf seinen letzten Feind zu. Er hatte Jenny in seinem Griff, sein Schwert an ihrer Kehle. Ihre Augen waren groß und besorgt, als sie ihn ansah.

„Lass sie los, du Schwein", brummte Aulay. „Es wird dir noch leidtun, dass du ihr ein Haar gekrümmt hast."

Der Mann fletschte die Zähne, und seine Augen funkelten verächtlich. „Diese schottische Hure ist keinen Pfifferling wert."

Aulay hob das Claymore, aber es fühlte sich an, als zerrten seine eigenen Arme ihn zu Boden. Er spürte eine Menge Flüssigkeit in seinem linken Schuh, die Seite, an der seine Wunde schmerzte, als würde ein unsichtbares Biest die Zähne in sein Fleisch schlagen. Alles wurde unscharf und schwamm.

Aber Jennys Gesicht war so besorgt und verängstigt, dass es ihn noch mehr schmerzte als seine Wunde. Nein. Das konnte er nicht zulassen. Er musste sie retten.

„Clan Domnhnaill!", brüllte er und sprintete auf den Mann zu, dessen blutiges Claymore glitzerte.

Der Engländer stieß Jenny zur Seite und schlug zu, um Aulay den Bauch aufzuschlitzen, aber er konnte den Schlag seines Feindes gerade noch abwehren. Doch er war zu schwach. Der Mann wusste das und grinste.

Dann wechselte er seinen Griff und hämmerte das stumpfe Ende des Griffs in Aulays Gesicht. Der Knochen unter seinem Auge knackte, und die Welt explodierte vor Schmerz. Einen Moment lang war er unfähig, sich zu rühren, dann traf ihn ein weiterer Schlag in den Magen, der ihm die Luft abschnürte. Sein Rücken brach zusammen, getroffen von etwas Kaltem und Hartem, und er wusste, dass er gefallen war.

Als die Spitze des Schwertes über seinem Kopf funkelte, war dies das Ende. Aber er wollte nicht, dass es endete. Nicht, nachdem er Jenny gerade erst für sich gewonnen hatte. Nicht, nachdem sie gesagt hatte, dass sie bei ihm bleiben und ihn heiraten würde.

Nein, Gott, bitte, nimm mich noch nicht …

Durch seine verschwommene Sicht sah er, wie Jennys Gestalt hinter seinem Feind auftauchte und ihm etwas gegen den Kopf schlug. Der Kerl drehte sich zu ihr um und schwang das Schwert.

Eine weitere Gestalt erschien … Er glaubte zu hören, wie Jenny rief: „Colum, pass auf!“

Metall schlug mit einem lauten Knall auf Metall. Schmerzhaftes Stöhnen und das Schlurfen im nassen Sand waren zu hören.

Und dann war da nichts mehr als heiße, klamme Dunkelheit.

KAPITEL 30

AULAYS STIRN BRANNTE IMMER NOCH, als Jenny ihre Hand auf sie legte. Seit drei Tagen ging es ihm ständig schlechter. Heute, am vierten Tag, war er heiß wie ein Ofen. Er hatte rote Wangen und lag im Delirium. Tag und Nacht saß sie an seinem Bett, völlig krank vor Sorge.

Sie wischte mit einem sauberen, nassen Leinentuch über seine Stirn, woraufhin er zusammenzuckte und leise stöhnte. Es brachte sie um, ihn so zu sehen. Ihr MacZeus, allmächtig und stark ... Er war jetzt ein Mensch. Verwundbar. Krank.

Im Sterben.

Aulays Gestalt verschwamm, als Tränen ihre Augen füllten. Langsam zog sie das Tuch erneut über seine Stirn. Jenny hatte sich noch auf der Insel von Colum das Gewand zerschneiden lassen und Aulays Blutung mit dem Stoff gestoppt. Auf dem Schiff hatte es eine Art Erste-Hilfe-Kasten mit einem einigermaßen sauberen Tuch gegeben, und das hatte sie benutzt, obwohl es nicht steril gewesen war.

Zurück auf Islay hatten Bhatair und sie die Wunde sterilisiert, und Jenny hatte sie genäht. Sie war tief, und es war ein Wunder, dass die Klinge nicht in eine Niere eingedrungen war, sonst wäre er schon längst an Blutverlust gestorben.

Trotzdem hatte er eine Menge Blut verloren. Für einen großen Mann wie ihn war das schlimm. Zu ihrer Zeit hätte er längst eine Bluttransfusion bekommen, ganz zu schweigen von den intravenösen Antibiotika, die die Infektion bereits abgetötet hätten.

Die Wunde in Aulays Seite hatte die Farbe von Kirschen, und Eiter sickerte heraus.

Es gab nichts, was sie tun konnte, um ihm zu helfen, außer zu sitzen, zu beten und ihm Weidenrindentee zu geben.

Als es an der Tür klopfte, hob sie den Kopf, der sich anfühlte, als würde er eine Tonne wiegen. „Herein."

Bhatair trat mit Colum und Seoras ein. Hinter ihnen hielten sich Artur und andere Waisen auf und versuchten, an den drei Männern vorbeizuschauen. Bhatair ging mit einem Glasgefäß in der Hand auf Aulay zu. Die trübe, schlammige Flüssigkeit schwankte, während er ging. Schwarze Blutegel schlängelten sich darin.

„Hat sich etwas verändert?", fragte Bhatair, während er das Glas auf die Truhe stellte, die neben dem Bett stand.

„Ihr werdet sie ihm nicht auflegen", sagte sie.

„Aber, meine Lady ..."

Bhatairs Schultern hoben sich. Er sah geschrumpft und klein aus, seitdem es Aulay schlechter ging.

„Er hat schon genug Blut verloren", zischte sie. „Noch mehr, und Ihr werdet ihn seiner letzten Reserven berauben."

Sie wusste, dass sie wie ein in die Enge getriebenes wildes Tier klingen musste. Sie war unnötig hart mit ihm umgegangen.

„Es tut mir leid." Sie rieb sich die Augen. „Ihr habt es nicht verdient, dass ich so über Euch herfalle."

Bhatair nickte. „Ja, das ist in Ordnung. Ihr liebt ihn. Ihr habt Angst um ihn. Das haben wir alle."

Colum und Seoras wirkten wie zwei riesige Statuen. Sie hatte beide Männer kämpfen sehen, und sie waren unerbittlich gewesen.

Schottische Hochlandkrieger in ihrer Blüte: unaufhaltsam und furchterregend.

Doch jetzt standen sie wie angewurzelt da und waren hilflos.

„Darf ich Euch ein paar Himbeeren bringen, meine Lady." Artur spähte hinter Colum hervor.

„Kann ich etwas für den Herrn mitbringen?", fragte Ceana, eines der Waisenmädchen.

Jenny fiel auf, wie seltsam still es draußen war. Die üblichen Geräusche einer lebendigen und atmenden mittelalterlichen Burg drangen nicht in Aulays Schlafgemach. Es war kein Hämmern von Metall auf Metall zu hören. Kein Lachen und Reden. Keine Hunde bellten. Selbst das übliche Vogelgezwitscher und das Blöken der Tiere drangen nicht an ihre Ohren. Seit sie Aulay nach Hause gebracht hatten, war der Clan, genau wie der Herr, ruhig.

In der Ferne läutete die Kirchenglocke im Dorf, und Jenny erschauderte. In der völligen Stille zerrte das Geräusch an ihren Nerven. „Warum läuten die Glocken?"

„Alle sind in der Kirche und beten für den Herrn", sagte Colum.

Sie nickte und strich Aulay mit dem Tuch über das aschfahle Gesicht. Seine langen schwarzen Wimpern flatterten, als würde eine Welle über sein Gesicht laufen. Sie wünschte, er würde die Augen öffnen. Sein Bart war in den vergangenendrei Tagen gewachsen, und sie ließ ihre Finger über ihn streichen.

„Oh ... richtig."

Colum kam zu ihr und ließ sich vor ihr auf die Knie fallen. Er nahm ihre freie Hand in seine. So hatte sie ihn noch nie gesehen ... verzweifelt, klein. Seine dunklen Augenbrauen zogen sich in die Höhe, sein Mund zuckte. „Ihr werdet ihn retten, Jenny, ja?"

Sie blinzelte. „Ich ..."

„Ihr habt meinen Neffen, Sìomon, und meine Schwägerin gerettet. Ihr habt dort ein Wunder vollbracht ... Bitte, schafft noch eins für ihn."

Etwas Kleines und Heißes kroch über ihre Wange, und ein

nasser Tropfen fiel auf ihr Handgelenk. „Ich weiß nicht, ob ich das diesmal kann, Colum ... Er braucht Antibiotika ..."

„Anti... egal. Alles, was er benötigt. Wo können wir es bekommen?"

„Wir geben sie ihm schon. Bhatair und ich haben die antibakterielle Mischung mit Knoblauch und Honig auf seine Wunde gelegt, aber das hat nicht genug geholfen. Er braucht eine richtige Medizin, etwas sehr Starkes."

Colum drückte ihre Hand fester. „Sag mir, wo ich es bekommen kann, und ich werde losgehen."

Eine weitere Träne kroch über ihre Wange und hinterließ eine brennende Spur. Sie begann zu zittern. In der Zukunft. Das war die Antwort auf seine Frage. Aber das konnte sie nicht sagen.

„Junge", sagte Bhatair.

Colum und sie sahen den Arzt an. Bhatair schaute ihr in die Augen. Sie wussten beide, was das bedeutete. Infektionen wie diese ...

„Es gibt nichts, was ihm helfen kann, Junge", sagte Bhatair. „Es sei denn, Gott schickt ein Wunder. Aber es sieht so aus, als würde Gott nach ihm rufen."

Nein, nein, nein. Das konnte doch nicht wahr sein.

Colum ließ den Kopf sinken und stand auf, wobei er hilflos seine Fäuste ballte und wieder löste.

„Mädchen ..." Aulays Stimme war schwach.

Jennys Blick schnellte zu ihm, und sie wischte sich schnell die Tränen aus den Augen. Er hatte seine Augen geöffnet und sah alle im Raum an.

„Was hast du gesagt?", fragte sie ihn.

Seine Augen fanden die ihren, und er schaffte es, den Hauch eines Lächelns zu zeigen. „Ich habe gesagt, alle sollen gehen. Ich will meine letzten Stunden mit der Frau verbringen, die ich liebe."

Ihre Brust explodierte vor Schmerz. Seine letzten Stunden ... Alle anderen hörten auf zu existieren.

Sie glaubte, Colum sagen zu hören: „Aye, Onkel."

Dann hörte sie das Schlurfen von Schuhen auf dem Boden, das leise Klicken der Tür und schließlich Stille. Sie setzte sich auf das Bett und streichelte sein Gesicht. Seine Haut verbrühte sie.

„Das sind nicht deine letzten Stunden“, sagte sie fest und zwang ihm ein Lächeln ab. „Ich werde dich nicht sterben lassen.“

Er schüttelte den Kopf und schenkte ihr ein schwaches Grinsen. „Lass. Ich habe ein gutes Leben gelebt. Es war es wert. Die meisten Männer schaffen es nie, eine Frau zu lieben und die Partnerin zu finden, die Gott für sie vorgesehen hat. Ich habe Glück gehabt. Ich hatte zwei. Wenn ich also sterben muss, ist es ein glücklicher Tod, weil ich meine Pflicht erfüllt habe und mein Volk und die Frau, die ich liebe, beschützt habe.“

Sie schüttelte hartnäckig den Kopf. „Nein. Ich verbiete dir zu sterben. Ich habe dich gerade erst gefunden. Ich habe gerade einem Leben mit dir zugestimmt. Stirb nicht, Aulay. Bitte, stirb nicht.“

„Du solltest gehen, Jenny. Geh in deine Zeit. Ich habe dich angelogen. Nun ...“ Er stieß einen kurzen, zittrigen Atemzug aus. „Vielmehr habe ich dir etwas nicht gesagt. Der Stein auf Achleith ist nicht der einzige. So einen Stein gibt es auch auf dieser Insel.“

Sie erstarrte. „Was?“

„Ich habe es dir nicht gesagt, weil ich befürchtete, dass es dir leichter fallen würde, mich zu verlassen. Es tut mir leid, Jenny.“

Jenny schluckte. Sie war wütend auf ihn, aber nicht, weil er sie gefangen gehalten hatte. Denn wenn ein Felsen in der Nähe war, bestand vielleicht Hoffnung ... Hoffnung, in ihre Zeit zu gelangen und Antibiotika für ihn herzubringen. Hätte sie das früher gewusst, hätte sie längst gehen können. Jetzt könnte es zu spät sein, egal, was sie tat. Aber sie würde nicht aufgeben. Noch nicht.

„Wo ist er?“, fragte sie, und ihre Hände zitterten vor lauter Hoffnung.

„Auf einem Hügel am Fuße einer alten Ruine. Du kennst sie. Du musst sie auf deinem Weg in den Wald gesehen haben.“

Sie sprang auf die Füße. „Es sind nur zehn Minuten zu Fuß! Wenn ich laufe, vielleicht fünf ...“ Ihre Kehle verkrampfte sich, und sie wimmerte in hohen Tönen. „Du verdammter Idiot! Warum hast du mir das nicht früher gesagt?“

„Es tut mir leid – ich wollte dich nicht verlieren. Geh jetzt, Liebes. Du bist frei.“

„Wir haben keine Zeit zu verlieren.“ Sie beugte sich hinunter und küsste ihn. „Halt durch, hörst du! Wage es nicht zu sterben!“

Sie rannte zur Tür. Ihre Brust füllte sich und explodierte vor Hoffnung. Doch als sie die Tür öffnete und auf den Treppenabsatz hinauslief, glaubte sie, ihn etwas sagen zu hören.

„Auf Wiedersehen, meine Liebe.“ Seine sanften Worte verhallten hinter ihr in der Luft.

KAPITEL 31

JENNY WAR AUßER ATEM, als sie den Hügel hinaufkletterte. Keuchend schaute sie sich zwischen den zerbröckelten Mauern und dem rauen Felsen um. Da war er, am Fuße eines der Ruinenstücke. Der Stein mit den von Hand gemeißelten Figuren und den Symbolen. Ihr Herz hämmerte, als wollte es ihr die Knochen brechen und aus ihrer Brust springen.

Sie eilte zu dem Felsen, und jeder Schritt fühlte sich an, als wären Felsbrocken an ihre Füße gebunden. Vor dem Stein sank sie auf die Knie. Wie der auf Achleith summte und vibrierte auch dieser und rief nach ihr. Die Gravuren leuchteten, als wären sie von Neonröhren erhellt. Sie war auf dem Weg zurück in ihre Zeit. Endlich.

Der Duft von Lavendel und Gras schlug ihr entgegen. Ein Schatten fiel auf sie. Jenny schaute auf. Sìneag. In ihrem grünen Kapuzenmantel. Mit ihrem runden, sommersprossigen Gesicht und den strahlenden Augen. Nur, dass ihr Gesicht nicht mehr lächelte. Die Sorge stand ihr förmlich ins Gesicht geschrieben. „Ich bin nur gekommen, um dir zu sagen, Jenny, dass du nur noch zwei Übergänge hast. Danach wird sich der Tunnel der Zeit für immer für dich schließen. Also wähle jetzt weise."

Das bedeutete, dass Jenny, sobald sie die Antibiotika zu Aulay gebracht hatte, nicht mehr in das einundzwanzigste Jahrhundert zurückkehren konnte. Es gab keine Garantie, dass die Antibiotika wirken würden. Was, wenn sie das falsche Mittel erwischte? Was, wenn sie zu spät kam?

Wenn er dieses Mal überlebte, würde er mit Sicherheit in eine andere Schlacht ziehen. Eine andere Krankheit könnte ihn ihr entreißen, und sie wäre allein und säße im Mittelalter fest.

Es waren noch zwei Tage bis zu ihrem Termin in New York. Sie könnte es noch schaffen.

Und Aulay seinem sicheren Tod überlassen?

Trotz dieser Opfer und dieser Möglichkeiten musste sie eine Entscheidung treffen.

Nein, niemals. Die Liebe war das Risiko wert. Ihr Leben würde mit Aulay vollständig sein. Die Liebe füllte die Leere in ihrer Seele.

Das war es also, ihre Entscheidung stand fest. Sie zog den Mann, den sie liebte, einem Kind vor, das sie vielleicht nie haben würde.

„Danke für die Warnung", sagte sie. „Ich habe keine Zeit zu verlieren."

Sie drückte die Hand auf den Abdruck. Der kalte Stein verschwand unter ihrer Handfläche, und sie fiel und fiel in die Vergessenheit.

Eine Ewigkeit später setzte sie sich auf. Jenny war immer noch in der Nähe der Ruine. Ihr Kopf fühlte sich schwer und leer an, und einen Moment lang wusste sie nicht, wo sie sich befand und warum sie hier war. Sie nahm einfach nur wahr. Der Boden. Er war feucht und roch wie Erde nach dem Regen. Gras, Moos und wilde Pflanzen. Alles mit Wassertropfen bedeckt. Hier waren die Überreste einiger zerfallener, dicker, alter Mauern, die ebenfalls nass waren. Die Luft war kühl und feucht. Die Sonne schien durch eine Lücke zwischen bleiernen Wolken.

Jenny rappelte sich auf. Es musste einen wichtigen Grund für sie geben, hier zu sein. Sie musste sich beeilen. Weshalb? Und warum war sie wie eine mittelalterliche Frau gekleidet? Ein langes Kleid, das in der Taille mit einem Gürtel gebunden war. Sie schaute sich noch einmal um, und ihr Blick fiel auf den Felsen. Etwas ging ihr durch den Kopf wie durch Melasse.

Aulay. Antibiotika.

Es war niemand in Sicht. Dort, wo einst die Burg Dunyvaig gestanden hatte, war eine Ruine. Und rundherum eine Stadt. Eine moderne Stadt. Mit Dächern aus Ziegeln und Straßen aus Asphalt. Ihr war kalt.

Verzweifelt, immer noch in ihren mittelalterlichen Schuhen, rannte sie wie eine Verrückte durch das nasse, leere Land. Der Boden war weich und schlammig. Es war wie in einem Albtraum: egal, wie sehr sie versuchte, schneller zu werden, sie war immer noch zu langsam. Ihre Seite schmerzte, der Knöchel, den sie sich vor ein paar Tagen verstaucht hatte, ebenfalls, und sie begann zu hinken.

Schließlich erreichte sie das erste Haus. Auf der schmalen Straße waren Autos geparkt, aber niemand war draußen. Strommasten säumten den Rand der Straße, und Leitungen hingen von Haus zu Haus. Mit schmerzendem Brustkorb schnappte sie nach Luft, als sie an die Tür klopfte. Es war ein einfaches, rechteckiges Haus mit beigen Wänden und einem dunklen Ziegeldach. Daneben befand sich ein großer Hügel mit Büschen und Gras.

Sie klopfte noch einmal und rang nach Luft. Die Tür klapperte, und eine alte Frau öffnete sie.

„Bitte helfen Sie mir!“, platzte Jenny heraus. „Ich muss ins nächste Krankenhaus.“

Die Frau schaute sie an, nickte und schloss die Tür vor ihrer Nase zu.

Jenny starrte einen Moment lang auf die geschlossene Tür und klopfte dann noch verzweifelter. „Es geht um Leben und Tod! Bitte!“

Hinter ihr, auf der anderen Straßenseite, öffnete sich eine Tür, und eine andere alte Dame sah sie an. Ein weißer Bob umrahmte ein dünnes Gesicht mit einem weißen Mund, und auf der spitzen Nase saß eine große Brille. Sie trug einen dicken braunen Wollpullover. „Was ist denn los?"

„Ich muss ins nächste Krankenhaus, sofort, bitte!"

„Sind Sie verletzt?"

„Ja. Nein. Es ist für jemand anderen. Er liegt im Sterben."

Sie nickte und verschwand für einen Moment hinter ihrer Tür. Dann erschien sie wieder und zog sich einen Regenmantel an. Sie schlüpfte mit den Füßen in Gummistiefel und sagte: „Phillipa wird nicht zusehen, wie jemand vor ihren Augen stirbt."

Während Jenny auf sie zueilte, ging sie die Treppe hinunter, schloss ihren alten Land Rover auf und kletterte mit überraschender Geschicklichkeit hinauf. Jenny stieg auf den Beifahrersitz. Während sich die Frau abmühte, das Auto zu starten, trommelte Jennys Herz. Mit jedem Schlag wusste sie, dass sich Aulays Zeit dem Ende zuneigte.

„Wie heißen Sie, meine Liebe?", fragte die Frau.

„Jenny. Jennifer Foster."

„Ah, schön, Sie kennenzulernen. Philippa MacDonald."

Philippa drehte den Schlüssel immer wieder um. Jedes Mal, wenn der Motor surrte, erstarb er. „Wird irgendwo auf der Insel noch ein Film gedreht?", fragte Philippa und schaute auf Jennys Kleid.

Jenny begann zu zittern. Sie hatte keine Ahnung, wie sie ihr Kleid erklären sollte. Also nickte sie einfach.

Der Motor heulte auf, und das Auto setzte sich in Bewegung. Endlich! Als würde etwas in ihr hinausgezogen, öffnete Jenny den Mund, um über den Film zu sprechen ...

Aber stattdessen sagte sie: „Eigentlich ist es kein Film, Philippa. Ich bin durch die Zeit gereist ..."

Während die Häuser am Autofenster vorbeizogen, sprach Jenny weiter. Über die Isle of Achleith. Wie Aulay MacDonald sie entführt hatte. Wie sie sich in ihn verliebte. Wie er jetzt in der Vergangenheit im Sterben lag und Antibiotika brauchte.

Philippa sagte kein Wort, sondern hörte nur zu und nickte.

Nach einigen Minuten hielt das Auto vor einem alten Haus an, das wie ihr eigenes Häuschen aussah. Auf einem Schild stand *Port Ellen Krankenstation*.

„Können Sie bitte hier auf mich warten?“, fragte Jenny. „Und mich zurück zur Ruine fahren?“

Philippa zuckte mit den Schultern. „Ich habe sonst nichts zu tun. Vielleicht unterhalten Sie mich ja noch ein bisschen mit Ihren interessanten Geschichten.“ Philippa legte die Hand auf den Türgriff: „Ich werde Sie begleiten.“

Jenny rannte in die Praxis. Es musste sich um eine Arzt- und Zahnarztpraxis handeln. Drinnen saßen zwei Personen im Wartebereich. Hinter dem Empfangstresen war niemand.

„Folgen Sie mir, meine Liebe“, sagte Philippa und marschierte den Korridor zu ihrer Linken entlang. „Ich werde Ihnen zeigen, wo der Hausarzt ist.“

Philippa blieb vor einer weißen Tür stehen. Kurzerhand öffnete Jenny sie. Der Hausarzt war ein Mann in den Vierzigern, mit einer ordentlichen Mähne dunkler Haare und einem hübschen Gesicht. Er beugte sich über einen Patienten und untersuchte dessen Rachen. Er drehte sich zu Jenny um. Irgendetwas an ihm erinnerte sie an Bhatair, und ihr Herz setzte einen Schlag aus. Wie ging es Aulay? *Bitte, lass ihn leben ...*

„Antibiotika!“, rief sie. „Sofort!“

So sollte man nicht in eine Arztpraxis kommen und Medikamente verlangen. Die Angst musste sie in eine Verrückte verwandelt haben. Für den Arzt musste sie wie eine Verrückte aussehen.

Das Gesicht des Arztes rötete sich, und er zeigte auf die Tür. „Raus! Für wen halten Sie sich, verdammt noch mal?“

„Bitte, mein Verlobter wird sterben ...“

„Raus, sagte ich!“

Philippa zerrte an ihrem Ellbogen. Als sich die Tür schloss, spähten die Leute im Wartebereich hinter der Ecke zu ihnen herüber. Philippa zwinkerte Jenny zu und zerrte sie zur Tür auf der gegenüberliegenden Seite des Ganges.

„Verzeih meinem Sohn", sagte sie und öffnete die Tür. „Es wird ihm nichts ausmachen. Ich weiß, wo die guten Sachen sind."

Hinter der Tür lag das Vorratszimmer, und Philippa ging hinein. Regale mit Medikamenten säumten den kleinen Raum. Philippa nahm eine Plastiktüte und fegte die Hälfte der Sachen aus den Regalen. Verbände, Spritzen, Pillen – manches würde nützlich sein, manches weniger. Es gab einige Antibiotika, von denen Jenny wusste, dass sie bei Wundinfektionen halfen, und Philippa nahm ein paar Packungen mit.

„Nein, Philippa, bitte", sagte Jenny. „Ich will den armen Hausarzt nicht seiner Medizin berauben."

Philippa winkte mit der Hand ab. „Ich habe mein ganzes Leben als Empfangsdame in dieser Praxis gearbeitet. Mein verstorbener Mann, sein Vater, war vor Aaron Hausarzt. Ich bin mir sicher, dass er mehr medizinische Hilfsmittel kaufen kann, aber es sieht so aus, als würden Sie diese eher brauchen, wenn Sie unterwegs sind. Vor allem, wenn Sie Aulay MacDonald retten müssen, der Islay ein großes Erbe hinterlassen hat."

Jenny sah ihr zu, wie sie noch mehr Medizin in die Tasche steckte. „Hat er?"

„Ja. Auf Islay wissen wir unsere Vorfahren zu schätzen. Und wenn die Geschichten über die Feen wahr sind, sollte ich mich besser auf Ihre Seite schlagen."

Sie reichte Jenny die volle Plastiktüte. Als sie die Tür schloss und sie unter den erstaunten Blicken der beiden Patienten im Wartezimmer durch den Korridor zurückgingen, blickte Philippa eine von ihnen an. „Starr nicht so, Peggie, deine Augen könnten ausfallen."

Die Frau wandte ihren Blick ab, und Jenny unterdrückte ein Schnauben. Erleichterung durchströmte ihren Körper, als sie die Tasche in die Hand nahm. Als sie die Klinik verließen und zügig zum Auto liefen, sagte Philippa: „Ich erinnere mich an eine Geschichte von Aulay MacDonald. Er war schwer verletzt und wäre fast an einer Infektion gestorben. Aber das tat er nicht. Manche sagen, er wurde immer von den Feen geliebt.“ Sie stiegen in das Auto, und Philippa startete es diesmal zügig. Der Motor drehte sich und surrte. „Eine von ihnen konnte es nicht ertragen, falls er sterben würde, und brachte ihm ein Heilmittel. Also überlebte er. Wenn ich mich richtig erinnere, heiratete er später ein irisches Mädchen namens Guinevere. Heute ist der Name allgemein als Jennifer bekannt.“

Jenny weinte, sodass die vorbeiziehenden Häuser zu verschwommenen Flecken wurden. „Ich bin Ihnen so dankbar, Philippa“, sagte sie, und ihre Kehle schnürte sich zu. „Was hätte ich nur ohne Sie getan?“

„Ach“, sagte Philippa. „Ich bin nur eine alte Frau. Ich habe mein Leben gelebt, und es ist ein Segen, anderen zu helfen, ihres zu leben.“

Jenny schniefte und wischte sich über die Augen. „Würden Sie mir bitte einen großen Gefallen tun?“

„Ja, Mädchen, alles.“

„Würden Sie bitte meine Familie anrufen ... meine Freunde ... und ihnen sagen ...“ Sie hielt inne und dachte nach. Was sollte Philippa ihnen sagen? Dass Jenny am Leben war? Dass sie in der Zeit zurückgereist war? Philippa könnte Ärger mit der Polizei bekommen, wenn sie nach Jenny suchen würden.

„Wissen Sie was, nichts“, sagte sie. „Machen Sie sich keine Gedanken darüber.“

Es war wahrscheinlich besser, wenn sie annahmen, dass sie tot wäre. Sie mussten ja denken, dass sie von einer der Klippen gefallen war.

„Wie Sie wünschen, Mädchen. Aber ich kann sie auch anrufen, wenn Sie wollen ...“

„Nein. Sie werden sowieso nicht an Zeitreisen glauben. Ich bin immer noch erstaunt, dass Sie mir glauben!“

Sie verließen die asphaltierte Straße und fuhren einen kleinen, unbefestigten Weg hinauf, der zur Ruine führte.

Die Frau lachte. „Es gibt viele merkwürdige Dinge in dieser

Welt, Mädchen, die wir nicht verstehen. Ich stelle immer Milch für die Brownies raus und respektiere niemals einen einsamen schwarzen Hund, der die Straße entlangjoggt, denn es könnte ein Black Angus sein. Wenn er mir vor die Füße springt und die Zähne zeigt, weiß ich, dass ich innerhalb einer Woche tot sein werde. Bei meinem Haus steht ein Vogelbeerbaum. Und ein- oder zweimal war ich bei der alten Ruine und konnte Lavendel riechen, wo es keinen gab."

Sie hielt den Wagen am Fuße des Hügels an, der zur Ruine führte. Nachdem sie die Handbremse angezogen hatte, drehte sie sich zu Jenny um. „Wollen Sie wirklich gehen, Mädchen? Sie können immer noch hier bleiben. Dieses Mal können Sie es sich aussuchen."

Jenny starrte auf die Ruine oben auf dem Hügel. Sie sah aus wie die zerbrochene Krone eines schlafenden Riesen.

„Ich bin mir sicher. Die Liebe ist das Risiko wert. Ich hoffe nur, dass ich nicht zu spät bin."

Philippa grinste. Ein süßes, freches Lächeln, das von Ohr zu Ohr reichte. „Aye, Mädchen, gehen Sie und retten Sie ihn. Werden Sie glücklich."

Jenny streckte die Hand aus und umarmte Philippa fest. „Danke, liebe Philippa", sagte sie und warf ihr noch einen letzten Blick zu, dann öffnete sie die Tür und eilte den Hügel hinauf.

KAPITEL 32

Aulay öffnete die Augen. Über ihm lag das Holzbrett seines Himmelbetts, an den vier Ecken hingen Vorhänge.

Ich bin am Leben ...

Aber wie? Er brannte nicht in den Feuern der Hölle. Sein Kopf war nicht mit Teer gefüllt. Der Schmerz in seiner Seite war keine quälende, sich ausbreitende Verbrennung, die wie ein herrschsüchtiger König über seinen Körper bestimmte.

Stattdessen fühlte er sich müde. Seine Augenlider waren schwer. Sein Körper war so schwach wie ein Kätzchen.

Ein winziger Stich in seiner Schulter, wie ein Bienenstich, ließ ihn mit der anderen Hand dagegen schlagen ... nur um einen warmen Arm zu finden, der seine Handfläche blockierte. Er schaute auf und hielt den Atem an.

„Wage es nicht, dich zu bewegen, Aulay", sagte Jenny.

Ihre Augenbrauen waren zusammengezogen. Ihr Blick auf seine Schulter gerichtet. Das war der konzentrierte Blick, den sie hatte, wenn sie heilte.

Als er auf seine Schulter blickte, hielt sie einen dünnen, durchsichtigen Gegenstand in der Hand, der wie ein langer Stock aussah. Mit schwarzen, gleichmäßigen Linien entlang seiner Länge. Mit dem Daumen drückte sie auf einen anderen Stab, der in den Zylinder hineinragte, und eine durchsichtige Flüssigkeit bewegte sich nach unten. Das ganze Ding war an seiner Schulter befestigt, und das war es, was stach.

„Was zum Teufel macht Ihr mit mir?“, knurrte er.

Er wollte, dass es bedrohlich klang, aber seine Stimme war schwach.

Sie entfernte den Gegenstand, drückte ein weißes Knäuel aus etwas Ähnlichem wie Stoff auf die kleine Wunde und legte ein kleines Quadrat aus einem anderen dünnen Stoff, der an seiner Haut klebte, darauf. Als er den Zylinder betrachtete, hatte er eine kleine, dünne Nadel an seinem Rand.

Sie stülpte eine lange, dünne Kappe darüber und strahlte ihn an. Die konzentrierte, herrische Ärztin war verschwunden. „Das ist ein Antibiotikum.“

Bevor er fragen konnte, was ein Antibiotikum war, beugte sie sich zu ihm herunter und küsste ihn. Ihre Lippen waren saftig und weich und köstlich. Er hatte gerade seine schwachen Arme gehoben, um sie zu umarmen, als sie sich zurückzog und ihren Handrücken gegen seine Stirn drückte.

Sie nickte und belohnte ihn mit einem weiteren Lächeln, das sein Herz zum Schmelzen brachte. „Viel besser.“

Fragen schwirrten in seinem Kopf herum. Was war passiert? Was war ein Antibiotikum? Warum war er noch am Leben? Aber die wichtigste war ... „Warum bist du noch hier, Mädchen? Ich habe dir gesagt, du sollst gehen ...“

„Ich bin hier, weil ich hierhergehöre, Dummerchen.“ Sie berührte sanft sein Kinn, und er lehnte sich in ihre weiche Handfläche. „Zu dir.“

Sein Herz hämmerte gegen seinen Brustkorb. „Sag diese Worte weiter, Mädchen, und ich werde schneller ins Leben zurückkehren als mit jedem Wundermittel.“

Sie lachte leise, setzte sich an die Bettkante und legte die Hand auf seine Brust. Er bedeckte sie mit seiner Handfläche. „Ich werde sie jeden Tag aufs Neue sagen. Aber es war das Antibiotikum, das dein Leben gerettet hat. Deine Wunde hat sich entzündet. Du lagst im Sterben. Als du mir von dem Felsen auf Islay erzählt hast, den ich benutzen konnte, bin ich sofort dorthin gegangen und in die Zukunft gereist. Eine nette Dame half mir, Medizin zu finden und hierher zurückzukehren. Das Antibiotikum hat den Rest erledigt. Es hat die Bakterien abgetötet, die deine Infektion verursacht haben, und deine Wunde heilt jetzt sehr gut." Sie schenkte ihm ein breites Grinsen. „Du wirst leben, Aulay. Ein langes und glückliches Leben. Mit mir."

Ein langes und glückliches Leben mit ihr ...

Alles wurde ganz still und leise. Das Zwitschern der Vögel hinter dem Fenster verstummte. Das Geräusch von schlurfenden Füßen irgendwo hinter der Schlosstür verstummte. Sein Atem stockte. Das einzige Geräusch, das noch übrig war, war das ohrenbetäubende Trommeln seines schmerzenden, hoffenden, berstenden Herzens.

Er bewegte die Ellbogen und versuchte, sich aufrecht hinzusetzen, aber seine Muskeln hatten nicht genug Kraft, und er sackte zurück ins Bett.

„In Gottes Namen, ich hasse es, so schwach zu sein", murmelte er.

„Bleib liegen, MacZeus. Ich weiß, du bist allmächtig und stark, und es ist schwer für dich, schwach zu sein. Aber dein Körper muss sich erst erholen. Du hast genug Blut verloren, um die Irische See zu füllen. Ich befehle dir, dich zurückzulegen und auszuruhen."

Er konnte sich ein Grinsen nicht verkneifen. „Ich mag es, wenn du mir so etwas befiehlst ... Allerdings bevorzuge ich es im Bett."

Sie leckte sich über die Lippen, und ihre Wangen wurden knallrot. Ihre Wimpern warfen Schatten auf ihre Haut. „Ganz ruhig, Tiger. Ich kann dir im Bett gebieten, was du willst. Aber das wird warten müssen."

Er schaute sie an. Sie trug das blaue Kleid, das sie an dem Tag angehabt hatte, als sie sich auf sein Schiff geschlichen hatte. Sie hatte sich nicht umgezogen, hatte sich nicht ausgeruht. Dunkle

Ringe zeichneten sich unter ihren Augen ab. Sie sah blasser und dünner aus.

„Hast du überhaupt etwas gegessen, Mädchen?“, fragte er.

„O ja, natürlich. Mhairi schickt Laoghaire regelmäßig mit Essen und Wasser. Mhairi kann noch nicht laufen, aber ihr und Sìomon geht es sehr gut.“

„Das ist gut. Ich freue mich, dass es Mhairi und dem Kind gut geht. Aber Laoghaire?“ Er runzelte die Stirn. „Sie war nie deine beste Freundin.“

„Nein, aber sie war sehr dankbar und beeindruckt von Mhairi und Sìomon. Ich glaube, sie ist eigentlich ein nettes Mädchen, trotz ihrer scharfen Zunge.“

Aulay stieß einen langen Seufzer aus. „Mädchen. Du wärst in der Zukunft besser dran. Hast du deine Meinung nicht geändert, als du dort warst? Willst du immer noch dein eigenes Kind haben?“

Sie lachte leise. „Der Gedanke kam mir in den Sinn – das muss ich zugeben. Aber ich liebe dich, Aulay. Und ich habe mich für dich entschieden.“

Wärme strömte durch seine Adern. Sie war in ihn verliebt ... Sie starrten sich an. Etwas Wunderschönes entfaltete sich zwischen ihnen. Ein Verständnis, ein Gefühl, das sie verband und sie in einen Kokon aus Wärme und Akzeptanz hüllte.

„Und mir ist klar geworden, dass ich die Mutter eines Kindes sein will, egal ob es ein Kind von mir ist oder nicht.“

„Du hast recht, Mädchen. Du kennst doch ein kleines Mädchen, das seine Mutter und seinen Vater verloren hat und eine Familie braucht, die es liebt. Du kannst ihre Mutter sein und ihr all die Liebe geben, die du schon immer deinem eigenen Kind geben wolltest. Und ich kann sie aufziehen, ihr etwas beibringen und sie auf meinen Knien schaukeln.“

„Una.“ Tränen füllten Jennys Augen. Sie blinzelte, lächelte und nickte enthusiastisch. „Beathan sagte mir: Manchmal ist die Familie, die Gott dich finden lässt, am wichtigsten. Als hätte er mir da seinen Segen geben, Una zu adoptieren, auch wenn er es damals noch nicht wusste. Du und Una werdet mein sein ... wenn du das immer noch willst."

Ein warmes, leichtes Gefühl stieg in seiner Brust auf und schnürte ihm die Kehle zu.

„Wenn ich das immer noch will ...", murmelte er. „Ja, natürlich will ich das noch. Dafür lebe ich, Mädchen. Für dich ... für ein Leben mit dir und einer kleinen Tochter."

Ihr Lächeln wurde breiter, aber ihre Augen füllten sich mit Tränen. „Aber Aulay ... Ich kann dir niemals deine eigenen Kinder schenken. Verstehst du das wirklich?"

„Das tue ich, Mädchen. Ich habe meine Pflicht als Herr dieses Clans erfüllt. Ich kann stolz auf das Erbe sein, das ich hinterlasse."

„Das kannst du. Die Menschen auf Islay werden auch in siebenhundert Jahren noch wissen, wer du warst, und dein Andenken ehren. Philippa MacDonald, die Dame, die mir geholfen hat, wusste von dir. Dein Vermächtnis ist so viel mehr, als du dir vorstellen kannst. Es wird noch Jahrhunderte nach dir bestehen."

Er konnte nicht mehr atmen. „Du weißt gar nicht, was das für mich bedeutet, Mädchen. Du hast mir Frieden gebracht. Du hast mir Liebe gebracht. Du hast mich ins Leben zurückgebracht."

Sie warf ihm einen verschmitzten Blick zu, der sein Herz zum Schmelzen brachte. „Also ... du willst mich immer noch heiraten?"

Er überraschte sich selbst mit der Kraft in seinen Armen, packte sie an den Schultern und zog sie zu sich. Seine Wunde schmerzte, aber das war ihm egal. Jenny kicherte, als sie es sich auf seiner Brust bequem machte.

„Aye, Mädchen. Ich liebe dich. Du hast meiner Seele Leben eingehaucht. Du hast die Leere in mir gefüllt. Ich möchte der ganzen Welt schwören, dass du mir gehörst und ich dir."

Sie lächelte. „Ich gehöre bereits dir, Dummerchen. Und ich werde es immer tun."

EPILOG

Zwei Monate später …

„Die klitzekleine Spinne kroch hoch an der Regenrinne …", sang Jenny Una vor, indem sie Daumen und Zeigefinger ihrer beiden Hände zusammenführte und sie dann mit einer Drehbewegung anhob.

Una, inzwischen acht Monate alt, saß in dem Hochstuhl, der neben ihr am großen Tisch stand, und kicherte. Jenny hatte den Stuhl beim Dorfschreiner bestellt, der auf dem Design der Hochstühle des einundzwanzigsten Jahrhunderts basierte.

Über das Summen und die Musik des Hochzeitsfestes um sie herum stimmte Aulay in Jennys Lied ein.

„Da kam der Regen, spülte die Spinne weg …", dröhnte er mit seinem herrlichen, gälischen Akzent.

Er hatte eine so tiefe, männliche Stimme wie die eines Jazzsängers. Wie hypnotisiert hörte Una auf zu kichern und schenkte ihm das breiteste Ein-Zahn-Lächeln, das von Ohr zu Ohr reichte. Sie streckte die kleine Hand aus und strich mit ihren winzigen Fingern durch seinen kurzen Bart.

„Dann kam die Sonne und trocknete den Regen ...“, fuhr Jenny lachend fort. Sie liebte es, die beiden so zu sehen. Die Liebe und Zärtlichkeit, die Aulay Una entgegenbrachte, rührte Jenny jedes Mal zu Tränen. Bei ihrem Hochzeitsfest trugen Una und sie die gleichen hellblauen Kleider mit goldenen Stickereien auf der Vorderseite.

„Und die klitzekleine Spinne krabbelte wieder hoch“, beendete Aulay das Lied laut, und Una wedelte aufgeregt mit den Armen. „Was auch immer ‚Regenrinne‘ bedeutet ...“, sang er in der gleichen Melodie.

Jenny kicherte. „Ich sagte doch, es ist ein Rohr oder ein Kanal für Wasser. Jedes Haus hat sie, damit das Regenwasser vom Dach abfließen kann.“

„Aye.“ Er küsste sie auf die Wange. „Ich weiß. Ich kann mir nicht vorstellen, dass jedes Haus so etwas hat.“

„Was?“, fragte Colum, der sich dem großen Tisch von der anderen Seite näherte. Er fuchtelte mit den Fingern und zwinkerte der kleinen Una zu, die vor Freude quietschte.

Hinter ihm wimmelte es in der großen Halle von Menschen. An fünf Reihen langer Tische aßen, tranken, redeten und lachten Dutzende von Gästen. Der gesamte Clan der MacDonalds war anwesend, darunter Krieger, aber auch einfache Leute wie Bauern, Handwerker und Dorfbewohner.

Am Ende des Saals war ein Podium aufgebaut worden, auf dem Musiker fröhliche, mittelalterliche Melodien spielten.

Der Saal war für das Fest geschmückt. Jenny hatte auf frischen Blumen bestanden, und so schmückten nur solche, die im September noch blühten, die Wände und die Tische: Glockenblumen, Heidekraut, Disteln und einige weiße Wildblumen, deren Namen Jenny nicht kannte.

Die Tische quollen über vor Gerichten. Gebratene Schwäne, gegrillte Wildschweine, Lachs und Rebhuhn. Gebäck, Kuchen – sowohl süß als auch herzhaft –, Käse, frisches Brot und so viel Wein, Ale und Bier. Becherträger liefen umher und schenkten die Getränke großzügig aus. Hunde schnüffelten herum, in der Hoffnung auf ein paar Essensreste. Kinder spielten zwischen den Reihen. Gelächter, Kreischen und Gesang ergaben ein lautes Getöse.

Jenny fühlte sich hier nicht mehr wie eine Fremde. Die Leute versuchten nicht, sie auf dem Scheiterhaufen zu verbrennen. Sie hatten ihre Meinung über sie völlig geändert, nachdem sie Mhairi und Sìomon geholfen und ihrem Herrn das Leben gerettet hatte.

Mhairi und Sìomon entwickelten sich prächtig. Jenny beobachtete Mhairi und Seoras, wie sie nebeneinander am langen Tisch saßen und sich über ihren gewickelten Sohn beugten. Während sich Mhairi erholte, hatte sich Laoghaire freiwillig gemeldet, um auf die Waisen aufzupassen, und sie überraschte alle mit ihrer freundlichen, aber disziplinierten Aufsicht über sie. Sogar die Jungen liebten ihre Lektionen über Manieren und Tanzen. Die Mädchen lernten von ihr, wie man einen Haushalt führte und Kleidung nähte. Aber auch Laoghaire blühte mit ihnen auf und lächelte oft und herzlich.

Jenny konnte sich kaum vorstellen, dass sie sich gewünscht hatte, ihre Freundinnen und sie wären stattdessen nach Hawaii geflogen. Sie liebte Schottland – die zerklüftete, dramatische Landschaft von Islay, das Rauschen des Meeres, die Loyalität der Menschen. Sie würde ihre Familie und Freunde im einundzwanzigsten Jahrhundert immer vermissen, aber hier hatte sie eine noch größere Familie gefunden.

Auch angesehene, verbündete Clans waren anwesend – die Mackenzies, Cambels, Ruaidhrís und andere. Mit Erstaunen hatte Jenny erfahren, dass sie nicht die einzige Zeitreisende war, als sie Amy, Amber und Kate vom Clan Cambel und Rogene Mackenzie und ihren Bruder David sowie James, der Catrìona Mackenzie geheiratet hatte, traf.

„Regenrinnen", sagte Jenny zu Colum, bevor sie ihm ihre Verwendung erklärte.

„Ah, Tante", sagte Colum und zwinkerte. „Es erstaunt mich, was Ihr alles wisst ..."

Es war das erste Mal, dass er sie Tante nannte, und Jenny runzelte die Stirn. „Ich bin etwa acht Jahre älter als du! Bitte nenn mich nicht Tante. Ich fühle mich dann alt. Nenn Aulay Onkel, so viel du willst. Er ist der alte Mann hier."

„Du weißt, was ich mit dir mache, wenn du mich alt nennst", knurrte Aulay, und Colum blinzelte und sah weg.

O ja. Sie wusste es. Jenny hatte von ihm verlangt, dass er nach seiner Verletzung sechs Wochen warten sollte. Dieser Zeitraum wurde von Chirurgen normalerweise empfohlen. Aber das hatte er nicht geschafft. Entgegen dem Wunsch seines Arztes hatte er angefangen, mit ihr zu schlafen. Zugegeben, er hatte es behutsam getan und ihr den Großteil der Arbeit überlassen.

Sie fühlte sich genauso schuldig – seine Berührung hatte die Macht, sie so geil zu machen wie eine Katze im Frühling. Und so verstieß sie gegen ihre eigene Empfehlung mit ihm ... oft!

„Aulay!" Sie spürte, wie ihr die Hitze in die Wangen stieg.

„Wir müssen die Ehe noch vollziehen", sagte er. „Sonst könnte jemand die Rechtmäßigkeit der Ehe infrage stellen."

Colum räusperte sich laut. „Ähm. Ich wollte sagen, dass gerade ein Schiff am Hafen angelegt hat ..."

Bevor er zu Ende sprechen konnte, öffneten sich die großen Türen zur Halle und ein hochgewachsener Mann mit einer Gruppe von Kriegern schritt herein. Die Musiker hörten auf zu spielen. Das Stimmengewirr verstummte. Die Kinder erstarrten und schauten den Mann ehrfürchtig an.

Er war groß, breitschultrig und mittleren Alters. Durch das dunkle, schulterlange Haar zogen sich einige silberne Strähnen. Er sah nicht besonders gut aus und hatte auch sonst keine besonderen Merkmale, abgesehen von seiner Körperhaltung. Er stand mit geradem Rücken und breiten Schultern, das Kinn angehoben.

An einem der Tische in der Nähe sprang jemand auf und kreischte. Es war Anna, Aulays Nichte, die mit David Wakeley verheiratet war.

Anna eilte den Gang hinunter. Sie war schwanger, auch wenn man es ihrer schlanken Figur noch nicht ansah, aber jeder wusste, dass sie einen weiteren potenziellen Erben von Aulays Erbe in sich trug.

Anna ließ sich vor dem Mann zu einem Knicks nieder. Er sah sie freundlich an, ließ sie dann aufstehen und umarmte sie wie ein Bär – sehr ungewöhnlich für das Mittelalter.

„Das ist unser König, Jenny“, sagte Aulay voller Stolz, als er sich von seinem Platz erhob. „Robert the Bruce.“

Jenny zog die Augenbrauen hoch. Aulay und der König waren große Verbündete und Freunde, aber sie hatten nicht gewusst, ob Bruce es zu ihrer Hochzeit schaffen würde, da an der englischen Grenze so viel passierte.

Nachdem Bruce Anna, seine uneheliche Tochter, losgelassen hatte, marschierte er den Gang hinunter zur großen Tafel. Jenny stand auf und knickste, wie Anna es ihr beigebracht hatte. Aulay und Colum grüßten ihren König. Robert ging um den Tisch herum und nahm einen ehrenvollen Platz neben Aulay ein.

„Ich freue mich, dass Ihr gekommen seid, Euer Gnaden“, sagte Aulay.

„Aye.“ Robert the Bruce beäugte Jenny neugierig. „Ich weiß die Einladung zu schätzen. Ich konnte nicht früher kommen. Wir bereiten uns auf die Belagerung der Isle of Man vor. Ich hoffe, ich kann mich auf Eure Birlinns und auf die englischen Schätze, Schwerter und Rüstungen verlassen, die Ihr gefunden habt.“

„Aye“, sagte Aulay. „Ihr könnt immer auf mich zählen, mein König.“

Bruce klopfte Aulay auf die Schulter. Jenny schenkte ihm einen Becher Wein ein, und er hob ihn dankbar an.

„Und Ihr, Colum? Werdet Ihr kämpfen?“ fragte Bruce Colum, der immer noch auf der anderen Seite des Tisches stand. Jenny hatte das Gefühl, dass Colum niemanden sonst im Clan hatte, mit dem er reden konnte. Der Einzige, mit dem er wirklich befreundet war, war Aulay.

„Ihr wisst, dass ich das immer tun werde, Euer Gnaden“, sagte

Colum. „Gibt es Neuigkeiten von Königin Elisabeth und Eurer Tochter Marjorie?"

Bruce seufzte tief und trank den Becher Wein in einem Zug aus. „Sie werden immer noch von den Engländern festgehalten. Aber wir müssen uns auf das vorbereiten, was nächstes Jahr kommen wird. Bis Johannes der Täufer nächstes Jahr wird die englische Armee nach Stirling kommen. Ich habe Gerüchte gehört, dass Edward bereits begonnen hat, eine Armee zusammenzustellen. In ganz Europa werden die besten Ritter gesucht, die sich in London versammeln und für Reichtum, Land und Ruhm nach Schottland ziehen." Bruce lachte spöttisch. „Sie teilen unsere Burgen schon unter sich auf, die Schweine. Aber sie kennen uns nicht. Mit dir, Aulay, und Colum, mit meinen treuen Clans Mackenzie und Cambel und Ruaidhrí, werden wir ihnen zeigen, was schottischer Stahl wert ist."

„Aye, Euer Gnaden", sagte Colum.

„Ihr müsst Euch im nächsten Frühjahr in der Nähe von Stirling versammeln. Dort gibt es einen kleinen Ort namens Bannockburn. Wir werden dort unser Lager aufschlagen und mit der Ausbildung der Männer beginnen. Jeder ist herzlich eingeladen zu kommen. Jung. Alt. Krieger. Landwirte. Diese Schlacht wird die Zukunft Schottlands für die nächsten Jahrhunderte bestimmen."

Jenny hatte von der Schlacht von Bannockburn gehört, aber nur sehr vage. Dennoch war es eines der legendären Ereignisse in der Geschichte, die jeder kannte. Ihr fiel Rogenes Blick auf. Sie war Historikerin und wusste daher viel mehr über diese Dinge. Es war erstaunlich zu sehen, wie sich die Geschichte vor ihren Augen – einer Ärztin, die nichts damit zu tun hatte – entfaltete. Für eine Historikerin wie Rogene musste es zehnmal spannender sein, zu erleben, wie das, was sie gelernt hatte, zum Leben erweckt wurde.

„Alle werden da sein, Euer Gnaden", sagte Aulay.

„Ich auch", sagte Jenny. „Ihr werdet eine gute Ärztin ... ähm ... eine gute Heilerin brauchen."

Bruce warf ihr einen neugierigen Blick zu. „Seid Ihr eine Heilerin, meine Herrin?"

„Ja."

„Jenny hat mir das Leben gerettet", sagte Aulay voller Stolz. „Und sie hat meinen Großneffen Sìomon und seine Mutter mit einem sogenannten Kaiserschnitt gerettet. Sie schnitt die Gebärmutter auf, um das Kind zu holen, und nähte sie dann wieder zu."

Bruce' Augen weiteten sich. Jenny schenkte ihm noch mehr Wein ein, und er nahm einen Schluck, während er sie ansah.

„Wir werden einen fähigen Arzt brauchen, Lady MacDonald. Ich bin beeindruckt, dass eine Frau solche Fähigkeiten für Berufe besitzt, die normalerweise von Männern ausgeübt werden. Meine Hochachtung."

Sie lächelte. „Ich danke Euch. Ich werde helfen, wo ich kann."

„Sie hat hier in Dunyvaig sogar ein Hospital gegründet", erzählte Aulay. „Und es sind bereits Ärzte und Hebammen vom Festland gekommen, um unterrichtet zu werden. Unser eigener Arzt, Bhatair, traute einer Frau anfangs nicht. Aber jetzt ist er ihr größter Befürworter und hat seine Kollegen, mit denen er in Paris studiert hat, eingeladen, um von ihr zu lernen."

Bruce hob die Augenbrauen und nickte langsam. „Sehr beeindruckend. Passt auf, Aulay, ich könnte sie an meinen Hof holen, wenn der Krieg vorbei ist."

Jenny lächelte. „Ich weiß das zu schätzen, Euer Gnaden, und ich werde gerne nächstes Jahr in Stirling helfen, aber ich kann nicht von unserer Tochter Una getrennt sein."

Ihre Tochter griff nach Jennys Zeigefinger. Die kleine Faust fühlte sich warm an und war ein wenig verschwitzt. Allein die Berührung ihres Babys verursachte ein warmes Kribbeln mütterlicher Liebe in ihrer Handfläche.

„Aye." Bruce nickte. „Das respektiere ich."

„Ihr könnt Euch auf meinen Clan verlassen", sagte Aulay.

„Und auf mich, Euer Gnaden", ergänzte Colum. „Ich werde alles tun, um mich vor Schottland und meinem Clan zu beweisen. Egal, was passiert.“

Bruce stieß mit Colum an. „Wir brauchen mehr Männer wie Euch, Colum. Ihr habt meine Hochachtung und meinen Respekt. Für alles, was Ihr für mich und meine Familie getan habt.“

Jenny beobachtete, wie sich Colums Augen verfinsterten und er den Wein in seinen Hals kippte. Auch Aulay musste das Funkeln in seinen Augen gesehen haben.

„Colum ...“, sagte Aulay. „... es ist gut, dass du versuchst, dich selbst zu beweisen. Aber denk daran, dass es im Leben mehr gibt als nur den Krieg. Glaub mir, ich hätte nie gedacht, dass ich noch einmal lieben oder heiraten würde. Vielleicht solltest du auch darüber nachdenken, dir eine Frau zu suchen.“

Colum lachte spöttisch.

„Welche Frau würde einen Mann heiraten wollen, der zum Verräter geworden ist, Onkel?“

Bruce seufzte tief. „Dein Onkel hat nicht unrecht, Colum. Die richtige Frau würde über die Wunden und Fehler deiner Vergangenheit hinwegsehen.“

Jenny tauschte einen langen, tiefen Blick mit Aulay aus und küsste ihn kurz auf die Lippen.

„Das wird sie bestimmt“, sagte sie.

Sie wusste nicht, zu wem sie das sagte. Colum, Aulay, den sie mehr liebte als ihr eigenes Leben, oder dem König.

Vielleicht sagte sie es aber auch zu sich selbst. Bei diesem verrückten Abenteuer, das ihr Sommerurlaub in Schottland sein sollte, war sie in die Vergangenheit gereist zu der Liebe ihres Lebens. Einem schottischen Lord aus einer früheren Zeit.

Sie hatte ihre eigenen Verletzungen überwunden und erkannt, dass sie alles sein konnte, was sie wollte – Ehefrau, Mutter und Ärztin –, ohne einen Teil von sich selbst aufzugeben. Dank dieser Erkenntnis hatte sie ihr Glück gefunden.

Er hatte sie durch die Zeit erobert.

Aber das Wichtigste war, dass sie sich erhoben und ihn zurückerobert hatte.

ENDE

Hat Dir die Geschichte gefallen? Dann lese gleich weiter. Raghnall und Danielle's Geschichte wartet auf dich im nächsten Buch: Das Schicksal des Schotten!

DAS SCHICKSAL DES SCHOTTEN

Kapitel eins

Ländereien in der Nähe von Stirling, Juni 2022

Die weiten Ländereien von Bannockburn erstreckten sich unterhalb von Danielle Field, die auf einer Anhöhe stand. Es tat gut, die frische Luft einzuatmen, die nach Bäumen, Gras und Blumen duftete. Sie konnte Disteln, schottische Glockenblumen und die kleinen weißen Blüten der Kuhpetersilie erkennen, die den grasbewachsenen Hügel bedeckten.

Die Stadt Bannockburn mit ihren grauen und orangefarbenen Dächern dehnte sich über ein großes Gebiet aus. Heute gehörte sie zur Stadt Stirling. Im Mittelalter war dies der Ort der berühmten Schlacht von Bannockburn gewesen. Die Schlacht wurde auf einem leuchtend grünen Feld nachgestellt, auf dem dreieckige und runde Zelte und einige Pavillons aufgebaut waren. Dutzende von Menschen in mittelalterlicher Kleidung trainierten mit Schwertern, schossen Pfeile ab und bildeten Formationen, die von Reitern kommandiert wurden. Zahlreiche Menschen säumten den Platz und sahen zu, wie sie für die Wiederaufführung am 23. Juni probten.

So sehr Danielle Pflanzen liebte, so sehr begeisterte sich ihre Schwester Jamie für Geschichte.

„Siehst du die Statue von Robert the Bruce?“, fragte Jamie, lehnte sich zu Danielle und zeigte auf die Skulptur in der Nähe des Besucherzentrums von Bannockburn. Jamie arbeitete im Museum von Stirling Castle und war begeistert, dass sie zum ersten Mal eine der Koordinatorinnen der Nachstellung sein durfte.

An ihrer Seite stand ein mittelalterlicher Krieger. Er trug ein Kettenhemd und eine Kettenhaube und beobachtete das Geschehen mit einem verträumten Gesichtsausdruck. Liam war ein einheimischer Schauspieler und passte mit seinen langen roten Haaren, die ihm bis zu seinen Ohren reichten, und dem kurzen Bart hervorragend zu der Rolle.

Als Danielle im Besucherzentrum Jamie aufgesucht hatte, hatte er sich freiwillig bereit erklärt, mit ihnen einen Spaziergang zu machen. Den Blicken nach zu urteilen, die Jamie immer wieder mit ihm austauschte, musste zwischen ihm und ihrer kleinen Schwester etwas am Laufen sein. In Danielles Kopf schrillten die Alarmglocken. Konnte sie diesem Kerl vertrauen, dass er ihre Schwester gut behandelte? Sie suchte bei ihm nach Anzeichen dafür, dass irgendetwas nicht stimmte. Aber er schien ein ganz normaler Kerl zu sein, der sich einfach zu viel mit Geschichte beschäftigte.

„Ja, ich sehe es“, sagte Danielle. Die große Bronzestatue von Robert the Bruce auf einem Pferd stand auf einem hohen Sockel.

„Eine spannende Anekdote“, sagte Jamie, und ihre kristallblauen Augen funkelten. „Sie wurde 1964 von Pikington Jackson für den Earl of Elgin gebaut.“

Liam nickte mit ernster Miene. Danielle kicherte und schlang die Arme um die Schultern ihrer Schwester. Sie war genauso groß wie Danielle und ähnlich gebaut: schmale Hüften, kaum eine Taille, flache Brust. Die gemeinen Mädchen in der Highschool hatten sie einen Stock genannt.

„Nur du würdest das als spannende Anekdote bezeichnen“, sagte Danielle.

Liam sah sie verwirrt an. Er musste es ebenfalls spannend gefunden haben.

Danielle grinste. „Ich habe dich vermisst. Es tut mir gut, mich von der Arbeit abzulenken."

Jamie sah sie an. „Ja. Die Arbeit. Du bist so überraschend zu Besuch gekommen. Steht nicht gerade eine wichtige Aufgabe an oder so etwas?"

Danielle verschränkte die Arme vor der Brust und verlagerte ihr Gewicht. Der beste Weg, die Stimmung zu ruinieren, war es, jetzt an die Arbeit zu denken. „Nicht mehr."

„Wo arbeitest du?", fragte Liam.

„Sie ist beim MI5", erzählte Jamie ihm verschwörerisch.

Liam blinzelte und sah sie an. „Du? Eine Spionin?"

Danielle schenkte ihm ein gezwungenes Lächeln. Aus diesem Grund war sie froh, dass sie außerhalb der Arbeit nicht viele neue Leute kennenlernte. Denn entweder musste sie in Bezug auf das, was sie wirklich tat, lügen, oder sie würde Reaktionen wie diese bekommen. Sie hatte Jamie und ihren Eltern gesagt, dass sie es nicht weitersagen sollten, aber natürlich taten sie es dennoch.

„Ich bin keine Spionin. Ich bin Ermittlerin."

Er pfiff. „Ein weiblicher James Bond aus dem echten Leben."

„Das ist sie wirklich!", sagte Jamie.

Nein, Jamie. Sie musste diesen Mann wirklich mögen, wenn sie immer wieder sicherzustellen versuchte, dass er beeindruckt war.

„Nicht James Bond, Liam", sagte Danielle. „Ich helfe dabei, Cyberattacken zu verhindern und sitze den ganzen Tag am Computer. Es ist tatsächlich ziemlich langweilig."

Genau das war der Trick, um die Neugierde von Leuten wie Liam zu zügeln, die zu viele Fragen stellten.

„Aber hattest du nicht einen Spezialeinsatz in Venezuela ... oder Kolumbien oder so?", beharrte Jamie.

Danielle versteifte sich. Jamie sollte nicht mehr wissen, als sie eigentlich durfte. Nicht nur, dass gegen Danielle momentan auf der Arbeit ermittelt wurde, sie könnte auch in weniger als einer Woche gefeuert werden. Ja, sie hatte eine Mission in Venezuela durchgeführt. Ihr Informant, Juan, war verschwunden. Er war inzwischen gefunden worden und befand sich in Großbritannien in psychologischer Behandlung. Während ihre Vorgesetzten die Ermittlungen leiteten, hatte man sie suspendiert. Die Anhörung war in fünf Tagen, und sie musste morgen für die erste Befragung nach London zurückkehren. Es war in der Tat ihre eigene Fehleinschätzung gewesen.

Die Mission hatte einen groß angelegten Cyberangriff verhindern sollen, bei dem Hacker in die Sicherheitssysteme britischer Banken einbrechen wollten, um private Informationen und Geld zu stehlen. Juan war zu einem Treffen mit einem bekannten und sehr gefragten Hacker aufgebrochen.

Und war nicht zurückgekommen.

Der Cyberangriff hatte stattgefunden, aber es war ihnen gelungen, den Geldtransfer zu verhindern. Der Hacker war immer noch da draußen. Nachdem er einen Monat lang verschwunden war, hatte man Juan gefunden, der an einer posttraumatischen Belastungsstörung litt. Und wer konnte schon wissen, was er den Cyber-Kriminellen erzählt hatte?

Sie arbeiteten mit einer einheimischen Gang zusammen, die dafür sorgte, dass jeder, der ihnen in die Quere kam, aufgemischt wurde.

„Schatz …“, sagte Danielle. „… du weißt, dass ich mit niemandem über Details sprechen kann.“

Liam stemmte die Hände in die Hüften. „Jamie Field, welche Geheimnisse hast du sonst noch?“ Er schüttelte mit einem bewundernden Grinsen den Kopf.

Ja, der Kerl mochte Jamie. Ihre Beschützerinstinkte veranlassten Danielle, die Hände zu Fäusten zu ballen.

Sein Gesicht verfinsterte sich, als er sie ansah. „Warte … Field …“ Er runzelte die Stirn, und Danielles Magen verdrehte sich. „Danielle Field, richtig?“

Danielle schluckte schwer. Er hatte die Verbindung erstaunlich schnell hergestellt.

„Du bist das Mädchen, richtig?“, beharrte er. „Das Mädchen, das von diesem Verrückten entführt und in einem Keller festgehalten wurde?“

Jamies Gesicht nahm einen besorgten Ausdruck an. „Ähm ...“

Danielle breitete ihre Hände aus. „Ja, Liam. Ich bin dieses Mädchen.“

„Oh. Verdammt.“ Er sah sie jetzt mit anderen Augen. Erstaunen. Mitleid. Der Verdacht, dass etwas mit ihr nicht stimmen könnte. Das waren die üblichen Dinge, die sie in den Gesichtern der Leute gesehen hatte, wenn sie es herausfanden. „Wie geht es dir?“

Sie schenkte ihm ein falsches Lächeln. „Mir geht es gut, wie du sehen kannst. Ich bin am Leben.“

Nun, darüber konnte man streiten. Sie war am Leben. Aber sie hatte kein Leben. Keine Freunde. Keine Beziehungen.

Das war auch besser so. Vertrauen war es, was sie in den Keller dieses Bastards geführt hatte. Vor sechzehn Jahren hatte er ihr eine wertvolle Lektion erteilt. Niemals jemandem zu vertrauen.

Ihre Arbeit war also eigentlich perfekt. Es ging darum, Abstand zu halten, aufmerksam zu sein und Muster zu erkennen. Und da sie ohnehin keine Beziehungen wollte, war das auch gut so.

„Es geht ihr gut.“ Jamie lächelte nervös.

„Gott, ich erinnere mich an diese Geschichte“, sagte Liam. „Es war überall in den Nachrichten. Die gesamte Stadt hat nach dir gesucht, stimmt's? Nicht nur die Polizei. Und du warst die ganze Zeit über bei deinem Nachbarn nebenan. Ich weiß noch, wie ich meiner Mutter gesagt habe, dass ich ihr helfen möchte. Sie hat mich natürlich nicht gelassen. Sie waren damals unten in London. Ich war hier in Stirling. Aber nachdem man dich gefunden hatte, haben alle Zeitungen über dich geschrieben.“

Danielle nickte und spitzte die Lippen. Nicht jeder in Großbritannien erinnerte sich an diese Geschichte, aber Liam offenbar schon.

„Ja", sagte sie und versuchte, sich auf die Gruppen von Menschen zu konzentrieren, die in kreisförmigen Formationen über das Feld marschierten. „Das haben sie. Hör zu, Liam ..."

Sie wollte ihm gerade mitteilen, dass sie nicht darüber reden wollte, als Jamies Handy laut klingelte.

„Hallo?", antwortete sie, sichtlich erleichtert, nicht länger über Danielles Entführung sprechen zu müssen. „Oh, ja, wir sind gleich wieder da."

Sie legte auf und sah Liam an. „Wir müssen zurückgehen." Sie drückte Danielles Hand. „Tut mir leid, mein Schatz. Aber du hast den Schlüssel für meine Wohnung, und wir treffen uns dort später nach der Arbeit. Wir gehen dann in den Pub und essen zu Abend."

Liam sah verlegen aus. „Ich würde gerne mitkommen, wenn das in Ordnung ist?"

Nein, das war es nicht. Ihre Schwester war ihre beste Freundin, und sie sehnte sich danach, Zeit mit ihr zu verbringen.

„Großartig", erwiderte Danielle.

Jamie strahlte. Liam war ihr sehr wichtig, das konnte Danielle sehen. Nun gut. Eine weitere Gelegenheit, diesen Mann unter die Lupe zu nehmen.

„Okay", sagte Jamie, küsste Danielle, und die beiden machten sich auf den Weg den Hang hinunter. Danielle sah ihnen nach, wie sie sich entfernten, und schaute sich dann um. Während sie sich unterhalten hatten, war der Himmel sehr dunkel geworden. Der Wind frischte auf, und die ersten Regentropfen trafen ihr Gesicht.

Etwa fünfhundert Meter entfernt befand sich eine Baumgruppe. Sie nahm ihre Handtasche und eilte dorthin, um sich vor dem Wetter zu schützen. Während sie rannte, begann es stärler zu regnen, und als sie den Schutz der Bäume erreicht hatte, konnte sie bereits den Regengeruch wahrnehmen. Regentropfen prasselten auf die Blätter über ihr. Sie hatte keinen Regenschirm dabei, aber auf einer Lichtung unter den mächtigen Ästen zu stehen, war nicht weiter schlimm.

Sie ging zu einem Felsbrocken und setzte sich hin. Als sie sich umschaute, bemerkte sie mehrere, große Felsbrocken und die kaum erkennbaren Überreste von altem Mörtel zwischen den rauen Steinen. Warum hatte Jamie nichts davon erwähnt? Normalerweise hätte sie darüber geplaudert, dass dies ein Überbleibsel aus dem neunten Jahrhundert, oder wie alt es auch immer war, darstellte.

Danielle blickte in den gräulichen Vorhang jenseits der Baumkronen. Sie würde den Regen abwarten und dann zurück zu Jamies Wohnung gehen. Außerdem würde sie versuchen, Liam gegenüber verständnisvoller und vertrauensvoller zu sein.

Als sie sich umsah, bemerkte sie eine Art Schnitzerei auf einem der Steine. Neugierig näherte sie sich ihm. Der Stein war sehr alt und bröckelig, aber sie konnte gerade noch einen eingemeißelten Handabdruck erkennen. Die anderen Schnitzereien waren ebenfalls abgenutzt und sahen eher wie steinerne Falten aus.

Danielle legte die Hand auf den Felsen. Er war kühl und glatt. Sie spürte eine Vibration, wie ein kleines Erdbeben, und die Gravuren leuchteten auf.

Sie zog die Hand zurück und stand auf.

Ein glühendes Licht? Bei einem Stein?

Dann war da ein stechender Geruch von Gras und Lavendel, und wie aus dem Nichts erschien eine Frau. Danielle starrte sie an, wobei sie sorgfältig auf Anzeichen von Gefahr achtete.

Die Fremde strahlte sie an. Sie hatte das sympathische Aussehen eines Mädchens von nebenan. Ein rundes, nach unten spitz zulaufendens Gesicht, eine markante Nase und große grüne Augen. Langes rotes Haar lugte unter einer Kapuze hervor. Und unter ihrem grünen Umhang war ein mittelalterliches Kleid zu sehen.

„Kommst du von den Proben für die Wiederaufführung?", fragte Danielle.

Die Frau kicherte. „Das kann man wohl sagen." Sie hatte einen ausgeprägten schottischen Akzent und eine melodische Stimme.

War das ein Ja oder ein Nein? Vielleicht war sie Liams Freundin, oder sie kannte Jamie. „Richtig", sagte sie. „Nun. Sieht aus, als säßen wir hier für eine Weile fest."

„Das muss nicht unbedingt so sein. Mein Name ist Sìneag. Ich habe gerade den Tunnel durch die Zeit für dich geöffnet. Du solltest hindurchgehen."

Danielle lachte. „Was?"

„Hast du den Stein leuchten sehen?"

„Ja."

„Das bedeutet, dass der Tunnel für dich geöffnet ist. Wenn du deine Hand auf diesen Stein legst, wirst du durch den Fluss der Zeit in den Tunnel gelangen. Am anderen Ende befindet sich eine Person, die für dich bestimmt ist."

Danielle traute ihren Ohren nicht. Sie hatte im Laufe der Jahre schon viele interessante Geschichten und Erklärungen gehört, aber noch nie etwas so Absurdes wie Zeitreisen, Tunnel durch die Zeit und Schicksalsgefährten.

Sie verschränkte die Arme vor der Brust. „Genau. Du nimmst mich doch auf den Arm. Wer ist diese Person?"

„Colum MacDonald. Ein Highland-Krieger. Ein ehrenhafter Mann. Ein Mann, dem du vertrauen kannst."

Danielle zog eine Augenbraue hoch.

„Weil du niemandem trauen kannst, oder?" Sìneag verengte die Augen. „Nicht mal dir selbst. Deshalb hast du dich von diesem Mann entführen und gefangen halten lassen."

Danielle spürte, wie sie das Gesicht verzog. „Woher weißt du das? Hat Liam es dir gesagt? Das kann Jamie mir doch nicht angetan haben ..."

Sìneag lächelte. „Ich kann in dein Herz sehen, Liebes. Du bist einsam. Colum ist auch einsam. Zusammen seid ihr zwei Teile eines Ganzen. Ihr könnt euch gegenseitig helfen, zu heilen."

Danielle schüttelte den Kopf und lachte spöttisch. „Hör zu ... das ist eine interessante Geschichte und so, aber komm schon. Wir sind beide erwachsen."

„Du glaubst mir nicht?" Sìneags Augen funkelten verschmitzt. „Du traust mir nicht."

„Nein, natürlich nicht."

„Was kann es dann schaden, es zu versuchen? Beweis mir das Gegenteil. Beweis mir, dass das alles nur Kindergeschichten sind. Berühr einfach den Stein.“

Danielle erstarrte. Ihr Magen drehte sich um, und ihr Bauchgefühl sagte ihr, dass sie es nicht tun sollte. Wie damals, als sie sechzehn gewesen war und Sebastian, der neue, junge Nachbar, in den sie sich verknallt hatte, sie eingeladen hatte, mit ihm Schach zu spielen und zu beweisen, dass sie ihn schlagen konnte.

Das nächste Mal würde sie das Haus etwa einen Monat später verlassen, unter dem Schutz der Polizei, und auf einer Bahre in einen wartenden Krankenwagen gerollt werden.

Aber ihr logischer Verstand sagte ihr immer wieder, dass dies unmöglich war. Eine Frau, die sie noch nie zuvor getroffen hatte, war gekommen und erzählte ihr von einem Seelenverwandten, der in der Vergangenheit lebte?

„Blödsinn“, sagte Danielle. „Sicher. Aber sobald ich den Stein berühre, redest du bitte nicht mehr über Seelenverwandte und Zeitreisen und so weiter.“

Sìneag lächelte, und Danielle gefiel das Funkeln in ihren Augen ganz und gar nicht. „Aye, Mädchen.“

Danielle sank neben dem Felsen auf die Knie, und da war es wieder, dieses seltsame Ziehen. *Tu's nicht!*, schrie ihr Bauchgefühl. Aber was wusste ihr Bauchgefühl schon, wenn es keine Anzeichen dafür gab, dass etwas nicht stimmte? Sie traute sich selbst nicht. Da hatte die seltsame Frau recht.

Sie legte die Hand auf den Handabdruck. Aber sie spürte keinen Stein unter ihrer Handfläche. Stattdessen war da kühle Luft und etwas, das sie ansaugte, und sie fiel, stürzte kopfüber in die Dunkelheit. Panik schnürte ihr die Luft ab, und der Schock traf sie wie eine eisige Welle. Ihr Bauchgefühl hatte recht gehabt. Was auch immer es war, sie hätte es nicht tun sollen.

Und dann war da nur noch Dunkelheit.

Lese Das Schicksal des Schotten weiter!

BÜCHER VON MARIAH STONE

IM BANN DES HIGHLANDERS

Sìneag (Novelle) — lese jetzt gratis!

Die Gefangene des Schotten

Das Geheimnis der Schottin

Das Herz des Schotten

Die Liebe des Schotten

Weihnachtswunder für den Schotten (Novelle)

Das Verlangen des Schotten

Der Eid der Schottin

Das Versprechen des Schotten

Der Beschützer der Schottin

Die Eroberung des Schotten

Das Schicksal des Schotten

Ein Wiedersehen zu Weihnachten

IM BANN DES WIKINGERS

Die Verlockung des Kriegers (Novelle) — lese jetzt gratis!

Das Verlangen des Kriegers

Das Begehren des Kriegers

Die Gemahlin des Kriegers

Die Geliebte des Kriegers (Novelle)

Die Gefangene des Kriegers (Novelle)

Nur auf Englisch erhältlich:

CALLED BY A VIKING SERIES (TIME TRAVEL):

One Night with a Viking (prequel)— lese jetzt gratis!

The Fortress of Time

The Jewel of Time

The Marriage of Time

The Surf of Time

The Tree of Time

CALLED BY A PIRATE SERIES (TIME TRAVEL):

Pirate's Treasure

Pirate's Pleasure

A CHRISTMAS REGENCY ROMANCE:

Her Christmas Prince

WERDE EIN INSIDER

Melde dich auf meiner Mailingliste auf https://mariahstone.com/sineagdeutsch/ an, und erhalte unveröffentlichte Auszüge aus meinen zukünftigen Romanen, exklusive Give-aways, und Insider-Informationen zu meinen Büchern, Deals und vieles mehr!

Trete meiner exklusiven Facebook-Gruppe bei, erfahre alle Neuigkeiten aus erster Hand - egal ob exclusive Deals für meine treuesten LeserInnen, oder Insider-Wissen über meine Werke - und lerne mich persönlich besser kennen.

BITTE SCHREIBE EINE EHRLICHE REZENSION ÜBER DIESES BUCH

So sehr ich es mir auch wünsche, leider habe ich nicht die finanziellen Möglichkeiten wie die grossen Verlagshäuser, Anzeigen in Zeitungen zu schalten oder Plakate in U-Bahn Stationen aufzuhängen.

Aber ich habe etwas viel, viel wertvolleres!

Engagierte und treue Leser.

Wenn dir das Buch gefallen hat, wäre ich dir sehr dankbar, wenn du dir fünf Minuten nehmen könntest, um eine kurze Rezension auf der Seite des Buches zu schreiben.

Damit hilfst du mir und gleichzeitig auch neuen LeserInnen meine Werke zu entdecken.

Vielen Dank!

WORTERKLÄRUNGEN

Aye - Ja

Birlinn - Die Birlinn oder West Highland Galeere war ein mit Segeln und Rudern angetriebenes Holzschiff, das seit dem Mittelalter auf den Hebriden und in den West Highlands Schottlands ausgiebig genutzt wurde.

Braies - Die Braies sind eine Art Hose, die in der Antike von keltischen und germanischen Stämmen und später von Europäern bis ins Mittelalter getragen wurde.

Das Claymore, auch Claidhem-More, Claidhmhichean-mora, Glaymore - schottischer Zweihänder, schottisches Langschwert

Clan - Ein Clan oder eingedeutscht Klan war ursprünglich eine größere Familiengruppe in Schottland, die ein abgegrenztes Gebiet bewohnte und ihre Herkunft auf einen gemeinsamen Urahnen zurückführte.

Cruachan - Schlachtruf des Cambel-Clans

Dinna fash - Keine Sorge, mach dir keine Sorgen

Gälisch - Die schottisch-gälische Sprache gehört zu den keltischen Sprachen und wird heute in Teilen Schottlands, namentlich auf Inseln der Inneren und Äußeren Hebriden, im Westen des Schottischen Hochlands sowie in Glasgow gesprochen.

Impetigo - Borkenflechte (Impetigo) ist ein ansteckender Hautausschlag. Vor allem im Gesicht bilden sich juckende Bläschen, die gelblich verkrusten. Meist sind Kinder betroffen. Solange sie ansteckend sind, dürfen sie nicht in die Kita oder zur Schule.

Kogge - Die Kogge war ein Segelschiffstyp der Hanse, der vor allem dem Handel diente, in Zeiten militärischer Auseinandersetzungen der Hansestädte mit Piraten aber auch als Kriegsschiff ausgestattet werden konnte. Sie hat einen Mast und ein Rahsegel.

Laird - Gutsherr in Schottland

Léine-chròich - Safranhemd (Schutzhemd, das von Kriegern getragen wird). Pl. léintean-cròich

Loch - Ein See

Lochaber-Axt - Die Lochaber-Axt, entstand zu Beginn des 16. Jahrhunderts, sie ist eine verbreitete schottische Variante der Streitaxt. Der Name geht auf die Region Lochaber im Westen des schottischen Hochlandes zurück.

Mylord/Mylady - Mein Herr/Meine Dame

Nae, mo chridhe - Nein, mein Herz

Oubliette - ein Raum oder eine Zelle, in der Gefangene festgehalten werden, insbesondere unterirdisch.

Sláinte - ein Trinkspruch, wörtlich: Gesundheit

Uisge - Ein Selbstgebrannter

ÜBER DEN AUTOR

Wenn die Zeitreise-Liebesroman-Autorin Mariah Stone, nicht über starke Frauen schreibt, die in einer längst vergangenen Zeit und in den Armen heißer Wikinger, Highlander oder Piraten landen, jagt sie ihren zwei kleinen Kindern hinterher oder verbringt mit ihrem Ehemann romantische Nächte an der Nordsee. Mariah spricht sechs Sprachen, liebt Outlander, Sushi und thailändisches Essen und leitet ihre eigene Autorengruppe in den Niederlanden.

Melde Dich noch heute zu Mariahs Newsletter an, und erhalte eine kostenlose Zeitreise-Novelle unter https://mariahstone.com/sineagdeutsch/!

facebook.com/mariahstoneauthor
instagram.com/mariahstoneauthor
bookbub.com/authors/mariah-stone
pinterest.com/mariahstoneauthor
amazon.com/Mariah-Stone/e/B07JVW28PJ